首藤瓜於
Shudo Urio
講談社

アガタ

AGATHA

木曜日

桜端道(さくらばなとおる)がキーボードをたたきながらコンピューターの画面とにらみ合いをつづけているのは警視庁本部庁舎地下二階にある、コンクリートの壁にかこまれた殺風景なせまい部屋だった。

「警視庁捜査一課与件記録統計分析係第二分室」などというもっともらしい名称をあたえられていたが、捜査一課とは直接なんのかかわりもないばかりか、そのような部署が存在することを知る者も警視庁と警察庁のなかにごくわずかいるだけだった。

既存の記録を整理分類してより完全なものにするために、現在進行形の事件をふくめてコンピューターを使ってデータマイニングする、というのが表向きの建前だったが、道が実際にサイバー空間のなかで行っているのは殺人をはじめ人身売買、売買春、ストーカー、児童虐待、詐欺、サイバーテロなどあらゆる犯罪形態を包括する汎用性の高いシステムを構築するために、日本をふくめた様々な国の記録をランダムに検索するだけでなく、様々な企業や様々な機関のデータベースに侵入して公式的には閲覧を禁じられている電子情報を収集して分析することだった。もちろんそのなかには夥しい数の個人情報もふくまれていた。

ネット上を泳いでいると時々時間の感覚を失うことがあった。いま何時だろうと腕時計に目をやったとき、電子解錠式のドアが開いて道の上司が部屋に入ってきた。

鵜飼縣。

年齢は二十二歳から二十五歳のあいだで、二十二歳の道とほぼ同年代。身長は百七十二センチ。体重は五十キロから五十九キロのあいだ、と道は推定していた。

きょうの縣は、子猫がプリントされた半袖シャツに短めのスカート、黄色のソックス、それにスニーカーといういで立ちだった。

毎日のようにウィッグをつけ替えて髪の色と髪形を頻繁に変えるばかりか、頭から爪先までゴスロリの衣装に身を包んで現れたことさえある上司にしては比較的おとなしめの装いだということができた。

ちなみに道は縣を上司とは認めていない。道は一年前、二十一歳のときにプロのハッカーとしての腕を買われてこの部署にスカウトされたのだが、縣がこの部署に移ってきたのはその後だったからだ。理屈からいえば自分のほうが先輩であり、縣は後輩であるはずだった。

「きみはどこに住んでいるの？」

向いの席に座った縣に向かって道がいった。

「なによ、いきなり。わたしの自宅の住所に興味でもあるの」

デスクのうえのパソコンを立ち上げながら縣がいった。

「いや。きみがどこに住んでいるのかは正直なところ興味はない。ぼくが知りたいのはきみの移動手段だ」

「移動手段って？」

県が聞き返した。

県は日本生まれだが、幼いときにアメリカに両親とともに渡りアラスカで育ったことを、警務部の人事データに無断でアクセスすることによって道は知っていた。簡単な日本語の知識の欠落は彼女が帰国子女であるせいだった。

「乗り物のこと。きみは一体どんな乗り物に乗ってここまで来るんだい？」

「電車に決まってるじゃない」

コンピューターの画面を見ながら県がいった。当たり前でしょう、という口ぶりだった。

「電車？　嘘だろう」

道は目を丸くした。

「きみはその恰好で電車に乗ってきたのか。その子猫がプリントされた半袖シャツとスニーカーで」

「それがどうかした」

「電車には大勢の人が乗っている。つまりたくさんの目があるということじゃないか」

「あんた。朝から、なに訳わかんないこといってるの」

県がパソコンの画面から目を離し、道に顔を向けていった。道がなにをいっているのか本当にわからないようだった。

「たしかに子猫がプリントされた半袖シャツはかわいらしいかも知れない。でもどんな服にも年齢に相応か不相応かの漠然とした基準があるとは思わないか。つまりぼくがいいたいのはきみのような人間がそういう服装をしていると、たくさんの人が好奇の目を向けるのではないかということだ」

縣はしばらくのあいだ、あんた馬鹿じゃないのという顔つきで道を見つめていたが、

「わたしが人目を気にすると思ってるの？」

ぼそりとそうつぶやくとパソコンの画面に目を戻した。

話はそれで終わりということだった。

道はいっても無駄なことをつい口にしてしまったことを後悔した。鵜飼縣という人間の性格は、この一年で身に染みてわかっていたはずではないか。

ふたりは口をつぐみ、せまい部屋のなかにコンピューターのキーボードを打つ音だけが響いた。

「ちょっとこれを見てくれる」

一時間ほどしたとき、道は縣が部屋に入ってきてから一言も言葉を交わしていなかったかのような口調でいった。

「今度はなに」

「タイでマグロの養殖をやるって大々的な宣伝をして百億円ばかり集めた投資詐欺が先月あったろう。詐欺グループのなかに現役の国税局職員がいた。それで国税局の人事リストをつつきまわしていたら、おかしなものを釣り上げてしまった。誰かが他人名義のサイトに埋めこんでおいたハイパーリンクをどういう訳か引っかけてしまったらしいんだ」

道はコンピューターの画面を縣のほうに向けた。

「ほら。見てくれないか」

「引っかけたってどういうこと」

また訳のわからないことを、といいたげにつぶやきながら、コンピューターの画面に縣が顔を向けた。

殺人の現場写真や被害者の写真が分割された画面のなかに雑然とならんでいた。ひとめ見ただけで犯罪実録本や殺人事件のノンフィクションに使われた写真をそのままウェブサイトに上げただけのものだとわかった。

「くだらない。こんなものはネットのなかに腐るほどあるでしょう」

「流通しているプログラムでも公開されているサイトでもないんだ」

道がいった。

「公開されているサイトじゃないってどういうこと。意味がわかんないんだけど」

「誰かが一からつくりあげたプログラムらしい。あんまり複雑なせいで誤作動を起こしたのかもしれない」

道が表現を変えていった。

縣はまるで理解できないというように首を横にふった。

「なんだかわかんないけど、どっちにしたってフリーズしているんでしょ？」

「いや、フリーズしていない。この画面は生きているんだ。だから興味深い」

「なるほどね。でも放っておきなさい。トラップドアかも知れないでしょ。下手にいじるとウイルスの猛烈な攻撃にさらされるなんてことになりかねない。放っておくのがいちばん賢明な対処法」

縣はそっけなくいうとやりかけの作業に戻った。

縣の関心を引けなかったことを内心残念に思いながら、道はパソコンを自分のほうに向けなおして画面に見入った。

触らないことがいちばん賢明な対処法であることはわかっていた。しかし、この一見安っぽいつくりの画面の奥にはなにかとんでもない秘密があるような気がしてならなかった。

警邏巡回を終えて交番に戻ると秋山がひとりで書類仕事をしているところだった。

警察官になって二年目の大島義春はパイプ椅子を引き寄せて秋山の横に座った。

「先輩」

「なんだ」

仕事ができて後輩の面倒見も良い秋山は書類仕事をいったん中断し、椅子の背にもたれて大島のほうに顔を向けた。

「今朝立ち番をしてたら八百屋のおばさんが来て」

「八百屋のおばさんて？」

「ほら、三丁目の八百屋の池内さんですよ」

「ああ、あの金棒引きのおばさんか」

秋山がいった。

「え？　金棒引きってなんですか」

「こそこそ話を近所中に大げさに触れまわる人のことだよ」

「へえ、そうなんですか。知らなかった」

大島は体育大卒で警察に就職したが、秋山は有名私立大学の卒業生だった。

「それで八百屋のおばさんがどうしたっていうんだ」

秋山が先を促した。

「ストーカー行為をしている人間がこの町内にいるらしいんです」

「ストーカー？」

秋山が眉根を寄せた。

「ええ。一人住まいの女子大生の家の周りをうろうろしている男がいて気味が悪くてしょうがないと」

「八百屋の池内さんがそういったのか」

「いいえ、八百屋の常連のお客さんが池内さんにそういったそうなんです。あの男はストーカーに違いない。いつかとり返しのつかないことを起こしそうで怖いって」

「その常連のお客さんって誰なんだ」

秋山が聞いた。

「あ。それは……」

「名前を聞かなかったのか」

「はい。つい、うっかりして。すいません」

「どこに住んでいるかくらいは聞いたんだろうな」

「はい、もちろん。観悠寺って寺があるでしょう。その近くだそうです」

「だらだら坂の上にある寺か。で、そのストーカーにつきまとわれている女性というのは誰なんだ」

「佐伯百合さんという美術大学に通っている学生さんで、平日は銀座の生花店でアルバイトをしているんだそうです」

「やけにくわしいな」

秋山がいった。

「通りですれ違ったら誰もがふり返るような美人だそうです」

大島がつけ加えた。

「それで、肝心のストーカー男の正体はわかっているのか」

「黒石浩也という高校生だそうです」

「黒石だって？」

秋山が片方の眉を吊り上げた。

「間違いないのか」

「ええ。見かけたのは五回や六回ではないから見間違えたりはしない、とその常連のお客さんが池内さんにいったそうです。これって明日署に戻ったらやっぱり報告しておいたほうがいいんでしょうかね」

大島がいった。

秋山は背もたれから体を起こして押し黙った。

秋山がどうしてとつぜん考えこんだのか、大島には理由がわからなかった。

「あの、どうかしました」

「それはおまえじゃなく、ハコ長から刑事課長に直接いってもらったほうがいいかもな。まあ、この話が刑事課に上がったとしても連中はなにもしないだろうが」

「なにもしないってどういうことです」

「黒石浩也って高校生は黒石雅俊（まさとし）の息子で、黒石雅俊は黒石正三（しょうぞう）の息子だからさ」

秋山がいった。

なんのことかさっぱりわからず、大島は眉間にしわを寄せた。

「あの、なんのことかわからないんですけど」

「おまえ本当に知らないのか」

秋山が驚いたような顔で大島を見た。

大島は返事のしようがなくて黙ってうなずいた。

「黒石雅俊は生徒を千人以上かかえる料理スクールの理事長で、その妻君江（きみえ）は有名な料理研究家でテレビ番組にもたびたびでている。そして親父の黒石正三はこのあたりでいちばん大きい総合病院の院長様だ」

秋山がいった。

大島は秋山のことばがとっさにのみこめず、顔をしかめた。

「黒石家は政界や財界にもつながりをもっている。一言でいえば大きな権力をもった一族だということだよ」

秋山は大島の顔をのぞきこむようにして見つめながら低い声でいった。

「つまりちっぽけな所轄署の刑事なんかは手出しができない、ということですか」

「そういうことだ」

ふたたび椅子の背にもたれると、秋山は天井に向かってつぶやいた。


黒石浩也はパソコンのディスプレーの下隅に表示されている時刻を見た。

あと三分で午前二時になるところだった。

少し前までリビングで酒を飲みながらなにごとか語り合っていた両親は寝室に引き上げた。広い屋敷のなかで目覚めているのは自分ひとりだけだ。誰かの目を警戒する必要もない。高校三年生の立派な受験生だからたとえ徹夜をしても、褒(ほ)められることこそあれ叱られたり理由を問い詰められたりすることもない。

やっと「広い世界」に戻ることができる。

知らないあいだに汗ばんでいた両手のひらをズボンにこすりつけると、浩也はキーボードにパスワードを打ちこみはじめた。十本の指は猛烈な速さでキーボードをたたいているが、視線はほんの一瞬でも画面から離れることはなかった。アラビア数字とアルファベットの組み合わせなどという簡単なパスワードではなく、数字と文字とアルファベット、それに漢字や記号を使った複雑なものだ。この無意味なほど過剰な文字の羅列を記憶できる人間は数えるほどに違いなかった。

パスワードを打ちこみ終わるとのどかな田園風景の画面がディゾルブし、裸の女たちが戯れる動画が現れた。

それこそ「広い世界」への入口だった。

心が躍った。

キーボードの上を這う浩也の指先の勢いが増した。

はじめてコンピューターに触れたとき、それがどれほど強力な力を秘めているか、操作次第でどれだけ蠱惑的(こわくてき)な世界を見せてくれるかすぐにわかった。小学校三年生のときだった。

それ以来ひたすらキーボードを打ちつづけ、ディスプレーに展開する見たこともない世界に陶然とする毎日を送った。

同級生が夢中になっているような市販のゲームにはすぐに飽き、自分独自のプログラムをつくることに没頭した。鍵をかけた部屋に二、三日閉じこもることもたびたびあったが、学校の成績はつねに上位だったので、両親にとがめられたことは一度もなかった。

中学校に上がると匿名のプロキシサーバを立ち上げネット上に存在するだけのオークションサイトをつくった。高級時計、イタリア製マウンテンバイク、中国由来の骨董品。すべてが写真だけで商品など一点もない嘘っぱちだった。それでもネットの画面にならべられた写真を信じて商品を申し込んでくる人間は後を絶たなかった。

つぎにつくったのは出会い系サイトで、アクセスしてくる人間の数といったら笑いだしたくなるほどだった。

　架空のネットオークション・サイトも出会い系サイトも金のためにつくった訳ではない。金が欲しかったら家族にねだるだけでよかった。金持ちの両親と祖父は中学生の小遣いにしては常識外れといってもいい金額を口にしても、遣い道さえ問うことなくその金額を渡してくれたから金に不自由したことはなかった。だから自分の知識と技術をもってすればいくらでも金を手にすることができるとわかっていても、そうした試みをしたことはいままで一度もなかった。

　金の代わりに膨大（ぼうだい）な個人情報が洪水のように流れこんできたが、それすら得ようと思って得たものではなかった。どこかの役所に侵入して門外不出のファイルをダウンロードしたり、銀行のシステムに侵入して百人近い人間の預金口座残高を書き換えたりしたのもなにかの目的があったからではなく、ただ単にそれが面白かったからやっただけだった。

　コンピューターを使えばどんなことでもできた。障害などなにひとつなかった。

　ネットの世界は海よりも深く、どんな山よりも高い。いや、地球よりも広いといっていいくらいだ。それほど広大な世界を自由自在に好き放題に泳ぎまわる快感は現実の世界では決して味わえないくらい強烈なものだった。

　人々が寝静まる時間になると、パソコンを開きたくなるのも当然だといえた。なにしろそこではスーパーマンになれるのだから。

　しかし本当の「広い世界」はネットの裏にある。そこへ行くためにはもっと深く潜らなければならない。

深く。深く。もっと深く。
浩也の指先の動きがますます速くなってキーボードの上を這いまわった。

金曜日

雨は降りつづいていた。

男は交差点の一角にある廃業した靴店の閉じたシャッターの前で、庇(ひさし)の下を借りて雨宿りをしている通行人をよそおって立っていた。

家からここまでは傘を差してきたが、いまは足元に転がしてある。傘をもっているのに雨宿りをしている人間など、誰の目にも奇異に映るに違いないからだ。

大通りをはさんだ向い側に、地下鉄の駅の出入口があった。

男はそこから女がでてくるのを待っているのだった。

腕時計を見た。

午後十時十五分。そろそろ女がアルバイト先から帰ってくる時間だった。金曜日は遅番で勤務時間は十時までだということを男は調べだして知っていた。

通りにはひっきりなしに車が行き交っていたが、歩道を歩いている人間はほとんどいなかった。雨が降っているからということもあるが、そもそもこの町は夜になると酔っ払いたちが押しかけるような繁華街ではなく、夜更かしなどせずさっさとベッドに入って寝ようと決めている上品な人たちが暮らす閑静な住宅地だからだ。

佐伯百合が地下鉄の駅からでてきたのは十分後だった。

外にでた女が傘を広げ、横断歩道の前に立った。

信号が青になると通りを渡り、靴店の前に立っている男に近づいてきた。といっても六、七メートル離れているし、庇の下は薄暗いので佐伯百合が男の姿に気づくことはなかった。

周囲のものには見向きもせず、ためらいのない足どりで大通りと交差している比較的せまい道に入っていった。その先に一人暮らしをしている借家があるのだ。

慎重に間合いをはかってから足元の傘を拾い上げ、庇の下からでた。

角を曲がり、女の後につづく。

きょうの佐伯百合は、白いブラウスにジーンズという軽装だった。夜のうえに雨も降っているので白いブラウスというのは格好の目印になった。二十メートル、いやそれ以上距離をとっても見失うことはないはずだ。

暗い夜道には佐伯百合と男以外歩いている者はひとりもいなかった。

歩くにつれ佐伯百合の足どりがいくらか速くなった。

一刻も早く家に帰ってシャワーを浴びたい、と気が急いているのだろう。

シャワーを浴びた後、買い置きしておいた食材を使って一人分の質素な食事をつくるというのが、一日も欠かしたことのない佐伯百合の習慣だった。

足音を立てないように気をつけながら男も幾分足を速めて間合いを詰めた。

五分ほど歩いたところでせまい道がさらにせまくなった。

道の両側は寺の石塀だ。この辺りは大小何十もの寺院が入り組んだ路地のあいだに点在しているのだ。

女が十メートルほど先の角を曲がって脇道に入った。

あわてて追いかける必要はなかった。女の家はわかっているのだから。

十秒。二十秒。三十秒。たっぷりと時間をとってから女の後につづいて角を曲がった。暗闇に浮かぶ白いブラウスのおかげで女とどれくらい距離が離れているかすぐにわかった。

男は女の後をついてゆっくりと歩きつづけた。

やがて道に勾配がついてゆるやかな坂になるとまたしても寺が現れた。

男は道の片側に寄り、石塀に手をそえるようにして歩いた。

雨はやむ気配がないばかりかますます強くなってきた。土砂降りといってもいいくらいだった。雨粒が傘をたたく音が大きく耳に響く。

一歩一歩足を進めるごとに少しずつ女の家が近づいてくると、しびれるような感覚が背筋から這い上がってきて思わず身震いした。

全身が汗ばんでいるのがわかった。

捕食者が小動物を音もなく追い詰める感覚。深い森のなかに身を潜めて獲物を狙う狩人の感覚とでもいったらいいのか。

女の家までもうほんの数メートルというところまで迫ってきた。

女の家のドアは通りに面していて、ドアが開けっ放しにでもなっていない限りそこから家のなかをのぞくことはできないが、裏手にまわると小さな窓があり、カーテンが引かれてさえいなければその窓から台所の様子をうかがうことができた。

今日はどんな料理をつくるつもりだろうか。

パスタだろうか、それとも卵料理だろうか。

佐伯百合はパスタと卵料理が得意だ。出汁巻き卵を焼いたりオムレツをつくったりすることが多いが、ときどき茶碗蒸しをつくることもある。シイタケや鶏肉を入れた本格的なものだ。しかし、よほど疲れているときや学校の課題で美術の創作活動に時間を割かなければならないときは冷凍食品で夕食を済ます。

チャーハン、ラーメン、焼きおにぎりとなんでもありだが、お気に入りはタコ焼きだ。タコ焼きだけで夕食を済ますところを何度も見たから知っている。

女が家の前に着いた。

ジーンズのポケットから鍵をとりだしてドアの鍵穴に差しこんだ。

女の姿を間近に見ようとして一歩踏みだしたとき、家の手前の路地からとつぜん人影が現れた。

電柱の陰にとっさに身を隠した。反射的な行動だった。勝手に体が動いたのだ。

鼓動が跳ね上がり、思わず目を閉じた。

地面にしゃがみこんだまま、動悸が静まるのを待った。

なんとか呼吸が落ち着くと、人影が何者かをたしかめようと物陰から顔だけをのぞかせて前方に目を凝らした。

ポンチョのようなおかしな形をした透明なビニールの雨合羽(あまガッパ)を着込んだ人間だった。

しかもその人間は帽子をかぶっていて、その帽子にも雨除けのためのビニールカバーがかぶせてあった。

制服警官だった。

男は暗がりのなかで息を呑んだ。

警邏中の警官と鉢合わせするなどとんだ災難というしかなかった。

あまりの間の悪さに叫びだしたい衝動を抑えつけて男はゆっくりと立ち上がり、体の向きを変え佐伯百合の家とは反対の方向に歩きだした。

土曜日

自転車が坂道に差しかかった。

この町は坂道がやたら多いのが唯一の欠点だわ。ペダルを踏みつけながら堺久恵は思った。目の前の坂はゆるやかなのでさほどの苦労はないが、なかには全身の力をふり絞ってペダルを漕がなければ登れないような急な坂もあった。雪など降ろうものなら自転車に乗って登ることなど到底無理な相談で、サドルから降り手押しで自転車を坂の上に運ばなければならなくなる。まあ、そんな日は一年に一度あるかどうかだが。

軽くペダルを踏んで坂の上まででたとき一軒の家が目に入って、堺久恵は自転車を道の真ん中で止めた。玄関のドアがほんの少しだけ開いており、隙間から白い靴底が見えたような気がしたのだ。

もう一年近く毎日その家の前を通っていたが、この時間にドアが開いていたことなど一度もなかった。それに靴底が見えたということは玄関口で誰かが倒れているということではないか。

堺久恵は自転車を降りて玄関に近づくと、体をかがめて隙間から家のなかをのぞきこんだ。

やはり人が倒れていた。うつぶせで、玄関口で倒れこんでしまったような姿勢で。

堺久恵は思わず悲鳴を上げそうになるのをこらえてドアノブに手をかけ、恐る恐るドアを開いた。

ひょっとしたら心臓発作でも起こして倒れ、気を失っているのかも知れない。そうだとしたら声をかけるなり体を揺さぶるなりして目を覚まさせなければと考えたのだ。

しかし、ドアを開けてなかの様子がはっきりとわかったとたん今度こそ本当に悲鳴を上げた。

倒れている女性の白いブラウスが血まみれだったのだ。


所轄署に設けられた捜査本部の一回目の捜査会議は午前十一時三十分にはじまった。

「被害者は佐伯百合、十九歳」

白板の前に立った捜査一課八班の班長片桐（かたぎり）が、会議室に机をならべて座っている三十人ほどの男たちに向かっていった。

片桐は痩身の四十代で、青木一（あおきはじめ）が属する捜査一課七係の係長だった。

一課に配属になったその日に一は先輩のひとりから、片桐が二度も離婚していて現在は独身だと耳打ちされた。

警察は職員を採用する際、本人だけでなく家族や親族までをくわしく調べる。現役職員の離婚問題などにも敏感なはずだった。にもかかわらず経歴に傷ひとつついていないばかりか捜査一課の最前線を任されているのは、片桐が刑事としての力量を人一倍高く評価されているからに違いなかった。

「通報があったのはいまから五時間前の六時三十分。第一発見者は堺久恵三十六歳。新聞配達の途中で佐伯百合の家の玄関のドアが閉まっていないのを見て不審に思い、ドアを開け被害者が玄関口で倒れているのを発見した。死因は失血死。鋭い刃物で背中を刺されていた。刺創は十数ヵ所、背面全体に及んでおり、いわばめった刺しの状態だった」

一は背筋を伸ばして、片桐のことばを一言も聞き漏らすまいと懸命に耳を傾けていた。

三月前下町の小さな所轄署から捜査一課に引き上げられたばかりの一にとっては、捜査本部に参加し殺人事件の捜査員に加わること自体初めての体験だった。

朝の七時に電話で緊急招集をかけられ寝ぼけ眼で現場に駆けつけたが、すでに到着して現場付近の捜査を始めている捜査員たちの姿を見たとたん眠気など一瞬にして吹き飛んでしまった。

現場は空気が張り詰めたような緊張感に満ち、ビニールカバーを靴にかぶせた鑑識課員たちや皺の寄った背広を羽織り寝ぐせで髪を逆立てた刑事たちが寡黙にしかし忙しそうに立ち働いていた。

先輩刑事に頭を下げて挨拶し遺体が横たわっている家の戸口をのぞくと、まるでバケツ一杯の水をぶちまけたようにどこもかしこもびしょ濡れだった。そして辺り一面に血が飛び散っていた。

本物の死体を間近で見たのも初めての体験だった。

一は被害者の無惨に赤く染まったブラウスからしばらく目を離すことができなかった。

「現場の状況から見て、犯人は被害者が帰宅するのを家の近くの物陰に隠れて待ち伏せしていたか、あるいは駅から後を尾けるかしたのだろう。そして被害者が玄関のドアを開けるのを見計らい背後から近づくといきなり背中を刺したと思われる。さらに倒れた被害者の背中を何度もくり返し執拗に刺している。鑑識によると死亡推定時刻は昨夜午後十時から十二時のあいだということだが、被害者は昨日アルバイト先の銀座の生花店を午後十時にでて、地下鉄を使って帰宅したことがわかっている。地下鉄の乗車時間と最寄駅から現場の家までの距離を考えれば、被害者が奇禍に遭ったのは十時半前後と推定するのが妥当と思われる。なおいまのところ現場からは指紋や下足痕などの物的証拠は発見されていない。指紋は別にして下足痕が発見できなかったのは昨夜の雨のせいだろう。ここまででなにか質問がある者はいるか」

片桐がことばを切り、目の前の男たちを見まわした。

「はい」

一の後列に座っていた捜査員のひとりが手を挙げた。手を挙げた所轄署の刑事を片桐が指差した。

「下足痕は玄関のなかだけでなく家の周りの地面にもなかったのでしょうか」

指をさされた刑事が立ち上がっていった。

「どこからも発見されていない」

片桐が答えた。

「下足痕から容疑者を割りだすことはできない、ということでしょうか」

「そういうことになる」

片桐がいった。

会議室のなかが一瞬ざわついた。

「しかし」

片桐が両手を挙げてどよめく捜査員たちを制した。

「被害者が死亡したのは十時半前後だときわめて正確な犯行時刻がわかっている。昨夜その時間に被害者の家をうかがっているような不審な人物がいなかったか、現場周辺の聞き込みを徹底すれば容疑者を絞りこむのはさほど困難ではないはずだ」

「わかりました」

刑事が椅子に腰を下ろした。

「はい」

別の捜査員が手を挙げて立ち上がった。

「凶器は鋭い刃物ということですが、具体的な形状はわかっているのでしょうか」

「片刃のナイフで刃渡りは十四センチ以上。わかっているのはこれだけだ」

片桐がいった。

また別の捜査員が立ち上がって質問した。

「被害者はめった刺しにされていたとのことですが、正確には何回刺されていたのでしょうか」

「正確には十七回だそうだ」

片桐が答えるとふたたびどよめきが起こった。

「ほかに質問がある者は」

片桐が捜査員たちを見渡したが、ほかに手を挙げる者は誰もいなかった。

「青木」

とつぜん一を指して片桐がいった。

「おまえ、なにか質問はないか」

「は、はい」

突然の指名にあわてた一は、けたたましく椅子を鳴らして立ち上がった。

「あの、昨晩は一晩中雨が降っていました。被害者は傘を差していたはずですが、その傘は発見当時どこにあったのでしょうか」

「開いた状態のまま戸口の外に放りだされていた」

片桐はそういうと、生徒に質問する教師の顔つきになって一を見た。

「この事実からなにがわかる」

「あの、どういうことでしょうか」

「傘は玄関のなかではなく、玄関脇に開いた状態で放りだされていた。この事実からなにがわかるかと聞いているんだ」

「ええと、犯人は被害者が玄関のドアを開けたのとほとんど同時に襲いかかったということがわかります」

わずかの間はあったが一はなんとか答えを絞りだした。

「その通り。犯人は被害者がドアの鍵を開けるのを待ち構えていた。そしてドアが開いたとたん被害者とともに玄関のなかに押し入って犯行に及んだ。だから傘は戸口の外に開いたままの状態で放りだされたんだ。よくわかったな。おまえにしては上出来だ」

片桐が笑みを浮かべていった。

「あの」

「なんだ。まだなにかあるのか」

「傘が外に放りだされていたならどうして玄関のなかがあれほどびしょ濡れだったのでしょうか」

「なるほど」

片桐が顎（あご）を撫でた。一の質問は想定外だったらしい。

「いまのところおれには答えはないとしかいえん。それを考えるのがおまえの仕事だろうが」

片桐がいい、後列に座っている捜査員たちから笑い声が漏れた。

「わたしからは以上だ」

片桐が席に戻ると、代わりに上席に座っていた管理官が立ち上がった。

管理官の大倉（おおくら）警視は五十代で腹が少々でかかっているが、皺ひとつない仕立てのいいスーツを着込み高級そうな腕時計を嵌（は）めていた。一見すると刑事というより弁護士か銀行の支店長のように見える。

「氏名と携帯電話の番号、パソコンのＩＰアドレスは全員申告済みだな」

「はい」

一斉に声が上がった。

「ここは古い町で親子二代三代と代々ここに住んでいる人も多く、近所同士もたがいに顔見知りで横のつながりも強い。片桐係長からもあったように、聞き込みを徹底すれば犯行時刻前後に不審な人物を見かけたという目撃証人をかならず見つけだすことができるはずだ。被害者の自宅周辺、それから駅から自宅までの道の周辺を重点的に当たるようにしてくれ。もちろん駅周辺の防犯カメラの映像を調べることも忘れんように。一方殺害状況から見て動機は怨恨、痴情のもつれという線が濃いと思われる。被害者が通っていた大学とアルバイト先の友人知人に当たり、被害者に恨みをもっていたりもめ事を起こしていた人物を洗いだすことが最優先課題だ。もう一度いうがここは古い住宅地で殺人事件などめったに起きない地域だ。事件を知れば住民は怯え、犯人はいつ捕まるのかと不安にさいなまれることになるのは目に見えている。犯人検挙までの日数が伸びれば伸びるほどそれだけ住民たちの不安は増大する。一刻でも早い事件解決を目指さなければならない。このことを念頭に置いて迅速かつ果断（かだん）な捜査を実行してもらいたい。以上だ」

大倉管理官は腰を下ろすと腕時計に目をやった。

「つぎの捜査会議は七時間後の午後七時とする。時間厳守のこと」

それで捜査会議は終了だった。はじまってまだ三十分と経っていなかった。

捜査会議といえば捜査一課の刑事と所轄署の刑事が一堂に会して侃々諤々（かんかんがくがく）の議論を戦わせるものとばかり思っていたが現実はかならずしもそういうものではないらしかった。

捜査員たちがひとりふたりと立ち上がり、低い声で私語を交わしはじめた。

「青木、こっちへ来い」

この後はなにをしたらいいのだろうかと周囲をあてもなく見まわしていると、片桐に声をかけられ手招きされた。

一は立ち上がって片桐が座っている席に歩み寄った。上席に片桐とならんで座っていた管理官や所轄署の副署長たちは早々と退席していて姿はすでになかった。

「おまえに特別任務を与える」

片桐がいった。

「特別任務、ですか？」

冗談なのかどうかわからず思わず鸚鵡返し（おうむがえし）になった。

「今回おまえには単独での捜査を任せたい」

「単独捜査。あの、どなたかと組まなくていいということですか」

「そうだ、誰とも組まなくていい。おまえひとりでやるんだ」

「それは……」

「どうした。無理だといいたいのか」

「なにをすればいいのでしょう」

片桐の意図がわからず一は聞いた。

「町をぶらぶらと歩いてもらいたい」

片桐が真顔でいった。ますます冗談だとしか思えなかった。

「どういうことでしょう」

「ぶらぶら歩きながら商店街の買い物客の立ち話や学校帰りの生徒たちのおしゃべりにさりげなく耳を傾けるんだ。管理官がいっていたように住人の横のつながりが強い町だ。噂話の十や二十はかならず転がっている。それを拾ってこい」

「事件とは関係がない噂でもですか」

「ああ。どんな噂でもいい。どうだ、できるか」

「はい。なんとかやってみます」

町の噂話にどんな意味があるのか一には理解できなかったが、とりあえずそう答えるしかなかった。


捜査員はまだ誰も戻っていなかった。

一は会議室に入ると椅子に身を投げだすようにして腰を下ろし、長い息を吐きだした。

スマートフォンの地図を頼りに町中(まちじゅう)を休みなくたっぷり六時間も歩きまわったのだ。やたらに寺と坂道が多い町だというのが第一印象で、おまけにＪＲの駅の近くにはだだっ広い霊園まであった。

驚いたのは霊園の近所の一角にチーズケーキの専門店やチョコレートの専門店、長屋を建て替えて地ビールを提供している店まであったことで、ネットで調べてみるとこの町は下町情緒を残す散策コースとして何度もテレビにとりあげられ、退職して暇をもてあましているような中高年だけでなく、若者とくに若い女性たちが毎週末大勢訪れているということだった。

そういえば商店街には青果店や総菜店に交じって手造りの鞄を売る店やガラス細工などの小物を扱う真新しい店舗もあった。

大倉管理官と片桐係長は、古い町で住民たちが全員顔見知りであるようなことをいっていたが、最近はよその土地からも徐々に人が流入してきているらしかった。

やがて捜査員たちがひとりまたひとりと戻ってきて、二回目の捜査会議がはじまった。

「第二回の捜査会議をはじめる。まず被害者の学校関係から」

上席に座った片桐が捜査員たちに向かっていった。

「はい」

立ち上がったのは千葉という一と同じ七係の刑事で、あと数年で定年というベテランの警部補だった。

千葉は老眼鏡をかけ手帳を開くとおもむろに報告をはじめた。

「美術大学へ行って佐伯百合の友人たちから話を聞いてきました。まず野々村恵十九歳。佐伯百合とは高校時代からの親友だったそうです。佐伯百合の死亡を知ったばかりで大変ショックを受けている様子でした」

「佐伯百合さんが亡くなったことをどうして知ったんだ。テレビのニュースを見たのか、それとも友人の誰かから聞いたのか」

千葉が話しだしたのを片桐が途中でさえぎって尋ねた。

「ネットでニュースを見たそうです」

千葉が答えた。

「そうか。つづけてくれ」

「野々村恵によると佐伯百合は真面目な人柄で大学の成績も優秀。誰からも好かれていて彼女の身辺でもめごとや争いごとなどが起こったことはいままで一度もなかったそうです。男子学生のあいだでも人気があったが、そちらには見向きもせず勉学とアルバイトに励んでいたとのことです。最近悩んでいる様子などはなかったか聞いてみたところ、悩んだりしている様子はなかった。昨日も授業にでていて普段と変わったところは少しもなかったという答えでした。しつこく言い寄ったりつきまとったりしていた学生はいなかったかと聞きましたが、そういう人には心当たりはないという答えでした。ほかの三人、藤江明子、山本里香、白井美奈の話も同じようなもので、佐伯百合は皆から好かれていて彼女に対して恨みや妬みなどをもっている人間はひとりも思いつかない。男子学生にはとくに人気があって大学のミス・コンテストに出場するよう毎年しつこく勧誘されていたがそれを断りつづけていたくらい人前にでるのが苦手な性格で、女子学生だけの集まりにはたまに顔をだしてほんの少し酒をたしなむことはあっても、男子が参加している飲み会には一切出席したことがなかったそうです。この三人にも佐伯百合さんにしつこく言い寄ったりつきまとったりしていた人間がいなかったか聞いてみましたが、三人そろってそんな人に心当たりはないし、佐伯百合自身の口からもそういう話を聞いたことがないという答えでした」

千葉はここまでいうと咳ばらいをひとつし、さらに残りの報告をつづけた。

「つぎに話を聞けたのが山下幸一、二十二歳。佐伯百合の唯一の男性の友人です。友人といっても一緒に連れだって酒を飲みに行くような友人ではなく、食事を何度か共にしたことがあるだけ。それも学食で昼食を食べたというだけのことだそうですが。山下幸一は佐伯百合と同学年ではなく二年上の四年生。学生であるにもかかわらず銀座や日本橋などで何度も個展を開いています。佐伯百合と知り合ったのは初めて開いた個展の会場で、それ以来絵についての相談を何度か受けたことがあるといっていました。それ以上の関係はなし。山下には杉並のアパートで同棲している白川久美子というガールフレンドがいて、この女性と仲睦まじく暮らしているそうです。もっともこれは当人の話ですから、本当のところどうなのかわかりません。山下が佐伯百合と浮気をし、それを知って逆上した白川久美子が佐伯百合を刺したということもないとは限りませんから、明日にでもこの白川久美子という女性が勤めている化粧品会社のほうに出向いて本人に会ってこようかと思っています。こんなところです」

そう報告を締めくくって千葉が着席した。

「つぎ。被害者のアルバイト先関係」

「はい」

立ち上がったのは中村だった。

中村も七係の刑事で一とは年齢も近く、階級も同じ巡査部長だった。片桐に二度の離婚歴があることを教えてくれたのもこの中村だった。

「佐伯百合さんが働いていた銀座の生花店に行ってきました。生花店の店長は平沢恵子四十五歳。同じアルバイトの仕事仲間に北村志保二十歳と秋元順一三十九歳のふたりがいます。北村志保は三田にある女子大の学生。秋元のほうは既婚者でふたりの子持ちです。佐伯さんは月曜日から金曜日まで毎日店に入っていて、金曜日つまり昨日は午後三時から午後十時まで仕事をしていました。店長の平沢恵子が一緒で、佐伯さんは普段と変わりなく働いて十時過ぎに普段と変わりない様子で帰宅したそうです。店長の平沢恵子は佐伯さんについて、真面目な子で一生懸命働いてくれた。花についての知識も豊富で彼女自身もつまり平沢恵子のことですが、とても助けられたといっていました。佐伯さんがアルバイトをはじめてから男性の客が急に増えたともいっていました。仕事仲間との関係がどうであったか聞くと、三人は和気藹々(わきあいあい)ととても仲良くやっていた。誰からも不平や不満を聞かされたことはないとのことでした。三人に個人的な関係について聞いたところ、佐伯さんと北村志保は年齢も近く同じ学生同士ということもあって何度かふたりで食事にでかけたことがあるが、秋元順一とは仕事場限りの関係で、お互いの電話番号さえ知らなかったということでした。以上です」

「被害者が働きはじめてから急に男性客が増えたといったが、彼女目当てで頻繁に店に来る人間はいなかったのか」

片桐がいった。

座りかけていた中村があわてて背筋を伸ばし直した。

「すいません。忘れてました。永山卓也(ながやまたくや)と坂口洋二(さかぐちようじ)、このふたりの客がとくに足繁く店に通っていたそうです。どちらも二十代で、永山卓也はエンジェル・アドという広告代理店のデザイナー、坂口洋二は銀座のレッド・オブ・レッドというバーでバーテンダーをしている男です。永山卓也のほうは会って話を聞くことができました。生花店から百メートルも離れていない通りの奥まった場所にある小さな会社です。事件のことはニュースで見て知っていたが、生花店のあの子だとは思わなかったといって驚いていました。昨夜どこでなにをしていたか尋ねると、会社近くの居酒屋で午後六時から十二時近くまで飲んでいたという答えでした。これは一緒に飲んでいた同僚三人からも話を聞いて確認がとれました。永山卓也が昨夜六時から十二時近くまで銀座にいたことは間違いないようです。レッド・オブ・レッドというバーにも行ってみましたがまだ早い時間だったので店が開いておらず、坂口洋二に会うことはできませんでした。明日あらためて行ってみようと思います」

「明日といわず今晩行ったらどうだ」

片桐がいった。

「は……？」

「今頃はもう店が開いているだろう。いま行けば坂口洋二に会えるじゃないか」

「そ、そうですね。この会議が終わり次第行ってきます」

中村はきまりわるげに返事をして腰を下ろした。後列に座っている捜査員たちが低い笑い声を立てた。

一は片桐と中村のやりとりを、ようやく少しだけ捜査会議らしくなってきたなと思いながら聞いていた。

「つぎ。被害者の家の近所および駅から家までに至る道の周辺の聞き込み」

「はい」

片桐の声に応えて立ち上がったのは所轄署の刑事だった。

「まず松木治夫(まつきはるお)。佐伯百合の三軒隣りに住んでいる一人暮らしの老人です。ゴミをだす日に何回か顔を合わせたことがあるので佐伯さんのことは知っているという話でした。昨日の夜十時半ごろに近くで怪しい人物を見かけなかったか聞いたところ、その時間にはもう寝ていたのでなにも見ていないとのことでした。

　佐伯さんの家から五百メートルほど離れたところにある長屋の住人達からも話を聞きました。文字通りの長屋です。戦前に建てられた棟割長屋に三世帯が暮らしています。そのうちふたりはなんとアメリカ人です。ひとりはプロの画家で日本人の奥さんとふたりの娘がいます。娘ふたりは小学校の低学年で地元の小学校に通っているそうなんですが、学校帰りに佐伯百合さんの家によく遊びに行っていたようです。両親は佐伯さんが亡くなったことをまだ伝えていません。幼い子供に親しい人の死をどう伝えていいかわからないのでしょう。もうひとりはハーバード大学の医学部を卒業したという元医師で六十代の女性です。昔から日本に憧れていて引退したら日本に住もうと決めていたそうです。ふたりとも日本に住んで十年以上経つということで日本語を不自由なく話します。月に一度長屋の住人たちが肉や野菜をもち寄ってバーベキュー・パーティーを開くそうで、そこに佐伯さんは欠かさず顔をだしていたそうです。画家から美術界の話をいろいろ聞くためで、このアメリカ人の画家はなかなか有名な人物らしいです。画家の名はピーター・リグニー。元医者の女性はレイチェル・キーンです。もうひとりの長屋の住人は近藤仁といって、佐伯さんと同じ美術大学の学生です。佐伯さんのことを聞くと、なぜかおどおどしながらバーベキュー・パーティーのときに何度か会っただけで彼女のことはなにも知らないというばかりで。ちょっと怪しい感じでした。この男のことはさらにくわしく調べようと思います。長屋とは反対の方角になりますが貞観寺という寺の住職からも話を聞くことができました。駅と佐伯さんの家の途中にある寺です。佐伯さんは道ですれ違うと、住職に向かってかならず深々と頭を下げたそうで、若いのに似合わず仏法僧を心得ていた感心な人だと思ったそうです。あんな立派な娘さんが亡くなったのは残念だともいっていました」

「なんだ、その仏法僧というのは」

片桐が聞いた。

「仏教の教えで人々が尊ぶべきものの順番です」

刑事が答えた。

「なるほど」

片桐がつまらなそうにうなずいた。

「昨夜十時半から十一時までのあいだ近くで怪しい人間を見かけなかったかと聞いたところ、その時間は千駄木に住む檀家さんの家で酒と食事の接待を受けていたので見ていないと。最後は駅の出入口の真横にあるコンビニの店員です。佐伯さんは週に一度、多分アルバイトの帰りがけでしょう。夕方六時くらいに店に来て卵や野菜などの食材、それに冷凍食品を何種類か買って行くのでよく覚えているそうです。きれいな人だなと思い商品を選ぶ姿を毎度目で追っていたそうですが、彼女が怯えていたり誰かにつけまわされて困っているような様子を見たことは一度もないといっていました。このコンビニもふくめて駅周辺の防犯カメラの映像を調べてみましたが、午後十時半前に駅からでて傘を差し横断歩道を渡って自宅方面に歩いていく佐伯さんの姿がたしかに映っていました。念を入れてくり返し映像を見直しましたが、彼女の後を尾けているような人間の姿は確認できませんでした。以上です」

「ほかに」

「はい」

所轄署の別の刑事が立ち上がった。

「佐伯さんのご両親から話を伺いました。現場となった家は佐伯さんの叔母の家なのだそうです。佐伯さんの実家は世田谷なのですが、ＩＴ関連の会社で働いている叔母さんが仕事の関係で三年ほど香港に移り住むことになったので、そのあいだアトリエ代わりに使っていいと叔母さんからいわれたのだそうです」

「わかった。ほかになにか報告がある者はいるか」

片桐がいったが、手を挙げる者は誰もいなかった。

「第二回の捜査会議はここまでとする。管理官、お願いします」

片桐が大倉に顔を向けた。

「知っている者もいると思うが、わたしが指揮する捜査本部では捜査期間中署の講堂で雑魚寝するというような前近代的で非効率的なことはしない。連絡員二名を残してほかの者は全員帰宅し、明日からの捜査にそなえて英気を養ってもらいたい。ただし酒は禁止だ。被害者のことを考えたら酒など飲んでいられないはずだ。いいな。以上。これにて解散」

大倉がいって捜査員たちが三々五々立ち上がりはじめた。

一も席を立ち、片桐の席に歩み寄った。いいつけられた仕事の報告をしようと思ったのだ。

「町歩きはしたか」

一が口を開く前に片桐が顔を上げていった。

「はい」

「なにか収穫はあったか」

「それが、特にこれといった話は……」

「そうだろうな。たった半日町を歩いたくらいで耳よりの話が聞けるはずがない。明日からも根気よくつづけてくれ。それはそれとして、きょうはこれから中村と一緒に銀座のバーに行ってこい」

「バー、ですか……？」

「中村と銀座のバーに行って、坂口という男の事情聴取に立ち会えといってるんだ。なにごとも勉強だぞ」

「わ、わかりました」

一は返事をしてすでに退室してしまった中村を追いかけた。

「中村先輩」

廊下にでると中村の背中に向かって声をかけた。

中村が足を止め、ふり返った。

「なんだ。なにか用か。おれはこれから事情聴取で銀座まで行かなくちゃならない。忙しいんだ」

不機嫌な顔で中村がいった。

「その事情聴取についていくよう係長にいわれました。中村先輩のお手並みをじっくり拝見して勉強させてもらえと」

「ふん、そうか。よし、ついてこい」

中村がうれしそうな顔になっていった。

ふたりは署をでると地下鉄で銀座にでた。

バー『レッド・オブ・レッド』は東銀座駅前の雑居ビルの三階にあった。

エレベーターで三階まで上がり、重い樫(かし)の木のドアを押し開けて店のなかに入った。

店内に客はまだひとりもなかった。

大通り沿いの窓から向い側の歌舞伎座の建物が見えた。

坂口とおぼしき男がカウンターのなかで氷を球の形に削る作業をしていた。

中村が男の顔の前に身分証をかざした。一も同じように身分証をとりだして男に見せる。それから中村の後ろに立ち、メモをとるためスマートフォンを胸ポケットから抜きだした。

「警察の方がどんなご用でしょう」

「今朝のニュースはご存じですよね」

坂口が顔を上げて聞いた。

中村がいった。

「ニュースですか……？」

「女子大生が殺された事件です」

「今日はテレビを見る間もなく家をでたので」

「その女子大生、佐伯百合というんです。知ってますよね」

「佐伯百合、ですか？　さあ、聞いたことがありませんが」

「平沢生花店でアルバイトをしていた学生さんです」

　中村がいうと、坂口の表情が一変した。

「え？　殺されたというのはあの花屋の子なんですか」

「あなたずいぶん足繁くその花屋さんに通っていたそうじゃありませんか。酒の香りを楽しむバーには花など禁物のはずだと思うんですがね。それにこうして見まわしたところ実際どこにも花なんか飾ってないようですし。どういう訳で頻繁に花屋さんに通っていたか、理由をお聞かせ願えませんか」

「ちょ、ちょっと待ってください。これは殺人事件の捜査なんですか？　まさか、わたしがその子の事件となにかかかわりがあるなんておっしゃるんじゃないでしょうね」

「花を買うのは口実で、本当は佐伯百合さんの顔を見るのが目的だった。そうですよね」

　坂口の問いには答えず、中村がいった。

「そうなんでしょう」

「ええ。まあ、そうですが……」

　坂口がしぶしぶ答えた。

「あの生花店以外の場所で佐伯さんと会ったことはありませんか」

「ほかの場所とはどういう意味です……？」

「そのままの意味です。平沢生花店以外の場所で佐伯さんと会ったことがありますか」

「ありません」

「一度もですか」

「ええ」

「偶然どこかで見かけたというようなことも？」

「ありません」

「たしかでしょうね」

中村が念を押した。

「あの子の顔が見たくてあの花屋に行ったことは事実ですし、母親に贈る花を選んでくれませんかと嘘をついて会話を交わしたことも二、三度あります。でもそれだけのことです」

坂口がいった。

「昨日はこのバーを開けていましたか」

中村が別の質問をした。

「ええ」

「営業は何時から何時までです？」

「六時から午前一時までです」

「それを証明してくれる人はいますか」

「証明してくれる人、ですか……？　そりゃ、お客さんに聞いてもらえばわかると思いますけど」

「客のほかには」

「店を開ける準備をしていた時間に氷屋さんが氷を届けてくれました。荒川製氷店という氷屋です」

坂口が答えた。

「電話番号を教えていただけますか」

「はい」

坂口はカウンターの棚からスマートフォンをとりだして、電話番号を読み上げた。

「この店はあなたひとりでやられているのですか」

中村が聞いた。

「いえ、高木（たかぎ）というオーナーとふたりで」

「そのオーナーはいまどちらに」

「もうそろそろ来るころだと思います」

「そうですか。それではオーナーがいらっしゃるまでここで待たせてもらいます」

「あの、カウンターの前におふたりも人が立っていると店に入ってきたお客様が驚かれるかも知れないので、そこのテーブルに座ってお待ちくださいませんか」

入口近くの四人掛けのテーブル席を指して坂口がいった。

「そうですか。おことばに甘えてそうさせていただきます」

中村がいった。

「製氷店に確認しろ」

ソファに腰を下ろすなり、中村が一に顔を近づけて囁いた。一はうなずいて店の外にでた。

ドアの前で電話をかけた。

相手はすぐにでた。

「毎度ありがとうございます。荒川製氷店です」

「すいません。ちょっとお伺いしたいことがあるのですが」

「はい、なんでしょう」

「昨日東銀座の『レッド・オブ・レッド』に氷を配達されたでしょうか」

「え？　お宅、どちら様」

「警察の者ですが、事件などではありませんのでご心配なく。単なる確認です。教えていただけますか」

「ええ、氷をお届けしましたよ」

「それは何時ごろでしょう」

「六時半か四十分くらいだったかな」

「お店で氷を受けとったのはどなただったでしょう」

「あの店のバーテンさんですよ。坂口さんという」

「そうですか」

一は礼をいって電話を切り、店のなかに戻った。

ソファに腰を下ろすと中村が目顔で問いかけてきた。

一は確認がとれたというしるしにうなずいた。

坂口は氷を削る作業に戻っていた。

佐伯百合の死を知らされた動揺がまだ収まっていないのだろう。顔がいくらか青ざめていた。

ドアが開き、ポロシャツにスラックス姿の男が店に入ってきた。

きょう最初の客かと思ったが、男は勝手知ったる様子でカウンターの奥の小部屋に入って行き、五分ほどするとバーテンダーの服に着替えてでてきた。店のオーナー、高木に違いなかった。

中村と一は立ち上がってカウンターに入った高木の前に立った。

「なんです。あなた方……？」

「警察の方です」

坂口が高木に向かっていった。

「警察……」

高木はとつぜんのことで事情が呑みこめないらしく、目の前の中村と自分の横にならんで立っている坂口の顔を当惑したように交互に見比べた。

「後で私が説明します」

坂口がいった。

「昨晩のことをお聞きしたいんですが、店は開けていましたか」

中村が口を開いた。

「ええ、開けていましたけど」

高木が答えた。

「何時から何時までです」

「いつもと同じです。午後六時から午前一時まで」

「そのあいだおふたりはずっとご一緒でした？」

「ふたりというのは……？」

「あなたと坂口さんです」

「ええ、一緒でした」

高木がどうしてそんなことを聞くのかという顔つきで中村を見た。

「間違いありませんか」

「間違いありませんよ。昨日は忙しくてろくに休む暇もなかったくらいですから」

「そうですか。お聞きしたかったのはそれだけです」

「あの、どういうことです」

「お手間をとらせて申し訳ありませんでした」

不審顔のままの高木に中村が頭を下げたので一もそれにならって頭を下げた。

ふたりは店をでてエレベーターに乗った。

「後で説明しますっていってましたけど、坂口はあのオーナーに一体どんな説明をするんでしょうかね。花屋でアルバイトしていた女子大生につきまとっていたことを正直に話すと思います？」

ビルをでたところで一は中村に聞いた。

「そうはいわないだろうな。花屋ということもいわないかも知れない。おまえ花屋なんかに一体なんの用があったんだなんていわれかねないからな。行きつけの店のホステスが事件に巻きこまれたらしくて、それで警察が店の客に事情を聴いて歩いているらしいです。まあ、話すとしてもこれくらいだろう。あ」

地下鉄の駅の入口の前で中村が小さく声を上げて足を止め、一をふり返った。

「おまえの家、月島（つきしま）だったな」

「はい」

「ここからなら歩いて帰れるんだろう」

「はい」

一はうなずいた。

「じゃあな」

お疲れさん、中村はそういって小さく手を振った。

階段を下りて行く中村の後ろ姿を見送ったあと、一は体の向きを変えて反対の方角に歩きはじめた。

すぐに隅田川（すみだがわ）に架かる勝鬨橋（かちどきばし）の袂にでた。

夜の勝鬨橋は陰気で暗く、一はあまり好きではなかった。いまは歩く人影もない。

長い勝鬨橋を渡り切ると、辺りがふたたび明るくなった。

通りの両側に飲食店が軒を連ね、歩道にもにぎやかな笑い声を立てながら歩く大勢の人の姿があった。男女のカップルだけでなく、女性同士のグループも目立つ。

通称もんじゃストリートを抜けて角を曲がったところにもんじゃ焼きの店がもう一軒あった。その店舗の二階が一の下宿先だった。

店の裏手にまわり、外階段を使って二階に上がった。

ドアの鍵を開けて部屋のなかに入った。

フローリングの八畳と畳敷きの四畳半の二間で風呂もついていた。

もともとは一階の店をひとりで切り盛りしている女主人の息子夫婦が住んでいたのだが、子供が生まれたのを機に夫婦は本郷のほうへ引っ越し、そこでまた新しくもんじゃ焼きの店をはじめた。

当時まだ東京大学の学生だった一は新しく開店したその店が気に入って週に二、三度も通うほどの常連客になり、そのうちに高山博（たかやまひろし）と一実（かずみ）という主人夫婦とも親しくことばを交わす間柄になった。

三月ほど前の休日、多少の懐かしさも手伝って大学の前の通りを行先のあてもなく歩いていると高山博とばったりでくわした。三年ぶりの再会だった。

ふたりで近くの喫茶店に入り、思い出話に花を咲かせた。

一が警察に入ったことを高山は知っており、制服警官から刑事になったので寮をでなくてはならず、部屋を探しているというと、実家の二階がもう五年近く空いたままになっているからぜひ使ってほしいといってくれた。

一には願ってもない申し出だった。

その日はそれで別れたが、翌日早速高山にともなわれて月島へ行き、高山の母親である幸子（ゆきこ）に引き合わされた。

警察の人が住んでくれるならこちらも安心だと幸子は大よろこびだった。

そして三日後には月島のもんじゃ屋の二階が「我が家」となった。

家賃も破格の安さだった。高山幸子は家賃なんかいらない、ただで住んでくれと言い張ったのだが、それでは申し訳ないと一のほうから金額を提示したのだった。それでも相場からすれば常識外れの家賃であることに変わりはなかった。月島に林立するタワーマンションの住人たちが聞いたら、只同然の安さに目を剝くのは間違いなかった。

半日中歩きまわっていたので汗をかいていた。裸になり、シャワーを浴びた。

風呂から上がるとトレーナーに着替え、台所の冷蔵庫を開けて食材の残りをたしかめた。袋入りの生麵とキャベツがあったので焼きソバをつくることにした。

キャベツを刻み、油を引いたフライパンで生麵とともに炒める。冷凍庫をのぞくとパック入りの豚のバラ肉が半分ほど残っていたので、解凍してそれもフライパンのなかに入れた。

キャベツに火が通って色が変わったところにウスターソースをかけまわして麵にからませればそれで完成だった。

食器を買いそろえる暇がなくて、コップと箸のほかはどんぶりひとつに木の椀がふたつあるだけだったので、フライパンの焼きソバはどんぶりに移した。

湯を沸かしてインスタントの味噌汁をつくり、どんぶりと椀を両手にもって居間にしている八畳間のテーブルに運んだ。

椅子に座るのももどかしく、一は焼きソバを搔きこむように頰張った。

食っては味噌汁を啜り、食っては啜りを夢中でくり返しているうちにあっという間にどんぶりが空になった。

腹が満たされ、ようやく人心地ついた気分で、一は腹を撫でながらふうっと大きく息を吐いた。

どんぶりと椀を洗って歯を磨き、四畳半に大の字になって横たわった。

ときどき下の店から客の笑い声が聞こえてくる。

一はぼんやり天井を眺めながら、あわただしかったこの半年間のあれこれを思い返すともなく思い返した。

自転車で町内の警邏をしていたとき、商店街でひとりの男に職務質問をしたのがちょうど半年前だった。

その男は見るからにみすぼらしい身なりをしていたが、垢じみた服装には似合わない真新しい鞄を肩から下げていたので不審に思ったのだ。

自転車を降り背後から声をかけた瞬間、男が後ろも見ずにいきなり駆けだした。

これには声をかけた一のほうがあわてたが、とっさに飛びついて男を押し倒した。

身柄を確保したうえで鞄の中身をたしかめると、百万円以上の現金が入っていた。交番に連行して調べたところ、百万円の入った鞄は最寄り駅の構内で置き引きしたものだということがわかったが、それればかりかなんとも驚いたことに男が強盗傷害の容疑で指名手配されていたことまで判明した。

刑事として捜査一課に配属になったのはそれが功績として認められたからだった。

まぐれ当たりというしかない幸運のおかげで一は念願の刑事になれたのだった。

東大を卒業しているが、一はいわゆるキャリアではない。

学部も法学部ではなく文学部で、専門は浮世絵と歌舞伎だった。

東大出でありながら一がキャリアでもなんでもないことがわかると、誰もが驚き、それから不思議そうな顔つきになって、どうして警察官になったのかと聞いてくるのが常だった。

三月前に配属になったばかりの捜査一課でも同じ質問をうるさいほど浴びせかけられた。

一は聞かれるたびに、子供のころから警察官になるのが夢だったからですと答えるのだが、誰も真に受けようとせず、小首をかしげるか眉を顰めるかするのだった。

しかしそれは嘘でもなんでもなく本当の話だった。

小学校三年生のとき、母親から千円札を一枚もらって近所の神社の縁日に行った。いま財布のなかに千円札しかないから、それを渡すけれど使っていいのは五百円だけ。お釣りの五百円はちゃんともって帰るんだよといわれた。

露店をいくつものぞいてみたが、五百円以内で買えるのはりんご飴だけだったのでりんご飴を買い、それを舐めながらほかの綿菓子やチョコバナナやタコ焼きや栄螺（さざえ）の壺焼きの露店をまわった。

なにも買わなくてもいろいろな露店を見てまわっているだけで時間を忘れるくらい楽しかった。

暗くならないうちに帰ってくるようといわれていたのに、気がつくとすっかり日が暮れていた。

走って家に帰り、母親につり銭を渡すために半ズボンのポケットに手を突っこんだが、そこに入れたはずの五百円硬貨がなかった。帰り道の途中でどこかに落としてしまったのだ。

母親にそう正直に話したが、母親は信じなかった。

千円を全部使ってしまったので、本当はもっていない五百円をなくしてしまったことにしたと言い訳をしているに違いないと思ったのだ。

「落としたのなら拾ってきなさい。見つかるまで帰ってきてはいけません」

母親がいった。

使ったのはいわれた通り五百円だけだ。つり銭の五百円はポケットに入れておいた。帰り道の途中で落としたのだと最後には泣きじゃくりながらくり返したが、何度いっても母親は信じようとせず瞋（いか）った目で一を凝（じ）っと見つめるばかりだった。

落とした五百円を見つけるために帰ったばかりの家をでてもう一度外に戻るしかなかった。

神社までは一キロメートルほどの距離だったが、辺りは暗くなっているし道は広いうえに両側は側溝になっており、おまけにまだ人通りが多かった。

探すといってもどこをどうやって探したらいいのか見当もつかなかった。

それでも探すしかない、と子供心に観念してもと来た道をたどりはじめた。

途方に暮れながら一時間ほど歩いたころ、一に声をかけてくれた人がいた。

ひとりの若い警察官だった。

地面に目を落としながらとぼとぼ歩いている子供を見て迷子にでもなったのだろうと思ったらしかった。

坊や、どうした？　と聞かれて、一は縁日で五百円のりんご飴を買って五百円のつり銭をもらったこと、家に帰る途中でどこかに落としてしまったこと、母親に見つけて拾ってくるまでは家に帰るなといわれたことなどをべそをかきながら事細かに話した。

腰をかがめて一の話を聞いていた若い警察官は、それならぼくも一緒に探してやろうといった。

そしてことば通り、本当に探すのを手伝ってくれた。

一時間かひょっとしたら二時間以上経ったころだろうか。地面に膝をついて側溝を懐中電灯で照らしていた警官が「あったぞ」と小さく叫んで手を差し上げた。

二本の指先にはさまれた五百円硬貨を一は信じられない気持ちで見つめた。

硬貨を落としたことは事実だったが、まさか見つけることができるとは思ってもいなかった。見つけるまで帰ってきてはいけませんといった母親でさえ、本当に見つかるとは思っておらず、戒めのつもりで探してきなさいといっただけのはずだった。

若い警察官は五百円硬貨を一に渡して、夜ももう遅いからと家まで送ってくれた。

玄関先に立って心配そうに両手をもみ合わせながら一の帰りを待っていた母親は一が警官に連れられてきたことに驚いたが、一くんが落とした五百円玉が見つかりましたと警官の口から聞かされるとさらに驚き、あんぐりと口を開けた。

そのときの母親の顔はいまも忘れない。

その日一は大人になったら警察官になろうと決めたのだった。

若い警察官が見つけだした硬貨は、自分が落とした硬貨ではなく、若い警察官の財布からでたものではないだろうか。そう思いついたのは何年も後になってからのことだ。

そうでなければ広い道路の両側に長く延びた側溝のなかからあれほど都合よく五百円玉が見

つかるはずがなかった。

考えれば考えるほどそれが真相に違いないと思われ、すると若い警察官と五百円硬貨を探して歩いた夜のことがますますあざやかに思いだされてくるのだった。

下の店からまた客の笑い声が聞こえてきて一は物思いから覚めた。

いつまでも思い出にふけっていても仕方がない。事件のことを考えなければ。なにしろ刑事になって初めての事件、それも殺人事件なのだ。懸命に働いて少しでも役に立つところを見せなければ。

といって、今日は事件が起こった町の様子を見てまわったくらいで収穫らしい収穫はなく、考えるといっても考える材料を思いつかなかった。

いや、この目で殺害現場を見たではないか。

あの家の玄関のなかでなにが起きたのか、それをじっくり考えてみるのだ。

一は、今朝目の当りにした殺害現場を頭のなかで正確に思い描こうとして目を閉じた。

しかし、階下から聞こえてくる笑い声に耳を澄ましているうちににわかに眠気が襲ってきて、いつの間にか深い眠りに落ちてしまった。


鵜飼縣が早々に帰った後（今日の縣の服は花柄の真っ赤なワンピースだった）も桜端道はパソコンのディスプレーを見つめたままだった。

殺人事件のきめの粗い現場写真がならべられたサイトだ。

トラップドアが仕掛けてあるかもしれないから下手にいじらないほうがいいと縣にはいわれたが、どうしても目を離すことができなかった。

殺人の現場写真などに興味がある訳ではない。見つめているのは画面の四隅にある空白部分の画像の揺らぎだった。

一マイクロメートル単位の揺らぎだったが、それこそこのサイトがフリーズしているのではなく、「生きて」いる印だった。

この画像の奥にはなにかとんでもないものが隠されているに違いない。道はそう確信していた。だからこそ目を離すことができないのだった。

コンクリートの壁でかこまれた部屋のなかはなんの物音もしない。まったくの無音だ。

ひたすら画面を見つめるには実に最適な環境だといえた。

縣などは時々ヘッドフォンを着けて音楽を聴きながらパソコンを操作することがあったが、道がそんなことをすることは決してない。

集中して作業をしているときに音楽などは邪魔だということもあるが、それより大きい理由は音楽を実感として体験することができないからだった。

音楽が聴こえないのではない。音楽を聴くことはできる。

例えばピアノの曲ならば、高い音や低い音が順番にならんでいることはわかる。が単に音が次々と現れては消えていくというだけのことでそれらがメロディーとしてつながることはない。

オーケストラの交響曲などは、バイオリン、チェロ、オーボエ、クラリネット、トロンボーン、トランペット、ティンパニなど様々な楽器が勝手気儘てんでんばらばらに思い思いの音を鳴らしているだけの混沌とした音の塊、でしかなかった。
しかし楽譜を見れば音楽が聞こえてくる。

五線譜に書かれた暗号のような音楽記号をたどっていけば、複雑に組み上げられた音符がそのまま音となって頭のなかで鳴り響きはじめるのだ。

道は正式な音楽教育を受けたこともなければ楽器を習ったこともない。

気がついたらそうなっていたので、自分の頭のなかがどんな仕組みになっているか道自身にもわからない。ただ聴く能力に比べて見る能力のほうが格段に優れているという自覚は子供のころからあった。

見ることは得意だった。

どんな遠くからでも雑踏のなかから目指す相手を瞬時に見つけだすことができたし、一目見渡しただけで周囲の群衆ひとりひとりの顔を苦もなく見分けることができた。

対象がどれほど巨大だろうと反対にどれほど微小な物だろうと見るだけであらゆる細部を洩れなく把握することができた。

見ることは、なにかを理解するには聞いたり読んだりするよりはるかに直接的で効率的な方法だった。

見るときはなにも考えない。見ているものだけが現実の世界になりほかのものは目に入らなくなる。さらに見ているうちに目の前に広がっている世界にするすると入りこんでしまう。

そんな感覚だった。

ネット上で流れている膨大なデータもいちいちことばに置き換える、つまり「読む」というような迂遠なことをせずとも一瞥しただけですべてを頭のなかにとりこむことができる。

道は画面の四隅にある空白を見つめつづけた。

凝っと見つめていれば、そこからなにかが立ち現れでもするかのように。

日曜日

快晴の天気だったのに夕暮れから雲がでてきて、一雨きそうな気配になった。

青木一は、きょうこそ係長の片桐に報告のし甲斐がある町の噂話を拾い集めようと朝から歩き詰めだった。

喫茶店に入って客の会話に耳を傾けたりもしたし、蕎麦屋や和菓子店の主人から話を聞いたりもして噂話をいくつも耳にすることができた。

もともと話好きの人間が多く住んでいる町なのか、それとなく水を向けただけで誰もが誰彼となく名を挙げては様々な噂話をはじめてくれたのだが、それらは大抵、あそこの家の子供は小さいころは神童などといわれて町内の人間たちからも可愛がられたものだったが、中学生になると不良仲間とつき合うようになって煙草は喫(す)うわ、万引きはするわでついに補導されてしまった。親も愛想尽かしをしてしまったようで、いまは高校にもいかず毎日ぶらぶらしている。そのうちきっと警察沙汰になるような騒ぎを起すに違いない。であるとか、先月ご主人が亡くなった何丁目の何某(なにがし)の家では兄弟姉妹が角突き合わせてそれはもうはげしい相続争いをしている。いつか血を見ることになるのじゃないかと心配だ。であるとか、これは内緒の話だが、あそこのラーメン屋は息子の代になって味が落ちた。であるとかの類の他愛無いといえば他愛無い噂ばかりで、事件解決の糸口になるような収穫らしい収穫はひとつもなかった。

　署に戻らなければならない時間になり、商店街を抜けて長い階段を上がったとき道端の交番が目に入った。

　制服警官が立ち番をしていた。

　一とは同じ年齢（とし）くらいの若い警官だった。

「ご苦労さん」

　一は若い警官に声をかけた。

「どうしました」

　警官のほうから尋ねてきた。道を教えてくださいと頼まれるとでも思ったのだろう。

「今度ここの所轄署に立った捜査本部の者だけど」

「は……？」

「こういう者です」

　一は上着をほんの少し開（はだ）けて内ポケットの身分証を半分ほどのぞかせた。

「あ。捜査一課の方ですか」

　警官が小さく声を上げ、堅苦しい敬礼をした。

「敬礼はやめてください。歩いている人の目を引きます」

「し、失礼しました」

警官が顔を赤らめながら手を下ろした。

「あなた、名前は」

「は。大島義春といいます」

「大島さんは、佐伯百合さんの事件をもちろん知ってますよね」

「はい」

「ぼくはいま町を歩きながらいろいろな人たちから噂話を聞いているんだけど……」

一はいった。

「噂話……、ですか？」

「なかなかこれという話が耳に入ってこなくてね。どんな些細なことでもいいんです。佐伯百合さんについてなにか目にしたり耳にしたことがあったら聞かせてくれませんか」

一がそういったとたん警官がなぜか緊張した面持ちになり、首を巡らせて交番のなかをうかがうような素振りをした。

なかには大島よりはいくつか年上に見える警察官が机に向かって書類仕事をしていた。

交番の前で立ち話をしているふたりにはまったく気づいていない様子だった。

「ちょっと、こちらへ」

書類仕事をしている先輩警察官のことを気にしているらしく、大島といった警官は立ち番の姿勢をとったまま一歩、二歩、三歩と横に移動し、なかから視線が届かない場所に立った。

「実は先日池内さんという八百屋のおかみさんから聞いた話なのですが」

警官が声を潜めて話しはじめた。

「佐伯百合さんの家の近くに住んでいる店の常連客の奥さんが、佐伯さんの家の周りをうろうろと探るように歩く不審な男を見かけたことがある。それも一度や二度ではなく何度も、と池内さんに話していたそうなんです」

それは本当ですか。一は思わず大声で叫びそうになった。

耳寄りも耳寄り、それこそ一が求めていたものだった。それも噂話などという信頼度の低い情報ではなく、れっきとした目撃証言ではないか。

「その奥さんが池内さんにその話をしたのは一昨日の事件が起きる前ですか、それとも事件が起きた後ですか」

「事件の前です」

「あなたが池内さんから聞いたのはいつです」

「たしか先々週の木曜日だったと思います」

「すると不審な男が佐伯百合さんの家の周りをうろうろしていたというのはごく最近のことになりますね……」

一は眉をひそめた。昨日の捜査会議では、佐伯百合の家の近くで不審な人物を見かけたという人がいましたという報告は挙がらなかった。佐伯百合の家の近所を聞き込みでまわったはずの所轄署の刑事たちがこれほど重要な証言を聞き逃した理由がわからなかった。

たまたま目撃証人の家は訪れなかったということなのだろうか。

いや、そうではないだろう。佐伯百合の近所の家は一軒残らずまわったはずだ。証人の家ももちろん訪れたが、昨日は土曜日だったのでその家は家族総出で行楽にでかけたかなにかしていて留守だった。多分そういうことなのだろうと一は思い直した。

「それで、その不審な男というのはこの町の人間だったのでしょうか。それともこの辺りの人間ではなく初めて見る男だったのでしょうか」

「この町の人間です」

警官が断言した。

「この町の人間……。まさか誰なのかわかっているのではないでしょうね」

「間違いなく黒石浩也だったとその常連のお客さんが池内さんにいったそうです」

「くろいしひろや」

「はい。黒石浩也という高校生です」

「高校生……。どういう字を書くのでしょう」

「それはこう……」

一は黒石浩也という名前を警官に漢字を一字一字確認してもらいながらスマートフォンにメモした。住所などは署に帰ってから調べるつもりだった。

「念のために八百屋さんの常連のお客さんの名前のほうもうかがえますか」

「それが名前を聞きそこなってしまいまして」

警官が申し訳なさそうに目を伏せた。

「いいんです。いいんです。ぼくが八百屋さんに行っておかみさんから聞きますから。どこの八百屋さんでしょう」

「三丁目の八百屋さんで……」

「ああ、あの店ですね」

三丁目の八百屋と聞いただけで一には察しがついた。

二日のあいだに町をふたまわりもみまわりもしていたから、どこにどんな店があるのかもう大体頭のなかに入っていた。

「大変参考になりました。これから早速八百屋さんへ行ってきます」

頭を下げ、踵を返そうとしたとき「あの……」と呼び止められた。

「黒石浩也とはお会いになりますよね」

ふり返った一に警官がいった。相変わらず囁くような小声だった。

「ええ、もちろんそのつもりですが、なにか……？」

「ついさっき警邏中に小学校の近くで見かけました。十分ほど前です」

「小学校というと聖マルコ小学校ですね」

一はいった。聖マルコ小学校なら目と鼻の先だった。

「どんな服装でした」

「青いシャツにジーパンでした」

警官がいった。

「わかりました。探してみます」

一は軽く頭を下げた。

警官がふたたび敬礼をした。

一は通りを渡ったところにある細い路地に入り、道の片側に寿司店や質店などの店舗がならんでいる長い坂道を急ぎ足で下った。

下りきったところが広い通りで、小学校はすぐ目の前だった。

一は左右を見まわした。

今日は日曜日なので通りに小学生たちの姿はなかった。

通りを渡り、小学校のすぐ先にある脇道に入った。くねくねと曲がりながらつづいている一本道で、はじめて歩いたときは瀟洒(しょうしゃ)な構えの住宅と住宅のあいだにとつぜんコインランドリーの店舗や時代のついた看板を掲げた骨董店、さらにはあんパンだけを売る店などがつぎつぎと現れたので驚かされた。

誰にも行き合うことなく三百メートルほど進み、ブランコとシーソーがあるだけの小さな公園の前にでた。小さいだけでなく道に面した入口以外の三方を二階建ての住宅にかこまれているので実際よりさらにせまく感じられる。この公園は二、三度通りかかったことがあったが遊んでいる子供の姿は一度も見たことがなかった。

そこにひとりの少年がいた。

青いシャツにジーンズ姿だった。

黒石浩也に間違いない。そう思った瞬間、当人を見つけた場合なにをどう聞けばいいのかまったく考えていなかったことに気づいた。

少年は公園の片隅に置かれたベンチに座ってなにやら本らしきものを広げていた。街灯もない公園で、三方をかこんでいる二階家の窓から洩れてくる明かりをたよりに読書をしているのだった。

一は束の間少年を観察した。

黒石浩也は小柄で華奢な体格をしていた。顔もどちらかといえば童顔で、中学生にしか見えなかった。

よほど集中しているらしく、本から片時も目を離さず、ときどき顔を上げて辺りを見まわすようなこともしなかった。

一は公園のなかに足を踏み入れベンチにゆっくりと近づき、少年の前に立った。

足音に気づいて少年が顔を上げた。

「こんな薄暗いところで読書なんてしていたら目を悪くしないかい」

一はいった。

「どなたですか」

少年が聞いた。落ち着いた口調だった。

間近で見ると黒石浩也は額が広く鼻筋の通った、一言でいえば利発そうな顔立ちをしていた。

一は上着の胸ポケットから身分証をとりだして見せた。

身分証を見ても少年の表情は少しも変わらなかった。

「ここでなにをしているの」

一は聞いた。

「塾の帰りで、頭を休めているんです」

「塾の帰りはいつもここに来るの」

「はい」

「その本だけど、何を読んでいるか教えてもらってもいいかな」

少年が手にしている本を指さしながら一がいった。

「プログラミングの本です」

童顔の少年の物言いはきわめて大人びていた。

「プログラミングというとコンピューターの？」

「ええ」

「そんな難しい本を読んで頭が休まるのかい」

「ええ。プログラミングは子供のころからの趣味なので。刑事さん、ぼくに聞きたいことはなんです」

少年が聞き返した。焦れているのでも怒った様子でもなく、あくまでも冷静な口調だった。

「一昨日この町で起きた事件、知っているかい」

「ええ、知っています。女子大生が殺された事件ですね」

「被害者は佐伯百合さんというのだけれど、この人をきみは知っているかい。つまり個人的にということだけど」

一は聞いた。

黒石浩也はすぐには口を開かず、無言で一の顔を見つめた。質問の意味を考えているようだった。

「佐伯百合さんを生前知っていたかということなんだけど」

「いいえ。知りません。その人のことは新聞とテレビのニュースを見て知っただけです。どうしてそんなことを聞くのか教えてもらっていいですか」

少年がいった。

少年を佐伯百合の家の近くで何度も見かけたという目撃証人の話をもちだすべきか否か一瞬迷ったが、もちださなければ質問はここまでで打ち切りにするしかない。一は思い切って切りだすことにした。

「実は佐伯百合さんの家の近くできみを見かけたという人がいるんだ」

「事件が起きた日にですか」

「いや、そういう意味ではない。いい方がまずかったね。事件が起きる前のことだよ。佐伯百合さんの家の近くできみをよく見かけたというんだが」

「佐伯さんの家はどこにあるんです」

「観悠寺という寺があるだらだら坂を登ったところだけど」

「そこならよく通りますから誰かに見られても不思議なことではないと思います。ぼくの家は近所という訳ではありませんがそこから一キロほどしか離れていませんから」

「しかしそのう、たいへんいいにくいんだが、きみを見たという人はきみが佐伯百合さんの家の前を歩いていたのを見たといっているのではなく、佐伯百合さんの家の周りをうろうろと探るようにしながら歩いているところを見たといっているそうなんだよ」

「その人がどうしてそんなことをいったのかぼくにはわかりません。なにかの見間違いじゃありませんか。ぼくは人の家の周りをうろうろした覚えはありませんから」

少年にそう言い切られて、とっさにつぎの質問がでてこなかった。

ろくに準備もしないまま行き当たりばったりで少年と会ってしまったことを一は内心悔やんだ。

「もう、いいですか。そろそろ夕飯の時間ですから家に帰らないといけないので」

少年がいった。

「ああ、もういいよ。手間をとらせたね」

そういうしかなかった。

少年は読んでいた本を傍らの鞄に戻して立ち上がり、一に向かって丁寧に頭を下げてから公園をでていった。

一は少年が座っていたベンチに腰を下ろし、ため息をついた。

そのまましばらく頭を抱えていたが、やはり今日中に八百屋の常連客だという女性に会って直接話を聞かなければと気をとり直し立ち上がった。

三丁目の八百屋『池内青果店』は公園からわずか数分とかからないところにあった。

「きょうは大根が安いよ」

店先に立つやいなや前掛けをした恰幅のいいおかみから声をかけられた。夕方の書き入れ時は過ぎたと見え、ほかに客の姿はなかった。

「実はこういう者なんですが」

一は身分証をとりだして見せた。

「あら、警察の人……？」

「ちょっとうかがいたいことがあるんですが」

「なんでしょう」

前掛けで両手を拭いながら、好奇心もあらわにおかみが一に顔を近づけた。

「商店街の交番の巡査からたったいま聞いたのですが……」

「まあ、わたしが大島さんに話したことで見えられたんですね。佐伯百合さんって女子大生のことでしょう？」

「ええ、そうです。佐伯百合さんの家の周りをうろうろしている男を見かけたとあなたに話したお客さんがいたそうですが、直接話をうかがいたいので名前を教えてもらえませんか」

「お安い御用ですよ。高森（たかもり）さんっていう奥さんです。高森時枝（ときえ）さん」

「高森さん、ですね。住所はわかりますか」

「すいませんねえ、そこまではわかりませんが、その気の毒な女子大生の家の近くをお探しになったらすぐに見つかりますよ。車が五台も六台も入りそうな立派なガレージが道際まで張りだしている大きなお屋敷ですから」

八百屋のおかみがいった。

一は礼をいい、その足で高森家に向かうために青果店の筋向いの小道に入った。

百メートルほどの短い小道の先はやや広い通りだった。そこは商店街ではなかったが、佐伯百合が通っていた美術大学へ通じている道で油絵具やキャンバスを扱う店だけでなくレストランや喫茶店などがならんでおり、日が暮れてからも人通りが少なくなかった。

大学とは反対の方角へ向かって五百メートルほど歩いたところが佐伯百合の家だった。

目指す家は探すまでもなくすぐに見つかった。八百屋のおかみがいった通り、シャッターが閉じられた大きなガレージが道際まで張りだしていて、門扉にはたしかに『高森』の表札がかかっていた。

一は呼びだしブザーを押した。

「はい」

すぐに女性の声で応答があった。

「夜分恐れ入りますが、少々うかがいたいことがありまして……」

身分証をとりだしカメラのレンズに向けて掲げた。

玄関のドアが開き、なかからでてきた女性が門を開けた。背の高い中年の女性で、上品な身なりをしていた。

「なんでしょうか」

女性が聞いた。

「高森時枝さんですか」

「はい」

「佐伯百合さんのことで……」

「ああ」

高森時枝が嘆息した。

「たいへんなことが起きてしまって……」

「佐伯百合さんとは親しくされていたのですか」

「親しいという訳ではありませんでした。道で会ったら挨拶を交わすという程度でしたけれど、なにしろきれいな方だったのでこの辺では知らない人はいなかったくらいで」

「そうでしたか。三丁目の八百屋の池内さんに佐伯百合さんの話をされたそうですね」

「え？　それをどうして……」

「池内さんが交番の巡査に話して、それをわたしが巡査から聞いたんです」

「そうでしたか」

「佐伯百合さんの家の近くをうろうろ歩いている不審な男を見かけたそうですが、その男のことをくわしく聞かせていただきたいんです。例えば、うろうろしていたというのは具体的にいうとどんな様子だったのでしょうか」

「百合さんの家の周りを歩きながらそれはもう怪しげな恰好でなかの様子をちらちらうかがっていたんです」

「怪しげな恰好、といいますと」

「最初に見たときはフードを頭からすっぽり被っていました。両手をズボンのポケットに入れてうつむきながら歩いているのに目だけは百合さんの家に向けているんです。それはもうなんともいえない目つきで……」

「その男を何度ほど見ました」

「二回、いえ三回です」

「二、三回ですね」

「でもそればかりじゃありません。あの子が百合さんの家の裏手にまわって窓からなかをのぞいているところを見たこともあるんです」

「窓から家のなかをのぞいていた。たしかですか」

一は驚いて尋ねた。家の周りをうろついていたのと窓から家のなかをのぞいていたとではだいぶ話が違ってくる。

「ええ。お買い物の帰りにたまたま見てしまったんです。わたしの姿に気づくとあの子はあわてて逃げ去ってしまいましたが」

「あの子……？」

「黒石浩也のことです」

「名前までわかっているのですね」

一は黒石浩也の名を初めて聞いたように尋ねた。

「もちろんですわ。黒石さんの息子さんですもの」

時枝が当然だといわんばかりの顔つきでいったので、一は首をかしげた。

「どういうことでしょう。この辺では黒石浩也のことを誰でも見知っているということでしょうか」

「あら、ご存じじゃなかったんですか。黒石浩也のお父様の雅俊さんは『黒石クッキング・スクール』という生徒さんが千人以上いる大きな料理学校の理事長で、その学校の理事で先生もしているお母様の君江さんはお料理の本をたくさんだされていてテレビにもよくでている有名人ですし、おじい様の黒石正三さんはこの辺でいちばん大きな総合病院の院長をしておられますの」

はじめて聞く話だった。交番の大島巡査も八百屋のおかみさんも黒石浩也の家族については教えてくれなかった。

「ですからフードを頭からすっぽり被った男が百合さんの家の前を歩いているのを最初に見かけてそれが黒石さんのところの息子さんだとわかったときはとても驚きました。なにしろご大家のお坊ちゃまですし、学校の成績も優秀でご両親も自慢にしていらっしゃると聞いていましたから」

「佐伯百合さんの家の近くで黒石浩也くんを見たという人はほかにいるかどうか心当たりはありますか」

「あの子に気がついたのはわたしだけだと思います。ですからよけいに辛いんです。事件が起きる前にわたしが警察にあの子のことを話していればこんなことにならなかったのじゃないかって。そう思うと食事も喉を通らないくらいで」

「ちょ、ちょっと待ってください」

一は時枝のことばを聞き咎めた。

「わたしの聞き方が悪かったせいで誤解されたのかもしれませんが、いまは佐伯百合さんを知っていた方たちからいろいろな話をうかがっている段階で、犯人の目星などまだまったくついていないのです。ですから軽々に特定の個人の名前をだすのは控えていただかないと困ります」

黒石浩也が犯人に違いないなどと八百屋のおかみさんにしたように近所の住人たちに触れまわられたら、黒石浩也の人権にかかわる問題を引き起こす危険があるばかりか捜査に重大な支障をきたす虞があった。

「でも、わたしがあの子のことを警察に知らせていれば、警察だってあの子に注意するなりなんなりしてくれたんじゃありません？」

「いや、それは……。ともかく佐伯百合さんの家の近くをうろうろしていたというだけで黒石浩也くんを事件の犯人だと決めつける訳にはいきませんから」

聞かなければならないことはまだまだたくさんあるような気がしたが、なにしろ黒石浩也のことも家族のこともなにも知らないのでは聞きようがなかった。

「黒石浩也くんの名はできるだけ口にされないように。くれぐれもお願いします」

重ねていってから、お時間をとらせましたと頭を下げて大きな屋敷を離れるしかなかった。

月曜日

翌日の夜、その日二回目の捜査会議が終わって捜査員全員が引き揚げた後、一は大倉管理官に呼ばれ会議室にひとり残された。

「おまえ、黒石浩也に会ったそうだな」

上席の机の前に立った一に大倉が前置きもなしにいった。

黒石浩也に会ったこと、彼を佐伯百合の家の近くで何度も目撃したことがあるという主婦高森時枝にも会って話を聞いたことは係長の片桐には午前中の会議がはじまる前に報告してあった。

ろくに準備もせずに会ったので大した成果は得られず空振り同然の聞きとりになってしまったということも正直に話した。

片桐は渋い顔をしたが、まあ仕方がない、それも勉強だと思うことだなと一言いっただけだった。

「はい」

大倉のいきなりの質問に一は体を硬くして返事をした。

「誰の指示だったんだ」

「指示、といいますと……」

「おまえが昨日黒石浩也に会ったのはだれの指示によるものだったのだと聞いているんだ」

「指示といって……どなたかに指示されて会った訳ではありませんが」

「誰に指示されたのでもないのにかかわらず黒石浩也と会った。そういうことか」

直立不動の一の顔をじろりと見上げて大倉がいった。

「そういうことになります」

「なぜそんな勝手なことをした」

「それは」

「なぜそんな勝手な真似をしたのかと聞いているんだ」

「それはなんといいますか、成り行きで……」

「成り行きだと？　殺人事件の捜査で成り行きなどということが許されると思っているのか」

大倉の詰問口調が一段と強くなった。

「それは」

「どうなんだ。思っているのか」

「思っていません」

「おまえまさか、捜査一課に引き上げられたので自分を優秀な捜査官だなどと勘違いをしているんじゃないだろうな。え？　どうなんだ。この事件はおれの手で犯人を挙げて皆の鼻を明かしてやろうなんて素っ頓狂なことを考えているのか」

「そんなことは考えておりません」

「黒石浩也に会いに行った理由はなんだ」

「それは」

どう答えていいのかわからず一は口ごもった。交番の巡査から聞いた噂に黒石浩也の名があったのだと答えることがなぜかはばかられた。名前をだしたりしたら大島という巡査にも累がおよぶかも知れないととっさに考えたのだ。

「三丁目で青果店を営んでおられる池内さんという方から、店によく来る常連客のひとりが佐伯百合さんの近所の住人で、その人が佐伯百合さんの家の周りをうろうろしている不審な男を何回か見たことがあると話していたと聞きました。そしてその不審な男は黒石浩也という高校生だったとも」

「せいか店とは花屋のことか」

大倉がいった。

「いえ、八百屋のほうの青果店であります」

「八百屋に行ったのにはなにか特別な理由でもあったのか」

「いえ、特別な理由があった訳ではなく、話を聞いた町の人たちのなかにたまたまその青果店があったというだけのことであります」

一はいった。

大倉は無言で一を見つめたままなにもいおうとしなかった。

「あの、黒石浩也に話を聞いたことになにか問題があったのでしょうか」

たまらず一は聞いた。

「黒石浩也の両親から厳重な抗議があった」

「なんですって」

一は思わず声を上げた。

「捜査一課の青木一という刑事が、公園で読書をしていた息子の前にとつぜん立ちはだかったかと思うと見当違いもはなはだしい質問を矢継ぎ早に浴びせかけたばかりか、あろうことか息子がいかにも佐伯百合さんを殺した犯人だとにおわせるようなことばまで口にしたと息子から聞いた。警察は息子を殺人犯扱いするつもりなのか、とな」

「まさか。黒石浩也が犯人とにおわせるようなことばを口にしたなど、そんなことわたしはしていません」

「おまえ、黒石浩也の両親が誰か知っているか」

一の抗弁を無視して大倉がいった。

「黒石クッキング・スクールという生徒が千人以上いる大きな料理学校の理事長と理事だ。父親の雅俊氏が理事長で妻の君江は理事を務めながら教室で生徒たちに料理を教えている。それだけでなく君江はテレビで彼女の名を冠した料理番組ももっている」

「それがなにか……」

関係があるのでしょうか、と一は口にしようとした。

「さらにだ」

またしても一のことばを無視して大倉がいった。

「雅俊氏の父親、つまり黒石浩也の祖父に当たる人物は『黒石総合病院』というこの辺でもっとも大きな病院の院長であるだけでなく、政財界に太いパイプをもっている人物でもある。わかるか。つまり黒石浩也の家族はいろいろな方面に影響力をもっている人たちだということだ」

一はようやく叱責の理由がわかってきた。

「おまえが迂闊にも接触した人物は各方面に大きな影響力をもった家族の一員なのだ。だからおまえがなにを申し立てようとどんな言い訳をしようと関係ない。わたしは黒石浩也を犯人呼ばわりしたことなどありませんといったとしても聞く耳はもたん。わかったか」

「はい」

「黒石浩也には二度と近づくな。いいな」

「わかりました。申し訳ありませんでした」

頭を下げ、机の前から離れようとしたとき、

「まだ話は済んどらん」

大倉が呼び止めたので、一は踏みだそうとした足をすばやく元の位置に戻した。

「おまえ昨日は黒石浩也だけでなく佐伯百合の近所の住人にも会ったそうだな」

「はい。高森時枝さんという方のお宅に伺って話を聞きました」

「それはだれの指示だったんだ」

大倉が先ほどと同じことばをくり返した。

「いえ、その……誰の指示も受けておりません」

「それもおまえが勝手にやったことか」

「はい」

「佐伯百合の近所の聞き込みは所轄の割り当てになっていたはずではないのか」

「はい。そうです」

「それがわかっていていてどうしてその家に行った」

「それは」

「それも成り行きか」

大倉がいった。

「所轄から苦情がでている。先日留守だった高森家にあらためて行ったところ、もう刑事さんが来ましたよといわれた。もちろんこちらの手違いを詫びて話を聞くことは聞けたが、本庁の捜査員がなぜ受け持ちでもない聞き込みをしたのか理由が知りたいといわれた。捜査一課は所轄の粗探しでもしているのかとな」

「粗探しだなんてとんでもありません」

「おまえの考えなど聞いとらん。所轄はそう受け止めたということだ」

大倉がいった。

「余計なことをすると、それを不愉快に思う人間がいるということだ。いいな、わかるな」

「はい」

一は身のすくむ思いでいった。

「よし、今日はここまでだ。帰っていいぞ」

大倉がいった。

一は頭を下げ机の前を離れて戸口に向かった。

「青木」

大倉がいった。

一は足を止め、ふり返った。

「おまえ自分が東大出だから皆より頭がいいと思っているのか」

大倉がいった。

「そんな。とんでもありません」

「東大出なんてそこら辺に掃いて捨てるほどいるぞ」

「もちろん、わかっています」

一は戸口で直立したままいった。

そういう大倉自身が東大法学部卒で国家公務員総合職試験に合格したれっきとしたキャリアだった。

「東大出だからおれは誰よりも優秀だなどというううぬぼれはさっさと捨てることだ。そうしないとこの先仕事がやりづらくなるばかりだぞ。いいな」

「はい」

「よし、帰れ」

大倉がいった。

揺らぎの中心に微細な黒点があった。

パソコンの画面を一時間近く凝視しつづけてようやく見つけたのだ。

道以外の人間なら見つけることなど不可能なほど微細な点だった。

道は黒点にカーソルを合わせクリックした。

殺人の現場写真がゆっくりと溶解しだした。

見守るうちに画面が暗くなっていき、やがて真っ暗になった。

画面はそのまま動かなくなった。

やってしまったか。道は思わず胸の内で舌打ちした。

偶然とはいえ、せっかく釣り上げたなにやらとてつもなく意味ありげなサイトを、これからどう料理しようかと考えていた矢先にうっかり消去してしまったかと一瞬思ったのだ。

復元できるだろうかとキーボードに手を伸ばしかけたとき、画面がうっすらと明るくなりはじめた。

道は宙で手を止めた。

数秒後、五十三枚のトランプカードが四列に整然とならべられた画面が現れた。

いちばん上の列がハートで、エースから順に2、3、4……そしてキングまでがならんでいた。

二番目の列がダイヤ。三番目の列がクローバー。いちばん下の列がスペードで、これはキングの横にジョーカーのカードが加えられ、全部で十四枚のカードがならんでいた。

道は画面を見たとたん躊躇することなくカーソルをスペードのキングに合わせてクリックした。

なにか根拠があった訳ではない。

一目見てそこだと直感したのだ。

直感は当たっていた。

画面が変わり、フランシス・ベーコンの『教皇』が現れた。

玉座のような椅子に座った人物が大きな口を開けて叫び声をあげている絵だ。

画面全体に乱暴な縦線が何十本となく走っており、この線の効果で椅子に座った人物はまるでロケットで宇宙空間をワープする瞬間に激しい重力を全身に受け、それに耐えかねて身悶えし叫び声を上げているように見える。

絵の中心でＴＥＳＴの文字が白く点滅していた。

テストか。

面白くなってきた、と道は思った。

ベーコンの『教皇』が、十七世紀のスペインの宮廷画家ディエゴ・ベラスケスの『教皇インノケンティウス十世像』のパロディーであることは誰でも知っている。

道はキーボードを叩いてインノケンティウスと入力した。

ブーッとブザー音が響き、大きな×印が点滅した。

へえー、サウンド効果まで仕込んであるのか。道は内心で快哉(かいさい)を叫んだ。このサイトをつくった人間が誰であろうと、なかなかのユーモアのセンスの持ち主であることがわかったからだ。

今度はベラスケスと打ってみる。

ブザー音。そして×印。

なるほど。このテストを考えた人間は絵画史にくわしいのか、それともよほどのひねくれ者かのどちらかに違いない。

試しにエリック・ホールと打ってみた。ベーコンの最大の支援者であり恋人でもあった人物の名だ。

ピンポーンとチャイム音が鳴って大きな◯印が表示された。

ファンファーレが鳴り響き、画面が真っ白になった。

白くなったスクリーンに『パスワードを入力してください』のメッセージとともに四角い升目が浮かび上がる。

升目は全部で十八個。

つまりパスワードは十八桁ということだ。

いよいよ来た。

これを突破すればサイトの裏側に隠されているはずの謎を明かすことができる。

道は昂りを覚えた。久しぶりに味わう興奮だった。

しかし十八桁のパスワードとなると一筋縄ではいかなかった。絵画史の知識や直感だけではどうにもならないし、おまけにヒントらしきものはなにひとつないときていた。

さてどうしたらいいものか。

道は腕を組んで考えはじめた。

縣から「下手にいじらないほうがいいよ」と釘を刺されていたサイトを道がふたたびいじりはじめたのには訳がある。

一時間前、画面にとつぜんあらたな写真が現れたのだ。

それは明らかに本物の現場写真だった。

背中をおそらくナイフで刺された若い女性が室内（玄関の靴脱ぎのような場所）でうつぶせに倒れていた。

一回や二回ではなく何度も執拗に刺されたらしく、身に着けた白いブラウスの背中が一面赤く染まっていた。

道は画面から目を離すことができなくなってしまった。

写真はそれほど生々しかった。

これは……。

写真を凝視しているうちにある考えが浮かび、背筋が凍りついた。

この写真は「現場写真」ではなく、殺人犯が被害者を殺した直後に自身で撮影したものではないかと思ったのだ。

なにか論拠があってのことではなく、これも直感だった。

だがもし直感を信じるとすれば、このサイトをつくった人間は殺人犯だということになる。

そんなことがあるだろうか。

しかしこの人物が殺人に強い嗜好を抱いていることは間違いないのだ。

そういう人間であるだけに、犯罪実録物やノンフィクションに使われた殺人の現場写真を集めるだけの行為に飽き足らなくなり、ついに現実の殺人を実行してしまったとしてもおかしくない。

サイトを立ち上げただけでなく、自分がつくったサイトのために殺人を犯した。

そこまで考えたとき、さらに恐ろしい考えが頭をよぎった。

これが初めての殺人だという証拠などどこにもないではないか。

この人物はいままでに何人もの人を殺しているのかもしれないのだ。

殺人現場の写真が雑然とならべられたいかにも安っぽい画面は故意に安っぽくつくられたお飾りの表紙に過ぎず、サイトの裏側は殺人者がいままで殺した犠牲者たちの死体写真で埋め尽くされているということだってあり得る。

道は思わず身顫（みぶる）いした。

しばらくその飛躍しすぎだとも思える推測を頭のなかで吟味してみたが、目と直感を疑うことはどうしてもできなかった。

道は別のコンピューターに向き直り、すばやく別の検索をはじめた。

先週都内で殺人事件の捜査本部が立った所轄署があるかを調べるためだ。

写真を一目見た瞬間これは最近起きた事件に違いないと思ったからだ。

ヒットがあった。

二日前に都内の所轄署に捜査本部が立っていた。

美術大学に通う女子大生がアルバイト先から帰宅直後に何者かにナイフで刺し殺されたという事件だった。

道はさっそく捜査本部が立っている所轄署のコンピューターに侵入した。

火曜日

午前の授業が終わると近藤仁は電車で秋葉原にでて、ビルの五階にあるフィギュアの店に入った。

三枝と矢島もその後について店の前にでた。

「おれは外で待っている」

近藤が入ったのがフィギュアの店だとわかったとたん矢島が三枝を見ていった。

二十代の三枝ならともかく、五十五歳になる矢島がフィギュアの店に入るのはおかしいと考えたに違いなかった。

三枝は矢島の意図を察してうなずき、ひとりで店に入った。

それほど広くない店内にアニメの主人公やらＳＦ映画の登場人物やらの大小のフィギュアが床から天井まで棚いっぱいに隙間なくならべられていた。

平日であるにもかかわらず店内は客であふれていた。

黄色の大きなリュックを背負った大柄な近藤は腰をかがめてケースに入ったフィギュアに顔

を近づけ、どれを買うか一体一体を念入りに選んでいた。

店内を行き交う客が、さも邪魔だというように故意に体をぶつけるようにして後ろを通り過ぎていってもまったく気にする様子もなかった。

近藤仁は三日前に聞き込みにまわった長屋の住人のうちのひとりで佐伯百合と同じ大学に通っていたが、佐伯百合について話を聞いたときの挙動に不審な点があったため行動確認を行うことが捜査本部で決まった。

所轄署の三枝と矢島が尾行を担当することになり、前日から任務にあたっていた。

あらかじめ調べたところ近藤仁は埼玉県の川越の出身で、実家は老舗の大きな料亭だということがわかった。

三人きょうだいの末っ子なので実家を継ぐ必要がないため子供のころから好きだった絵を本格的に学べる美術大学に入学した。

実家からは毎月相当な額の仕送りがあるらしく金には困っていないようで、大学の友人の話では居酒屋やレストランなどに何人かで行ったときには近藤が皆の分まで支払うのが通例になっているということだった。

なかには「あいつはキモいオタクだけど金をもっているから飲み食いするときだけ友達のふりをしてやっている」とはっきり口にした者もいた。

近藤が品定めしているあいだ、三枝も近藤の姿を視界の隅にとらえながら、ときどきフィギュアのケースを手にとりしばらく矯めつ眇めつしてから棚に戻したりすることをくり返して買い物客をよそおった。

近藤は一時間ほども店のなかを遊弋（ゆうよく）していたが、結局なにも買わずに店をでた。

そのあとをついて三枝も店をでた。

近藤がエレベーターに乗ったので三枝も同じエレベーターに乗りこんだ。

矢島は一階フロアの喫煙所のベンチに座ってタバコを吸っていた。その前を通り過ぎて近藤がビルの外にでた。

矢島が灰皿でタバコをもみ消して立ち上がった。

三枝は矢島とならんで外にでた。

歩道は休日かと錯覚するくらい人でいっぱいだった。

背広姿のサラリーマンも何人か見かけたが大半は原色のTシャツや薄物のジャケットを身に着けた若者だった。

近藤仁が背負っているような大きなリュックの男も数人いた。

近藤は人混みのなかを猫背気味に上半身を前に傾け速足で歩いていく。

五分ほど歩いたところで近藤が別のビルに入った。その後につづいて三枝と矢島もビルに入る。

近藤は一階フロアでほかの数人の人間とともにエレベーターが来るのを待っていた。三枝と矢島は何気ないそぶりで人々に加わった。

エレベーターがきて、ふたりは人々と一緒に乗りこんだ。

皆がおのおの手を伸ばして階数の表示ボタンを押す。近藤が押したのは二階のボタンだった。

エレベーターが二階に着き近藤が降りた。二人もそれにつづいた。

二階はフロア全体が中古ゲームソフトの売り場になっていた。

近藤は迷うことなく売り場に突き進んでいく。

矢島が困惑した表情を浮かべて三枝の顔を見た。

「大丈夫ですよ。矢島さんの年齢の人でも昔のゲームソフトを集めている人は大勢いますから」

三枝はいった。

「いや、きょうはたぶん無理だ。これからあいつがどんな店に行くのか見当もつかないし、メイド喫茶なんかに入られたら目も当てられん。ここからはおまえひとりでやってくれ。おれは事件当夜に犯人らしき人間を見た者がいなかったか、もう一度現場周辺を歩いて聞き込みをしてみるよ」

「わかりました」

三枝はそこで矢島と別れ、ひとりで売り場のなかに入った。

近藤は一時間近くかけて中古のソフトを二、三本買い売り場をでた。

エレベーターで一階まで降りる。

歩道にでた近藤は相変わらずの速足で歩きだした。

歩きなれた道なのだろう。一度も顔を上げて左右を見渡したりすることなく目的地に向かって真っすぐ歩きつづける。

右に折れたり左に曲がったりしながら十分ほど歩くと書店の前にでた。書店といっても十階建てのビルだ。

近藤はそのビルのなかに入った。

三枝もその後につづいてビルに入った。

上階へつづくエスカレーターに乗っている近藤の後ろ姿が見えた。

三枝は近藤から十段ほど離れて同じエスカレーターに乗った。

二階を過ぎ、三階を過ぎても近藤がエスカレーターを降りる気配はなく、結局降りたのは九階のフロアだった。

そこは写真集専門のフロアで、四方の壁の書棚には女優やアイドルの写真集がアイウエオ順にぎっしり収められていた。

書棚の端にはいわゆるグラビア・アイドルの十年前二十年前に発売されたような年代物のDVDもならんでいた。

フロアの中央に置かれた台に平積みにされているのは最近発売された写真集なのだろう。

近藤は迷うことなく中央の台に歩み寄り、平積みされた写真集の一冊を手にとった。

フロアにはほかに十人ほどの客がいたが、皆一様に真剣なまなざしでビニール包装された写真集の表紙に見入っていて、三枝に注意を向ける者など誰ひとりいなかった。

近藤が合計四冊の写真集を買ってビルをでたのは三十分後だった。

つぎに近藤が向かったのは、なんと矢島が恐れていたメイド喫茶だった。

近藤が書店からほど近くの雑居ビルの二階にあるメイド喫茶に入るのを見届けた瞬間、三枝は思わず足を止めて天を仰いだ。

いくら若いといっても背広姿でメイド喫茶に入る人間などいるはずもなく、近藤の後につづくのは愚行以外のなにものでもないように思えた。

しかし近藤が店に入っていくときの様子からするとはじめて入る店でないことは明らかで、思い切って入ってみれば店の誰かから近藤の話が聞けるかも知れなかった。

三枝はたっぷり五分ほども思い悩んだ末、腹を括って店に入ることを決意した。

ドアを開けて店のなかに足を踏み入れると、入口に立っていたメイド姿の女が三枝の姿を見て目を丸くした。

同時に三枝の顔面に血がのぼった。

メイド服の胸の名札には『あいぴょん』とあった。

『あいぴょん』はことばを失ったかのように二、三秒ほども立ち尽くしていたが、やがて気をとり直すと、

「お帰りなさいませ。ご主人様」といった。

「ああ、どうも」

三枝はどんな対応をしたらいいのかわからず、それだけを小声でつぶやいた。

「こちらへどうぞ。ご主人様」

『あいぴょん』に案内されて奥のボックス席に着くまでのあいだ店中の客の視線が三枝に向けられた。

三枝は思わず顔の下半分を片手で隠した。

「メニューでございます。ご主人様」

差しだされたメニューを三枝は片手で鼻と口を覆ったままもう片方の手でとった。

「オムライスを」

メニューもろくに見ずに三枝はいった。

『あいぴょん』がカウンターへ行き、厨房に注文を通す声が聞こえてきた。

カウンターのなかに立っている何人かのメイド姿の女たちが『あいぴょん』とともにこちらを指さして声をだささずに笑っているのはそちらに目を向けるまでもなく確実だった。

三枝は鼻と口を覆ったままそろそろと顔を上げ、店内を見まわした。

カウンターのいちばん端の席に近藤がこちらに背を向けて座っていた。メイドとなにやら楽しげにおしゃべりをしている最中だった。やはり店には何度も来たことがあるようだった。

「お待たせしましたご主人様」

『あいぴょん』がオムライスを運んできてテーブルの上に置いた。

「じゃあ、おまじないをしますね。ハートをこめてマジカルハーチュー。おいちく、おいちく、おいちくなーれ」

『あいぴょん』が舌っ足らずな調子でいいながら黄色いオムライスの上にケチャップでハートマークを描いた。

「はい。おいしくなりましたよ。お召し上がりくださいませ、ご主人様」

「ちょっと、いいかな」

三枝はカウンターに戻ろうとした『あいぴょん』に思い切って声をかけた。

「なんでしょうか、ご主人様」

「そこへ座ってくれないか」

三枝は向いの席を指していった。

「申し訳ありませんがそれはお店の規則でできないことになっていますので」

『あいぴょん』が真顔でいった。

「こういうところでは一緒に写真を撮ったりゲームをしたりできるオプションがあるんじゃないのかい」

「ああ、にゃんにゃんタイムですか」

「うん、それ」

「指名料千円に別途時間料金がつきますけど」

それまでとは打って変わりいたって事務的な口調で『あいぴょん』がいった。地声だった。

「いくら」

「十分千円です」

「ああ、それでいい」

「わかりました、ご主人様」

『あいぴょん』が満面の笑みを浮かべて向いの席に腰を下ろした。

間近にすると『あいぴょん』の目尻にしわが目立った。

「カウンターに座っているあの客、ここへはよく来るの」

近藤の背中を指さして三枝は聞いた。

「ああ、近藤様ですね。ええ、よく来られますよ」

「どれくらいの頻度で来るの」

「一週間に一度はかならず。たまに二、三度のときも。ご主人様、どうしてそんなこと聞くんです？　お知り合いなんですか」

「いや、知り合いという訳ではないんだけどね……」

「え？　じゃあ、どうして。ご主人様、ひょっとして探偵かなにかですか」

『あいぴょん』が聞いた。

「まあ、そんなところ」

三枝は答えた。顔面の紅潮も引いてきて、なんとか自然に受け答えができるようになってきた。

「わあ、面白そう。わたし探偵さんって初めて見た」

『あいぴょん』が歓声を上げた。

「しっ、大きな声をださないで」

「あ、ごめんなさい」

「近藤さんってどんな客？」

「どんな客って、ふつうですけど」

「おとなしい客？　それとも騒々しい客？」

「ふつうです」

「お店に迷惑をかけたようなことはない？　例えばメイドの誰かにしつこくつきまとったとか」

「そんなことありません。え？　どうしてです。もしかして近藤様がほかでそんなことをやったんですか」

「いや、そんなことはないよ。たとえばの話だ」

三枝はいった。

「それじゃ、彼はいい客なんだ」

「ええ。とてもいいお客様。あの子」

『あいぴょん』がカウンターをはさんで近藤とおしゃべりをしているメイドのほうに視線を向けていった。

「いま近藤様と話している子、『マホマホ』っていうんですけど、近藤様の超お気に入りで、お店に来るとかならず彼女を指名して、ゲームをしたり、おしゃべりをしたり、一緒にパフェを食べたり、三時間も四時間もときには丸一日ここにいることもあるんです。ここだけの話ですけど毎回三万円以上のお金を落としていってくださるので、お店にとってこれ以上いいお客様はいません」

『あいぴょん』がいった。

「彼がいつも『マホマホ』とどんな話をしているのかわかる？」

「二時間も三時間もしゃべっていてよく話のタネがなくならないねって、わたしも『マホマホ』に聞いたことがあるんです。話のタネもなにも、近藤さんが一方的に話してわたしは聞いているだけだからって」

『あいぴょん』がいった。

「で、近藤さんはどんな話をするんだって」

「配信中の海外ドラマの話。それのストーリーを身ぶり手ぶりを交えて最初から最後まで話してくれるんですって。あんまりつまらないから途中で作り笑顔もできなくなって気絶しそうになるっていってました」

『あいぴょん』がいった。いつの間にかまた地声に戻っていた。

「そういえばこの店は何時から何時まで」

「午前十一時から夜十時までです」

「先週の金曜日、近藤さんは来たかい」

「金曜日……。ああ、来てました」

「何時ごろに来て何時ごろに帰ったかわかる？」

「えーと。わたしが来たときにはもうお店にいましたから何時に来たのかはわかりませんけど、夕方ごろには帰りました。六時頃だったと思います」

「そう」

きょうはこれくらいが精一杯のところだろうかと内心考えながら三枝はいった。

これ以上質問しても大した収穫は得られそうもないように思えたし、近藤につき合って三時間も四時間も店にいる気はさらさらなかった。

「いろいろありがとう。参考になったよ」

三枝はそういって立ち上がった。

「ご主人様、まだ十分経っていませんけど」

『あいぴょん』がいった。

「いや、いいんだ。ちょっと用事を思いだした。ぼくが近藤さんのことを聞いたということは内緒にしておいてね」

三枝がいうと、『あいぴょん』が口元に手をもっていき、チャックを閉める仕種をして見せた。

三枝はレジで金を払い、領収書をもらって店をでた。

領収書の金額は五千円だった。


貞観寺の塀に沿った坂道を女子高生が乗った自転車が登ってきた。

やはり坂を登っていた矢島はふり返って両手を広げ、自転車を止めた。

女子高生はペダルを漕ぐのをやめ、地面に片足を着けた。

矢島は上着の内ポケットから身分証をとりだして女子高生に見せた。

「なんでしょうか」

女子高生がいった。

「家に帰るところですか」

「はい」

「毎日この道を通るのですね」

「ええ」

「じゃあ、先週の金曜日もこの道を通りました？」

「はい」

「そのとき誰か見ませんでした」

「誰かって」

「先週の事件、知ってますよね」

矢島が聞くと、女子高生がうなずいた。

「どうです？」

「怪しい人を見なかったかってことですよね」

女子高生がいった。

「怪しい人とか日頃見かけない人を見たとか。そういうことはありませんでしたか」

「すいません。なかったと思います」

「そうですか。どうもありがとう」

矢島は頭を下げた。

女子高生がペダルに足を乗せてふたたび坂道を登りはじめた。矢島も同じ方向に歩きだした。

坂を登り切ったところに佐伯百合の家があった。

玄関で倒れていた佐伯百合の姿が浮かび、犯人に対する怒りがあらためて腹の底から湧き上がってきた。

矢島は三十三年間の警察官生活で小さな所轄署をいくつかまわり行く先々で部署も替わっ

て、引ったくり、違法賭博、覚醒剤、暴行傷害、強盗と数えきれないくらいの事件を扱ってきたが、殺人事件は今回が初めてだった。

最近では事件が起きても義務として淡々と職務を遂行するだけで、仮に犯人を逮捕して事件を解決することができたとしても心が浮き立つようなことはなかった。

だから現場で佐伯百合の遺体を見た瞬間に体の奥深いところから湧き上がってきた怒りの感情に、はじめはそれがなにに対する怒りなのかがわからず自分自身とまどいを覚えたほどだった。

そうか、これが殺人事件の捜査なのかと悟ると同時に、被害者の無念を晴らすためになんとしてでも犯人を捕まえなければと思った。

それは義務感とはまったく無縁の感情だった。

しばらく家の前にたたずんでいると、また高校生が向こうから歩いてきた。

今度は男子高校生だった。

「きみ、ちょっといいかな」

近づいてきた高校生を呼び止めて身分証を見せた。高校生が足を止めた。

「きみ、この近所に住んでいるの」

矢島は聞いた。

「はい」

「この辺りはよく通る？」

「ええ」

「先週の事件のことは知っているよね」

「ああ、はい。ここの家の人が殺されたんですよね」

高校生が佐伯百合の家のほうに顔を向けていった。

「そうなんだ。その事件の起きた日、とくに夜なんだけど、この辺を通らなかったかな？」

「雨が降ってた日ですよね」

「そう」

「ええ、通りました。おなかがすいたのでパンでも食べようと思ってコンビニに買いに行ったんです」

「それでここを通った」

「はい」

「それは何時ごろだったのかな」

「えーと、夜の十時半ごろだったと思います」

「夜の十時半？」

心臓が跳ね上がった。

十時半といえば被害者が帰宅した時刻にきわめて近い時間だった。

「で、誰かに行き合ったりしたかい」

「ええ、会いました」

「え？　誰に会ったの」

「レイチェル先生です」

高校生がいった。

「レイチェル先生？」

「この近くの長屋に住んでいるアメリカ人のレイチェル・キーン先生です」

捜査会議で深山(みやま)がいっていた元医者だというアメリカ人の女性のことだと矢島は思い当たった。

「きみはその人のことを良く知っているの」

「ええ、週一で英語を教わっているんです」

高校生がいった。

「ああ、それで『先生』か。先生はそのときどこかに行くつもりだったのかな、それともどこかにでかけていてそこから帰ってくるところだったのだろうか」

「先生、こんな時間になにをしているんですかって聞いたら、散歩しているのよっていってました」

「散歩？　雨の降る晩に傘を差してかい」

「ええ、そういってました」

高校生がいった。

「それを聞いてきみはおかしいと思わなかった？」

「別に思いませんでした。とにかく変わった人なので」

「変わった人って、どんなところが変わっているの」

「うーん、一口ではいえません。いろいろと変わっているんで」

高校生がいった。

「きみの名前を聞いてもいいかな」

「向井純一です」

「向井純一くん、ね」

矢島は手帳を開き、高校生の名前と住所、それに携帯電話の番号をメモした。

「ありがとう。こちらから連絡するかもしれないから、そのときはよろしく」

矢島はいった。

高校生と別れると、矢島は同僚刑事の深山に電話をした。

深山はすぐに電話にでた。

「おまえ、いまどこにいる？」

「聞込みで四丁目にある『クラーク・チキン』というレストランにいます」

「その店になにかあるのか」

「いえ、近所の店をしらみつぶしに当たっているだけです」

「四丁目だったら、その店の近くに『ソーサラー』という喫茶店があるの知っているか」

「ええ、わかります」

「そこで十五分後に会えるか」

「なにかあったんですか」

「ちょっとお前に聞きたいことがあるんだ」

「了解です」

深山がいった。

矢島は電話を切り、四丁目の喫茶店に向かって歩きだした。

十分ほどで『ソーサラー』に着き、入口のドアを開けた。

先に来て奥の席に座っていた深山が矢島に向かって手をふった。

「お疲れ様です」

向いの席に座った矢島に深山がいった。

「注文は」

矢島は深山に聞いた。

「まだです。矢島さんが来てから頼もうと思って」

深山がいった。

「アイスコーヒーでいいか」

「ええ」

矢島は手を上げて店員を呼んだ。

女性店員がメニューを胸のあたりに抱えてやってきた。

「アイスコーヒーをふたつ」

矢島はいった。

「かしこまりました」

店員はそう返事をしてメニューを胸に抱えたままカウンターに戻っていった。

「ぼくに聞きたいことってなんです」

深山がいった。深山は三十代のまだ若い刑事だった。

「おまえレイチェル・キーンっていう女に会ったんだろう？」

「長屋に住んでいるアメリカ人ですね。それがどうかしましたか」

深山がいった。

「どんな女だ」

矢島は聞いた。

「アメリカで医者をやっていたが十年ほど前に引退して、昔から住みたいと思っていた日本に来た。それだけですけど。会議で報告したとおり、ハーバードの医学校をでたというんですから現役のときはさぞや優秀な医者だったでしょうし、収入もぼくらの想像もつかないくらいあったはずです。だから日本に来て悠々自適の暮らしができるんでしょうけど」

「仕事はなにもしていないのか」

「ときどき近所の子供たちに英語を教えているみたいですが、謝礼のようなものは一切とっていないようですよ」

深山がいった。

店員がアイスコーヒーのグラスを盆に載せて運んできて、テーブルの上に置いた。

矢島は氷が浮かんでいるコーヒーのなかにミルクとガムシロップを入れ、ストローでかきまわした。

「会った印象はどうだった。なにか変わったところがあったか」

「変わっているといったらなにもかもが変わってましたよ」

「たとえば？」

アイスコーヒーを一口飲んでから矢島は聞いた。

「アメリカ人にしてはものすごく小柄な人で、最初に見たとき驚いたくらいです。百四十五センチもないいんじゃないですかね。それで白髪で着物姿ですからね、まるで座敷童(ざしきわらし)みたいでしたよ」

「ほかには」

「着物をかっちり一分の隙もなく着こなしていました。おまけに話をするときは畳の上に正座ですからね。おかげでこっちまで正座しなくてはならなくて参りましたよ。日本語は完璧で訛りはまったくないし、話すことも理路整然としていました。なにしろハーバードですからね、日本の三流私大卒のぼくなんかからしたらまぶしいくらいで」

深山がいった。

「ハーバード卒の医者だったというのは本当なのか」

矢島は聞いた。

「ええ、本当です。ネットで調べましたから」

深山はスマートフォンをとりだし手際よくなにかを入力してから、矢島に手渡した。

「なんだ、これは。英語じゃないか」

スマートフォンの画面を見て矢島はいった。

「日本語の記事もありますよ。日本に来たばかりのとき二、三度雑誌の取材を受けたことがあるそうです」

深山がいった。

画面をスクロールしてみるとたしかに日本語の記事があった。ハーバードの医学校を卒業したこともアメリカで医者をしていたことも本当のことのようだった。

写真もあった。

深山がいった通り、小柄で鶴のように痩せた老女だった。

「なんの医者だったんだ。外科かそれとも内科か」

「精神科医です。彼女がどうかしたんですか」

深山が聞いた。

「事件のあった夜に佐伯百合さんの家の近くで彼女を見たという人間がいたんだ。彼女に英語を教わっている高校生なんだが、それが夜の十時半ごろだったそうなんだ」

「十時半？　佐伯百合さんの帰宅時間も十時半ごろでしたよね。それで彼女を調べようというんですか」

「ああ。佐伯百合さんは長屋で催すバーベキュー・パーティーに欠かさず顔をだしていたといっていたな。当然女史とも顔見知りだったはずだ」

「矢島さんがいいたいことはわかりますけど、でも写真を見たでしょう？　こんな人に殺人なんかできると思いますか」

「わからん。しかし、どんな小さな疑いも見逃したくない。今回の捜査は失敗は許されんのだ」

「なにかいつもの矢島さんと違いますね」

深山がいった。

「生前の佐伯百合と女史との関係を調べてくれ」

深山のことばを受け流して矢島はいった。

「え？　ぼくが調べるんですか」

「本当はおれがやりたいが、おまえのほうがうまくいくと思うから頼むんだ。なにしろおまえは一度女史と会って顔見知りだし、それにおれは外人さんが苦手だ」

矢島はいった。


三枝は署がある町のつぎの駅の近くにある立ち食いソバ屋に入った。

その店はゲソ天が安くて大きいことで有名で、ゲソ天が大好物の三枝は独身時代三日にあげず通っていた。

「ゲソ天ソバをください。あー、それにかき揚げにちくわ天も」

半年前に結婚してから店に入るのは初めてで、色黒で年齢不詳の親爺の顔を見るのも久しぶりだった。

天ぷらが山盛りにのったソバが無言で目の前に突きだされた。

親爺は相変わらず無口で、「いらっしゃいませ」もなければ「へい、お待ち」の一言もなかった。

一味唐辛子をかけて割り箸を手にとった。

ゲソ天をかじってソバをすする。

懐かしい味がした。

三枝はしばらく夢中でソバを掻きこんだ。

噛み応えのあるゲソ天もタマネギとさくらえびのかき揚げもちくわ天もたまらなく旨かった。

最後の一滴まで汁をすすりどんぶりを空にした。

「ごちそうさん」

満腹になって外にでたときだった。路地を歩くひとりの男の姿が目に入った。

男は黄色の大きなリュックを背負っていた。

近藤仁だった。

近藤がなぜこんな場所にいるのだろうと三枝は驚いたが、とにかく後を尾けてみることにした。

近藤は十メートルほど先を歩いていた。

三枝はその後をゆっくりとついていった。路地には人通りもなく、見失う心配はなかった。

近藤が角を曲がり、別の路地へ入った。三枝もその後について角を曲がった。

道の両側は住宅が建ちならんでいた。

近藤は左右に目を向けることもなく急ぎ足で歩いていく。

五分ほど歩いて路地を抜けると広い通りにでた。近藤は赤信号の前で立ち止まった。三枝も距離をとったまま足を止めた。

信号が青に変わって近藤が通りを渡った。三枝も後につづいて通りを渡る。

脇道に入った近藤が十メートルもいかないうちに足を止めた。

そこは昔銭湯だった建物で、いまは改築されてトランク・ルーム、いわゆる貸し倉庫になっていた。

近藤がズボンのポケットからカードのようなものをとりだし、それを使って入口のドアを開けるのが見えた。

近藤が建物のなかに入ると、三枝も建物に近づいて入口の前に立った。

屋外にコンテナをならべたようなものではなく、建物のなかがいくつもの部屋で区切られているトランク・ルームなので、外からはなかの様子をうかがい知ることはできなかった。

多分きょう買った写真集を置きに来たのだと三枝は思った。ここに置いておき、ときどき見に来るつもりなのだろう。写真集だけでなく、長屋の部屋には置いておくことがはばかられるようなものをいろいろと保管しているのかも知れなかった。

三枝は建物から少し離れた場所まで後退し、そこで近藤がでてくるのを待つことにした。

五分か十分もすればでてくるだろうと思ったが、十分どころか一時間経っても近藤は建物からでてこなかった。

近藤がなかでなにをやっているのか三枝には見当もつかなかった。

写真集のビニールカバーを破って一ページずつ丹念にめくりながら中身をたしかめているのだろうか。

しかしそれでも一時間は長すぎるように思えた。

ひょっとしたら中身をたしかめる以上のことをしているのかも知れない。埒もない想像が頭をかすめ、三枝は思わず苦笑した。

それからまた十分経ち、二十分経っても一向にでてくる様子はなく、結局近藤が建物のなかからでてきたときには入ってから二時間以上が経っていた。

カードキーを使ってドアを閉じた近藤がこちらに背中を向けたまま歩きだした。

三枝もその後につづいて歩きだした。

通りを渡って、路地に入った。

路地を抜けて右に曲がり、しばらく歩いて今度は左に曲がると大通りにでた。

近藤は大通りの歩道を真っすぐ歩いていく。どうやら家に帰る様子だった。

十分ほど歩いたところで左に曲がって脇道に入った。佐伯百合の家につづいている坂道だった。

近藤は坂道を登って佐伯百合の家の前を通り過ぎ、左に折れた。まっすぐ前を向いたまま歩きつづけていて、佐伯百合の家に目を向けることもしなかった。

道はせまく、人通りもなかった。

三枝は近藤の十メートルほど背後を歩いていたが、足音に気づかれないようさらに五メートルほど距離を開けた。近藤が背負っている黄色のリュックは暗い夜道でもよく目立った。

曲り角をいくつか曲がった裏路地に桜の古木がぽつりと一本だけ立っており、近藤の住む長屋はその先にあった。

長屋が近づくにつれて足早だった近藤の歩みがしだいに遅くなり、なにやら物憂げな足どりになった。

足音を忍ばせて距離を縮めてみると、自分の家に入る直前にため息らしきものをついたようにも見えた。

ガラス障子の引き戸を開けて近藤が入ったのは三部屋あるうちの通りに面したひと部屋だった。

しばらく家の前に立って様子をうかがったが、近藤がふたたび外出するような気配はなかった。

三枝は家に帰ることにしてもと来た道を戻りはじめた。

桜の木を通り過ぎて佐伯百合の家の前にでると坂道を下る。坂道を下りきったところが大通りで、そこを真っすぐ進む。

十分ほどでとなりの町の駅前にでた。通りを折れて脇道に入り、立ち食いソバ屋の前を通った。ソバ屋はもう店を閉めていた。

脇道を抜けると道が二手に分かれ、右側の道に面して六階建ての新築のマンションが建っていた。その四階の部屋が三枝の新居だった。

オートロックの鍵を開けてフロアのなかに入り、エレベーターで四階まで上がった。

「ただいま」

部屋のドアを開け靴を脱いでから部屋のなかに向かっていった。

「お帰りなさい」

和代(かずよ)が居間から顔をのぞかせて返事をした。

短い廊下の先の左側が寝室、右側が居間になっていた。

「きょうはずいぶん遅かったのね」

和代がいった。

「ごめん。電話をかけるのを忘れてた。ちょっと思いがけないことがあったものだから」

三枝はいった。

「ひとりで先にご飯食べちゃったわよ」

口元に笑みを浮かべながら和代がいった。

「そうしてくれてよかった。電話をするのは二度と忘れないようにする。約束するよ」

三枝はそういって風呂場へ行き、長い時間をかけてシャワーを浴びた。

タオルで体を拭いパジャマに着替えて風呂場からでると、三枝のための食事が食卓に用意されていた。

秋刀魚(さんま)の塩焼きにハムカツと卵焼き、茄子ときゅうりの浅漬け、油揚げの味噌汁だった。

秋刀魚には大根おろしがたっぷりとのっていた。

天ぷらソバを食べたのは三時間も前の話で、すでに空腹の状態だった。

大根おろしに醬油をかけ茶碗と箸を手にとった。

「いただきます」

大声でいって秋刀魚の横腹に箸先を突き入れた。

「思いがけないことってなにがあったの？」

テーブルの向いに座ってしばらく黙って三枝が白飯を頰張るのを見つめていた和代がいっ

た。

「捜査会議が終わって家に帰る途中で昼間ずっと尾行していた近藤を見かけたんだ」

「近藤って佐伯百合さんと同じ美術大学に通っているという人ね」

「うん、そう」

三枝は茄子の浅漬けを口のなかに放りこんでいった。

和代も同じ所轄署で働いているので、和代に捜査の話をすることになんの抵抗も覚えなかった。

「それでどうしたの」

「当然後を尾けた。この近くのトランク・ルームに入って二時間近くでてこなかった」

「二時間も？　一体なかでなにをしていたの」

「わからない。近藤は極めつきのオタクらしいからトランク・ルームのせまい部屋のなかをアイドルの写真集やらフィギュアやらの宝物でいっぱいにしていてときどきそれを愛でに行くのかも知れない」

三枝は油揚げの味噌汁をすすっていった。

「トランク・ルームに二時間もこもって写真集を見たりフィギュアで遊んだりしていたっていうの」

和代が聞いた。

「ぼくの想像だよ。本当は写真集やフィギュアなどではなくまったく別のものを預けているのかも知れない。どっちにしても近藤がトランク・ルームに大切なものを保管しているのは間違いない」

「なんだろう。なにが入っているのか興味があるわね。どうなの、近藤って人が犯人だと思う？」

「わからない。いまのところ近藤が佐伯百合さんにつきまとっていたというような話はでていないし」

「つきまとっていたといえば、黒石さんのところの息子。黒石浩也。そっちのほうはどうなったの」

和代がいった。

「黒石浩也？　黒石総合病院の院長の孫の黒石浩也のことかい」

「ええ、そう」

和代がうなずいた。

「その黒石浩也が佐伯百合さんにつきまとっていたっていうの？　そんな話初めて聞くけど」

「捜査会議で誰かから報告があったんじゃないの？」

「いったろう。そんな話初耳だよ」

「ふうん、やっぱりそうか」

なにやら思い当たる節でもあるらしい口ぶりで和代がいった。

「やっぱりそうかってなに」

思わず箸を置いて三枝はいった。

「昨日ね、本庁から来た刑事さん、なんていったっけな、そうそうたしか青木さん。知ってる？」

「ああ、知ってるよ。ぼくと同じくらいの年齢の刑事だ。刑事になってまだ何ヵ月も経っていないらしいけど」

「その青木さんが昨日の捜査会議のあと会議室にひとり残されて、管理官からえらい剣幕で叱られたそうなの」

同じ所轄署で働いているといっても和代は警察官ではなく警務課の一般職員なのだが、どこで耳にするのかときどき三枝が驚くような話を仕入れてくる。本庁の刑事が管理官から叱責されたなどというのも初めて聞く話だった。

「叱られたって、どうして」

「係長や管理官の許可を得ないで黒石浩也に事情聴取したから」

和代がいった。

「事情聴取？　黒石浩也が事件となにか関係があるのかい」

「黒石浩也が佐伯百合さんにつきまとっていたっていったでしょう。そういう噂があったらしいの」

「まさか。黒石浩也ってまだ高校生だろう。そんな噂ぼくは聞いたことがないし、それにたとえその噂が本当だったとしても、この辺の地元の事情にうといはずの本庁の刑事が噂を耳にしてしかも本人に直接会って事情聴取をするなんてありそうもないように思えるけど」

三枝はいった。

「そうでしょう？　なぜ本庁から来た新人刑事がそんな噂話を耳にすることができたのか。わたしもおかしいと思ってちょっと探りを入れてみたの」

「探りを入れてみたなんて、大げさな……」

三枝はあきれてつぶやいた。

「そうしたら真相がわかった。青木って刑事にその噂を聞かせたのはどうやら交番の大島君らしいの」

「大島君って、大島義春？」

小さな所轄署なので署員の顔と名は全員頭に入っていた。

「ええ、そう」

和代がうなずいた。

「大島君が青木さんに話を聞かせて、それを聞いた青木さんが事情聴取のために黒石家に行ったというのかい」

「ううん、黒石家に行ったんじゃないの」

和代が首を横にふった。

「じゃあ、どこで本人に会って事情聴取をしたのさ」

「町中捜しまわってどこかの公園で本を読んでいるところを見つけたらしいわ」

「やけにくわしいな。それにしてもどうして青木さんが黒石浩也の顔を知っていたのさ。黒石浩也って名前は知っているけど、どんな顔をしているかなんてぼくだって知らないのに」

「それも大島君から聞いたんじゃないの。とにかく公園で黒石浩也を見つけて話を聞いたことは間違いないの」

和代がいった。

「それが本当なら青木さんが捜査会議でその話をしたはずだけど」

「だから管理官が口止めしたのよ」

「どうして」

「それは知らない」

和代がいった。

「あのね、青木さんが報告しなかったとしたら管理官は青木さんが黒石浩也と会ったことをどうして知ったのさ」

「黒石浩也の両親が署に乗りこんできて、うちの息子がお宅の刑事に犯人扱いされた、警察は一体なにを考えているんだって猛抗議したから」

「本当かい、それは」

三枝は驚いていった。

「もちろんよ。わたし、隣りの部屋で聞いていたんだもの」

「黒石浩也の両親が署に来て、管理官に抗議したっていうのかい」

「ううん」

和代がふたたび首を横にふった。

「応対したのはうちの署長。で、署長がそのことを管理官の耳に入れた訳」

「それはいつの話だい」

三枝は半信半疑で尋ねた。

「青木って刑事が黒石浩也に会ったのは日曜日で、浩也の両親が署に抗議に来たのは昨日のお昼前のこと。署長ったら、浩也くんには二度と刑事を近づかせるようなことは致しませんって平謝りしてたわ」

和代がいった。

「昨日、きみはそんな話はしてくれなかったじゃないか」

「あなたに正確な話を伝えようときょう一日いろんなところで裏づけ調査をしていたの」

和代が自慢げな口調でいった。

浩也の両親は大きな料理学校の理事をしていて、母親のほうはときどきテレビにもでている有名人だった。この二人がそろって抗議に訪れたとしたら署長が頭を下げて謝罪したとしてもおかしくなかった。そしてそれが管理官による青木刑事の叱責につながったに違いなかった。

「でも黒石浩也が佐伯百合さんにつきまとっていたって噂は本当なの。大島君はその噂を誰から聞いたんだい」

三枝は和代に聞いた。

「三丁目の池内さんって八百屋のおかみさんから聞いたらしいわ。なんでもその八百屋の常連のお客さんのひとりが佐伯さんの近所に住んでいて、その人が浩也が佐伯さんの家の前を行ったり来たりしているのを何度も見かけたんですって」

和代がいった。

「なるほど。調査が行き届いているな」

三枝は感心していった。

「でしょ。で、浩也はどうするの」

「どうするって、浩也くんには刑事を二度と近づけないように致しますって署長がいったんだろう」

「うん」

「で、管理官が青木さんを叱責した。おそらく浩也には二度と近づくなと注意したんじゃないかな」

「うん。それで」

「それでってそれで終わりってことさ。青木さんは地元の事情にくわしくないから黒石浩也に直接会って話を聞こうとしたのだろうけど、うちの刑事だったら被害者の家の前を行ったり来たりするのを何度か見かけた人がいるらしいなんて噂話を耳にはさんだくらいで誰も黒石浩也に会いに行こうなんて考えないよ」

三枝はいった。

「そうか。それもそうかも知れないわね」

和代がそういって、きゅうりの浅漬けを指でつまみ上げ口のなかに放りこんだ。

水曜日

長屋は二十メートルほどの短い路地の入口から突き当りに向かって伸びているウナギの寝床のような建物だった。

レイチェルの住まいは路地口からふたつ目の部屋だった。その奥には画家のピーター・リグニーと家族が住んでいた。

引き戸を開けて部屋のなかをのぞくと、着物姿のレイチェルが座敷に半紙を広げ、毛筆を巧みにあやつりながらなにやら難しい漢字を書いていた。

書道はレイチェルの趣味なのだ。

「まあ、アガサじゃないの」

半紙から顔を上げたレイチェルが目を丸くし、うれしそうな声を上げた。レイチェルが縣と発音するとアガサと聞こえるのだが、縣はそう呼ばれるのが嫌いではなかった。

「よく来てくれたわ。さあ、上がってちょうだい」

縣は靴を脱いで畳敷きの部屋に上がった。

部屋の間取りは押し入れと六畳、隣りが板張りの床の八畳でそちらにはテーブルと椅子が置かれていた。台所と水洗のトイレはあるが風呂はなく、レイチェルは近所の銭湯に毎日通っていた。

「ここじゃあなたは居心地が悪いでしょ」

レイチェルは半紙やら硯やらを手早く片づけると、縣を八畳の部屋に通し椅子を勧めた。

「いまお茶を入れるわね」

薬缶(やかん)に水を満たし、ガスコンロに載せると急須に緑茶の葉を入れた。

レイチェルの無駄のない身のこなしはどこから見ても日本人そのものだった。

「三ヵ月ぶりね。どうしてたの」

「いつもと同じ。毎日コンピューターとにらめっこ」

縣はいった。

レイチェルは縣が警察の人間だということを知っていた。縣がレイチェルにだけ話したのだ。

「きょうは車で来たの？」

レイチェルが聞いた。

縣が初めてレイチェルに会ったのは一年前だった。鷲谷真梨子(わしやまりこ)とＬＩＮＥで連絡をとり合ううちに東京に真梨子の旧知の友人がいると知らされてどうしても顔が見たくなったのだった。

真梨子とレイチェルは三十歳以上年齢(とし)が離れていたが、二人は一時期アメリカのイバリュエーション・センターという施設で働いていた元同僚という関係であるらしかった。

「電車。車はもう懲り懲り」

レイチェルの問いに答えて縣はいった。

初めてこの町に来たとき縣は車を運転してきた。車の運転は縣が得意とするもののうちのひとつだった。なにしろ十四歳のときから車を運転していたのだ。ピックアップトラックからトレーラーそれに大型トラックまでどんな車でも乗りこなせないものはなかった。

もっともアラスカの道路はだだっ広いうえにどこまでも真っすぐでおまけに信号などというものは滅多になかったのだが。

誰にもいったことはないが、車の運転だけでなく射撃も大の得意だった。両親と一緒に射撃練習場に通ったことがあるからだ。両親はアラスカの森の奥深くに「探検」にでかけるときライフルを携行する必要があったのだ。

それはともかく家をでてから十五分ほどはカーナビにしたがって快適にハンドルを操作していたのだが、大通りから脇道に入ったとたんやたらに坂道がつづいて、右に曲がろうとするたびにかならず『右折禁止』の標識にぶつかったかと思うとあとは一方通行と迷路のような袋小路の連続で、最後にはどこをどう走っているのかわからなくなってしまった。

通行人を見かけるたびに車を止めて道を尋ね、なんとか目指す長屋にたどり着いたときには自宅をでてから五時間も経っていた。

ここへは二度と車では来るまい、とそのとき心に決めたのだった。

「はい、どうぞ」

レイチェルが急須の茶を注いだ茶碗を縣の前に置いた。

緑茶の香りが鼻腔をくすぐった。

「そのウィッグ素敵ね」

レイチェルが縣の頭を指していった。

縣は金髪のショートヘアのウィッグをつけ、Tシャツにジーンズそれに薄手のウインドブレーカーを羽織っただけの軽装だった。

縣がどんなに突飛な恰好をしても、レイチェルが驚いたり顔をしかめたりしたことは一度もなかった。あるとき「わたしの恰好おかしくない?」と縣が聞くと「わたしだってコスプレをしているようなものだから」といってウィンクした。一瞬だったが、日本人にはとても真似できそうもない素晴らしくコケティッシュなウィンクだった。

「百合さんの事件のことで来たんでしょ」

テーブルの向いに座ったレイチェルがいった。

「うん。まあ、そんなところ。でも犯人を捕まえようなんてつもりで来たんじゃないよ。ちょっと様子を見に来ただけ。そもそもわたしの仕事は事件記録の整理と分類をすることで刑事でもなんでもないから」

縣はいった。

「とってもいい子だったのに、あんなことになるなんて。まだ信じられない気持ちよ」

「レイチェルは佐伯百合さんを知っていたの?」

「ええ。彼女、この長屋でひと月に一度開くバーベキュー・パーティーにかならず顔をだしていたから」

長屋の建物の前には乗用車が三、四台停められるくらいの広さの庭というか空き地があって、バーベキュー・パーティーはそこで開かれるのだが、縣はまだ参加したことがなかった。

「どんな人だったの」

「とってもきれいな女性だった。初めて会ったとき、あまりの美しさに息を呑んだくらい。でもとっても大人しくて内気な人で、まるで自分の美しさを恥じているように見えることさえあったわ」

「パーティーに毎回来てたのは佐伯百合さんはこの長屋に知り合いがいたから？」

「ピーターよ。百合さんはプロの画家になるためにピーターに絵のアドバイスをしてもらったり、美術界の現状をいろいろ聞いたりもしていたわ。それはそれはとても熱心にね。彼女は絵にしか関心がなかったわ。絵がすべてだったの」

「ボーイフレンドなんかいなかったの」

「彼女の容姿を見て惹かれない男性なんてひとりもいなかったでしょうけれど、いまもいったように彼女にとっては絵がすべてでほかのことは眼中になかった。とくに男性はね」

「誰が佐伯百合さんをあんな目に遭わせたのか心当たりがある？」

「警察にも同じことを聞かれたわ。でも見当もつかない。彼女は賢くて親切で優しくて誰からも好かれていたから。彼女を傷つけようなんて考える人間がいるなんて想像することさえできない」

「レイチェルはイバリュエーション・センターってところで仕事をしていたんだよね。そこって犯罪者の精神鑑定をする施設なんでしょう？」

「ええ、そうよ。でもだいぶ昔の話だわ」

レイチェルがいった。

「犯人は佐伯百合さんのストーカーってことは考えられないかな。それほど美しい人だったら彼女にひそかに恋心を抱く男がいたとしてもおかしくないから」

「まあ」

レイチェルが驚いたようにいって笑みを浮かべた。

「なに」

レイチェルが笑った理由がわからず縣は眉をしかめた。

「だって金髪のウィッグをつけた女の子が『恋心を抱く』なんて古風なことばを使うんだもの」

レイチェルがいった。

「いったでしょう。わたし帰国子女だからときどき日本語が頭のなかでぐちゃぐちゃになって、どれが現代の言葉遣いでどれが古風な言葉遣いなのかがわからなくなっちゃうの。それで犯人はストーカーだと思う？」

「あなたがわたしに仕事の話をするのは初めてね」

「だって被害者の近所に犯罪の専門家が偶然住んでいて、それも被害者と知り合いだったなんてなかなかあることじゃないでしょう。話を聞かない手はないもの」

「それも若い女の子が使うようなことばじゃないわね」

「どれが?」

「『聞かない手はない』ってところ。それにアガサは犯罪の専門家かも知れないけど、わたしは人間の性格の専門家で犯罪にそれほどくわしい訳じゃない」

「そんな細かいことはどうでもいいわ。どう? 犯人は佐伯百合さんのストーカーだと思う?」

「ええ、そうね。いちばん可能性が高いのはストーカーだと思う」

「やっぱりね」

「でもそう決めつけるのは危険よ」

レイチェルがいった。

「ストーカー以外にどんな人間が考えられるというの」

「ストーカーでなければ……」

両手で茶碗を包みこむようにしながらレイチェルがつぶやいた。

「なければ?」

「サイコパスの連続殺人犯」

「連続殺人犯?」

縣は意外なことばに驚いた。

「どうしてそう思うの」

「百合さんは背後から襲いかかられて押し倒され、背中をくり返し何度も執拗に刺されて殺された。もしあなたがこの百合さんの遺体を見たとしたらどんな犯人を想像する?」

「百合さんをよほど憎んでいた人間。そういう人間が激情に駆られて犯した殺人だわ」

縣はいった。

「そうね。その犯人像は刺し傷が背中以外には一ヵ所もなかったことからさらに裏づけられる。百合さんは押し倒された姿勢のまま動かされた形跡はなかった。つまり犯人には百合さんを弄ぶつもりはなかったということ。犯人の目的は百合さんを殺すことだけだった」

レイチェルはことばを切って茶を一口飲んだ。

「でも本当はそうじゃないっていいたそう」

縣はいった。

「ええ。これだけならばいかにも激情に駆られた人間が突発的に起こした殺人のように思える。でも殺人の現場からは毛髪や繊維片などの遺留品はおろか、ただひとつの指紋も足跡も発見されなかったそうなの。頭に血がのぼった人間が感情を爆発させている瞬間に物証を残さないように気を配るなんて矛盾していると思わない？」

「被害者が死んだとわかったとたん正気に返ってあわてて指紋を拭きとったり足跡を消したりしたんじゃないの」

「現場は外からもちこまれた雨水のせいで、小さな水たまりがいくつもできるほどいたるところが濡れている状態だった。その水たまりを踏み荒らした跡はあったけれど、指紋を拭きとったり足跡を消したりした形跡はなかった。犯人は殺人の後で物証を消そうとしたのではなく、あらかじめ現場に物証を残さないように細心の注意を払っていたとしか考えられない。つまり犯人は百合さんを執拗に刺しながらも終始理性を失っていなかったことになる」

「ちょっと待って。現場に踏み荒らしたような跡があったのに足跡はなかったっていうの？」

「そうらしいわ」

「そんなことってある？」

「警察の人もそれで頭を悩ましているようだったわね」

レイチェルがいった。

「それにしても現場がびしょ濡れだったとか指紋や足跡がひとつもなかったとか、どうしてそんなにくわしいの？」

縣は聞いた。

「警察はわたしの経歴をネットかなにかで調べたのでしょうけど、わたしが犯罪者の精神鑑定をしていたことは知らなかったみたい。だからなにも知らないような顔をして質問に答えるふりをしながら知りたいことを聞きだしたの。気づかれないように少しずつ少しずつね」

「油断も隙もないね」

縣は感心していった。

「でもなぜ連続殺人なの。この町で佐伯百合さんの事件と似たような事件があったの？」

「この町ではなくても、どこかほかの場所であったかもしれないでしょ」

レイチェルがいったとき、外から幼い女の子のにぎやかな笑い声が聞こえてきた。

「ただいまあ」

元気な声とともに乱暴に引き戸が開けられたかと思うと二人の女の子がどたどたと足音を響かせながら部屋に飛びこんできた。

「あ、アガサだ」

二人は同時に叫ぶと、右と左の両側から縣に抱きついた。

隣りに住んでいるピーター・リグニーの子供たちで、姉の花（はな）が小学校二年生、妹の月（つき）が小学校一年生だった。二人もレイチェルの口真似をして縣をアガサと呼ぶのだった。

「久しぶりね。元気にしてた？」

「うん」

二人は同時に大きくうなずいた。

姉妹はまるで双子のように似ていてなにをするのも一緒だった。

「ピーターと恵（めぐみ）さんはでかけているの？」

向いに座って、縣の両手にぶら下がっている幼い姉妹をまるで孫を見るかのように満面の笑みを浮かべながら眺めているレイチェルに縣は尋ねた。

「広小路（ひろこうじ）のほうにでかけている。なんでもそこに古い蔵があって、今度の個展はそこで開くらしいのだけど、それの準備のためにね。六時頃には帰るっていってたわ」

レイチェルがいった。

「あんたたち、お腹は減ってない？」

縣は姉妹に聞いた。

「ペコペコー」

二人がふたたび同時に答えた。

「それじゃあ、どこかに食べに行こうか」

縣がいうと、二人が歓声を上げた。

「じゃあ、その前にママに電話しないと」

縣は携帯電話をとりだして恵の番号にかけた。

恵はすぐに電話にでた。

「恵、縣よ」

「まあ、久しぶりねえ。どこからかけてるの」

恵が聞いた。

「レイチェルの家から。花と月も一緒。ほら、ママよ」

縣は携帯電話を姉妹の顔の前に差しだした。

「ママあ。家に帰ったよう」

二人が電話に向かって大声でいった。

「帰ったようって、そこはレイチェルの家であなたたちの家じゃないでしょ」

恵が娘たちにいった。

「それでね、わたしたちでなにか食べに行こうと思っているんだけど、かまわない？」

ふたたび携帯電話を耳元に戻して縣は恵にいった。

「ええ、もちろんかまわないけど」

「夕飯が食べられなくなると困るからアイスクリームかパフェくらいにしようと思ったんだけど、もしよかったら食事をさせてもいいかな。その代わり、恵は六時頃には帰るなんていわずにピーターとゆっくりデートでもしてきたらどう？」

「まあ、そうしてくれたらうれしいけど。待ってピーターに聞いてみるから」

恵がピーター、ピーターと呼ぶ声が聞こえてきた。

「お言葉に甘えてそうさせてもらう。ピーターがよろしくって」

数秒後、電話口に戻った恵がいった。

「オーケー。じゃあ、またね」

縣はそういって電話を切った。

「よし、でかけるよ。あんたたちは自分の家に鞄を置いてきなさい」

「はあい」

二人は素直に返事をすると、ふたたび盛大な足音を響かせながら部屋からでて行った。

「レイチェルも一緒にどう？」

縣はレイチェルに聞いた。

「遠慮しておくわ。わたしはあれをやらないといけないから」

レイチェルは隣りの部屋にとりかたづけた半紙や硯を指差していった。

「アガサ、行くよう」

一分と経たないうちに戸口から二人の声が聞こえてきた。

「じゃあ。いってくるね」

「いってらっしゃい」

レイチェルがいった。

縣は外にでて花と月と手をつないだ。

「なにが食べたい？」

「カレーライス」

姉妹が同時に叫んだ。

「せっかく外で食べるんだからもう少し高級なものにしなさいよ」

「じゃあトリュフ」

花がいった。

「キャビア」

月がいった。

「トリュフとキャビアは子供には毒だから駄目。ほかのものにしなさい」

「シューマイ」

「杏仁豆腐（あんにんどうふ）」

「シューマイに杏仁豆腐か。それなら中華にしようか」

縣がいうと、姉妹が「中華、中華」と飛び跳ねながら声を合わせた。

「この近所の中華料理屋さんって知ってる？」

「うん、知ってる。パパたちといったことがある」

「そうなの。じゃあ、そこに連れてってちょうだい」

「出発進行」

姉妹が声を合わせると縣の手を引っ張って歩きだした。

五分ほどで佐伯百合が通っていた美術大学に通じている通りにでた。

通りを百メートルほど真っすぐ歩くと立派な門構えの大きな中華料理店があり、縣は左右に二人の姉妹を従えて店に入った。

店のなかは広く、大きな丸いテーブルがいくつもあった。縣たちは戸口に近い壁際のテーブルについた。

「いらっしゃいませ」

真っ赤なチャイナドレスを着た女性が店の奥からでてきて縣にメニューを渡し、三人それぞれの目の前におしぼりを置いた。

「オーダーはもう少し待ってくれる？」

縣はメニューを広げながら女性にいった。

「かしこまりました」

女性は軽く頭を下げて店の奥に戻った。

「冷たあい」

おしぼりをつかんだ花が大声をだした。

「冷たあい」

さっそく月が姉の真似をして悲鳴を上げるふりをした。

「あんたたちはなんにするの」

縣は二人に聞いた。

「杏仁豆腐」

月がいった。

「それはデザートでしょ。その前にお腹にたまるものを食べようよ」

「シューマイ」

花がいった。

「シューマイね。でもそれだけじゃ物足りないな。あんたたち自分で選びなさい。字は読めるんでしょ」

縣は右側に座っている花にメニューを渡した。縣の左側に座っていた月が立ち上がって花が開いたメニューをのぞきに行く。

「わかんなあい」

二人はしばらく大きくて分厚いメニューをめくったり前のページに戻ったり四苦八苦していたが、やがてもてあましたらしく縣に戻した。

「じゃあ、わたしが決めてやるけど、嫌いだとか食べられないとかいってごねたら承知しないよ。いいね」

二人はうなずいた。

縣は手を上げて女性を呼んだ。

「エビシューマイにフカヒレスープ、北京ダックを三人分。それにチャーハンと野菜炒めは二人前ずつを大皿でだして。あ、それになんていうんだっけ、お焦げご飯に熱々の餡をかけてジューッてなるやつ。あれが食べたい。それも三人分。それととりわけ皿を三つお願い」

「杏仁豆腐を忘れてる」

月がいった。

「あ、そうだ。杏仁豆腐も三人分ね」

「北京ダックは少々お時間をいただきますが、よろしいですか」

「ノープロブレム。ゆっくり食べて待ってるわ」

縣はチャイナドレスの女性にいった。

「かしこまりました」

女性は注文をメモして奥に戻った。

五分も経たないうちに料理が次々と運ばれてきて、あっという間にテーブルが皿で埋まった。

「さあ、食べなさい」

「いただきまあす」

テーブルからレンゲをとりあげた姉妹が大声でいって、まずフカヒレスープにとりかかった。

「アガサは英語しゃべれるの？」

テーブルの上の料理を半分ほど平らげたとき花が縣に聞いた。

「どうして」

縣は大皿のチャーハンを小皿にとりわけていた。

「だって、さっきお姉さんに問題なしっていってたでしょ」

「あら、意味わかったの？」

縣が聞くと花がうなずいた。

「あんたたち英語がしゃべれるんだ」

「当たり前」

花と月が同時に答えた。

「じゃあアメリカにも行ったことがあるの」

「あるよ。だってパパのおじいさんとおばあさんがニューヨークにいるから」

月がいった。

「パパのおじいさんとおばあさんじゃなくて、パパのお父さんとお母さん」

花が妹のいい間違いを訂正した。

「アガサは行ったことある？」

「行ったことがあるもないも、わたしはアメリカ育ちだよ」

「えー、そうなのお？」

姉妹が目を丸くした。

「アメリカのなんというところ」

「アラスカってところ」

「聞いたことない。アメリカのどこにあるの」

「アメリカの上のほうにカナダって国があるの知ってる」

「知ってる」

花がいった。

月はカナダを知らないらしく首をかしげた。

「そのカナダの端のほうにあるのがアラスカ」

「カナダの端？　でもアメリカなんでしょう。どうしてそんなところにアメリカがあるの」

花が当然の質問をした。

「昔ほかの国からアメリカがその土地を買ったの」

「ほかの国って」

「ロシアって国」

「いくらで買ったの」

「さあ、三百万ドルだったか七百万ドルだったか、とにかくとても安い値段でよ」

「どうしてそのロシアって国はアメリカに売っちゃったの」

「山と川と森しかないうえに一年中雪と氷におおわれていて寒くて仕方ないから、こんな土地はいらないと思ったんじゃない」

縣はいった。

月はアラスカの話には興味がないらしく、縣が小皿にとりわけたチャーハンを黙々と口に運んでいた。

「アガサはどうしてそんなところで育ったの」

「これは内緒だよ」

縣は人差し指を唇に当てていった。

「うん」

花がうなずいた。

「誰にもいわない？」

「いわない」

「わたしはオオカミに育てられたの」

「えー、本当？」

チャーハンを頬張っていた月が思わずレンゲをもつ手を止めて縣の顔を見た。

「エスキモー嘘つかない」

縣は月にいった。アラスカではイヌイットといわずエスキモーというのだ。

「エスキモーってなに」

花が聞いた。

「アラスカにずっと昔から住んでいた人たちで、わたしもエスキモーなの」

「オオカミの話をして」

月が花のほうに顔を向けた縣のウインドブレーカーの袖を引っ張った。

「わたしがまだ赤ちゃんでエスキモーの母さんと父さんが引っ張る橇に乗せられて森のなかを滑っていたとき吹雪に襲われてね。父さんと母さんは降りつける冷たい雪からわたしを守るために自分たちを犠牲にしなければならなかった。吹雪が止んだとき雪に埋もれていたわたしを見つけてくれたのがオオカミの父さんだったの」

「それで」

花と月が目を輝かせて身を乗りだし、縣の顔をのぞきこんだ。

「父さんオオカミは意識をなくしてぐったりしているわたしを大きなお口でくわえて巣穴まで

連れて行ってくれたの」

「巣穴って」

「オオカミのお家。そこには母さんオオカミもいて父さんとふたりでわたしを抱いて温めてくれたの。おかげでわたしは息を吹き返して死なずに済んだという訳。その日からわたしは母さんオオカミのお乳を飲んで元気に育ち、二人と一緒に森を駆けまわれるようになるまでに成長したの」

「オオカミの名前はなんていうの」

月が聞いた。

「父さんオオカミがブラック、母さんオオカミがホワイト」

「オオカミはことばをしゃべるの」

花が聞いた。

「もちろん。オオカミ語をしゃべるわ」

「アガサはいまもオオカミ語をしゃべれるの」

「それがしゃべれないの」

「どうして」

「忘れちゃったから」

「どうして忘れちゃったの」

「それはね、ある日ひとりで森のなかで狩りをしているところをスノーモービルに乗った二人の森林警備隊員に見つかってしまったの。警備隊員は森のなかを裸で走っているわたしを見て、どうしてこんな森の奥深くに小さな女の子がいるんだろうってびっくりしてね、事情はわからないけれどとにかくこのまま森のなかに残していく訳にはいかない。町に連れ戻さなければって思った。それで二人がかりで苦労してわたしを捕まえたの。それからどこかに怪我をしていないか調べてもらおうと、まず町の病院に連れて行こうとした。もちろんわたしは父さんオオカミと母さんオオカミと離ればなれになるのがいやで大暴れして泣き叫んだわ。病院でお医者さんが診察してわたしが怪我ひとつしていなくて健康そのものだってわかると、警備隊員がどうして森にいたのかとか、どうして服を着ていないのかとかいろいろ聞いてきた。でもわたしには人間がしゃべることばがちっともわからなかった。それでますます警備隊員たちは訳がわからなくなってしまったのだけれど、二人のうちのひとりが家に連れて帰ってしばらく様子を見てみようってことになったの。彼は奥さんとふたりで小さな家で暮らしていた」

「その人の名前はなんていうの」

花が聞いた。

「ケンよ。奥さんはメリー」

「その人たちがアガサの新しいパパとママになったの」

「そういうこと。でもその家で暮らすようになってからも最初のうちは何度も逃げだしては捕まって連れ戻されるってことをくり返したわ。森に帰りたくてね。でも一年もするうちに人間の食べ物にも慣れてきて人間のことばも少しずつわかるようになると、だんだん居心地がよくなって、ここで暮らすのも悪くないかなって思うようになった。二年経つころにはすっかり人間らしくなって人間語もペラペラになった。そしてオオカミ語のほうはすっかり忘れてしまったの」

「ブラックとホワイトのことも忘れてしまったの」

月が聞いた。

「とんでもない。忘れたことなんてなかった。毎日会いたくて会いたくて仕方なかった」

「でも会えなかった？」

「いいえ。それが会えたの。どうして会えたんだと思う」

縣は姉妹に聞いた。

「わかんない。どうして」

二人が首を横にふった。

「ブラックとホワイトがわたしの家を探しだして会いに来てくれたの。森からでて人間たちが住む町へね。二人がわたしの家を見つけるのはとてもたいへんだったはずよ。なにしろ人間たちが住んでいる町のなかを人間に見つからないように探さなければならなかったんだから。わたしが学校へ通うようになって三年目だったわ。学校が終わって家へ帰る途中の道端の茂みにブラックとホワイトが隠れていて、わたしの姿が見えると飛びだしてきた。オオカミ語は忘れちゃっていたけど二人の顔を忘れたことなんてなかったから、飛びだしてきた瞬間に父さんと母さんだとわかった。わたしは二人に抱きついて泣きじゃくったわ」

「二人を家に連れて帰って人間のパパとママたちと一緒に暮らしたの」

花が聞いた。

「とんでもない。オオカミは森のなかじゃなきゃ生きていけないもの。でもね、それから二人は一年に一度同じ場所でわたしを待っていてくれた。わたしは二人のことも一年に一度会っていることも、新しいパパとママにも学校の親友にもいわなかった。あんたたちに初めて話すんだからね。だから誰にもいっちゃ駄目よ」

「それからどうしたの」

月が聞いた。

「それからって、話はこれでおしまい」

「どうして」

「どうしてって、いろいろあってわたしが日本に帰らなくちゃならないことになったから」

「いろいろって」

「いろいろはいろいろよ」

「じゃあ、ブラックとホワイトとはそれから会っていないの」

「会っていない」

「いまも元気にしてる?」

花が聞いた。

「ええ、きっと元気にしてるわ」

そこへチャイナドレスの女性が北京ダックをテーブルに運んできた。

「お待たせいたしました。北京ダックでございます」

「きた、きた」

縣は小麦粉を溶いて薄く丸い形に焼いたピンを摘まみ上げた。

「いい？　北京ダックはこうやって食べるの」

食べ方を教えようとして花のほうを見ると、彼女はすでにピンの上に削ぎ切りにしたアヒルの皮と細切りにしたネギときゅうりをならべはじめていた。

月のほうを見ると、彼女もまた具をならべたピンを器用に巻いていた。

「あんたたちこの店で北京ダックを食べたことがあるのね」

「この店で食べたことなんかないよ」

花がいった。

「じゃあ、どこで食べたの」

「ニューヨーク」

ピンに齧りつきながら月がいった。


縣は警視庁本部庁舎の地下二階に午後九時過ぎに戻った。

道がまだ仕事をつづけていた。

「どう？　パスワードは解けた」

部屋に入るなり縣は道に聞いた。

「まだ」

道が答えた。

「解けそう？」

「それは間違いなく」

「時間はどれくらいかかりそう」

「それはあちらの能力次第だからなんともいえないけど、そう長くはかからないはずだよ」

道がいった。

「どこのものを拝借してるの？」

縣は質問しかけて途中でやめた。

「ああ、聞かないほうがよさそう。あんたのことだから、どうせ恐いところのものを使っているのに決まってるし」

「まあ、日本のものでないことはたしかだけどね」

道がいった。

「いっておくけどハッキングの痕跡を追跡されてこの場所を特定されたりしたら国際問題だからね」

「あちらさんのソフトの中身には一切触るつもりはないからその心配には及ばない。それよりそっちはなにかわかった？」

「なんにも。だって刑事さんなんかにはひとりも会っていないもの。捜査状況はわたしよりあんたのほうがよっぽどくわしいはず。捜査本部のコンピューターに侵入したんでしょ」

「まあね」

道がいった。

「現場は玄関なんだって？」

「そう。被害者は玄関のいわゆる靴脱ぎのスペースにうつ伏せの状態で倒れていて、肩からうえつまり両手と顔は上がり框（がまち）にかかっていた」

「玄関のなかは一面濡れていたって？」

「うん、そうらしい」

「どうすればそんな状態になるの」

「それは雨が降っていたからだろう」

「佐伯百合さんは傘を差していなかったの？　全身びしょ濡れで家のなかに入ったっていうの」

「いや、彼女が差していた傘は玄関の外で発見されている」

「玄関の外で？　それはどういうこと」

「犯人は被害者の後を尾けたかあるいは家の近くで待ち伏せしたかして、被害者が玄関のドアを開けたとたん背後から襲いかかって押し倒した。そのときの衝撃で彼女がもっていた傘が玄関の外に弾き飛ばされたと捜査陣は考えているようだね」

「ということは」

縣が自分の机に座っていった。

「玄関のなかが濡れていたのは佐伯百合さんではなく犯人が持ちこんだ雨水だということになるわね」

「まあ、そうなるだろうね。考えてみなかったけど」

道がいった。

「現場から指紋や足跡がひとつも発見されなかったというのは本当なの」

「ああ、そうらしい」

「でも佐伯百合さんは背中を何度もくり返して刺されていたんでしょう。玄関のなかは雨水だけじゃなくて血もたくさん飛び散っていたはずじゃない。佐伯百合さんを何度も刺しながら現場を踏み荒らしたに違いないのに、足跡がひとつも残っていないなんておかしいと思わない？」

「いわれてみれば、たしかにそうかも」

「捜査本部の刑事さんたちはどう考えてるの」

「結論はでていない。いまのところ留保事項になっているようだね。きみになにか考えがあるの」

「考えなんてあるはずないでしょ。きょう初めて聞いた話なんだから」

縣はいった。

「それで刑事さんたちが容疑者らしいと考えている人はいるの」

「容疑者というほどではないけど、捜査本部が目をつけている人間が二人ほどいるらしいね」

「誰」

「ひとりは近藤仁。被害者と同じ大学の学生で、被害者の自宅のすぐ近くの長屋の住人らしい」

「長屋？」

縣は思わずいった。

「うん。聞き込みをした刑事さんによると正真正銘の長屋で住民は六人いるらしい。この時代に長屋というだけでも珍しいのに、なんとそのうちふたりはアメリカ人だということだよ」

「知ってる」

縣はいった。

「え、知ってるってなにを」

「その長屋を知ってるってことよ。いまもそこから帰ってきたところ」

「へえ、そうなんだ。でもどうしてその長屋に行ったの」

「その近藤仁という学生はどうして疑われているの」

道の問いには答えずに縣は聞いた。

「たしかな根拠がある訳ではなくて、どうやら事情聴取のときの挙動が不審だったという程度のことらしい」

「それでもうひとりは」

「これも同じ長屋の住人でレイチェル・キーンっていうアメリカ人」

「え、レイチェルが？」

「知り合いかい」

「どうしてレイチェルが疑われてるの」

ふたたび道の質問を無視して縣は聞いた。

「こっちは近藤仁より少しはましな根拠があって、どうやら事件のあった晩、犯行時刻だと考えられている時間に被害者の自宅付近を歩いているところを目撃されているんだ」

「レイチェルを見たといっているのは誰なの」

「レイチェル・キーンという人は近所の子供たちにときどきボランティアで英語を教えているらしいんだけど、その生徒のひとりの高校生がコンビニに夜食を買いに行く途中で見たといっているらしい」

「その高校生はレイチェルに声をかけなかったの」

「いや、かけた。先生、こんな時間になにをしているんですかって聞いたら、散歩しているのよと答えたらしい。この高校生に話を聞いた刑事が、雨が降っている晩にわざわざ傘を差して散歩をするなんておかしいと思わなかったのかと尋ねたら、ふだんから変わった人だから特別おかしいとは思わなかったと答えたらしい」

「まあ、変わっているのはたしかね」

縣はいった。

「レイチェルって人、知っているの」

道がまた聞いた。

「前に話したでしょう。真梨子先生の元同僚の女の人が東京にいるって」

「ああ、ハーバードの医学校を卒業した女医さんで十年ぐらい前から日本に住んでいるという人か」

「ええ、そう」

「で、きみはきょうその人と話をしてきた訳だ」

「そういうこと」

「どうなの。この人が犯人だという可能性はあると思うかい」

「冗談じゃないわ。レイチェルは佐伯百合さんとても親しかったの。彼女が亡くなったことを心底悲しんでいたわ。あ、そういえば」

とつぜん何かを思いついたように縣がいった。

「佐伯百合さんの正確な身長はわかる？」

「え、身長。ちょっと待って」

道がコンピューターのスクリーンを見ながらキーを叩いた。

「あ、あった。えっと、百七十センチ」

「やっぱり」

縣がいった。

「なにがやっぱりなのさ」

「あのね、レイチェルはとても痩せているうえに身長が百四十五センチしかないの。たぶん体重も四十キロないはず。おまけにいつも着物を着ている。部屋にいるときも外出するときも一日中。そんな人が自分より背の高い人間を力ずくで押し倒せると思う？」

「そうなのか。それなら、まあ無理だろうね」

道がいった。

「それに彼女を見たといっている高校生はその晩彼女が傘を差していたっていっているんでしょう。彼女が犯人なら玄関のなかが雨水で一面濡れていた事実と矛盾することになる」

「なるほど。で、明日からどうするつもり」

道が聞いた。

「わからない。とにかくあの画像をアップしたのが誰なのかを突き止めるのが先決。それがわからないかぎり先には進めそうもない」

縣はいった。

「それでこっちの進捗（しんちょく）状況を確認するために帰ってきた訳？　それなら電話でも済むのに」

道がいった。

「そうじゃないの。ちょっと調べものをしようと思って」

「調べるってなにを」

「似たような事件がどこかほかで起こっていないかたしかめたいの」

「似たような事件って今回の事件と？」

「ええ」

「つまり被害者がナイフで切り刻まれていた事件ってことかい」

「鋭利な刃物で何度もくり返し刺してはいるけど、切り刻んではいない。何度も刺すのと切り刻むとではまったく違う」

縣はいった。

「そうはいっても刺殺事件なんて数え切れないくらいあるだろう」

道がいった。

「被害者はひとり暮らしの若い女性。鋭利な刃物で何度もくり返し刺されていて刺創は背中に集中している。被害者が性的な暴行を受けた痕跡はない。指紋や足跡などの物証は一切なし。

ほかにも被害者は近所でも評判の美人だったとか、犯行時刻は雨が降っていて現場は一面が濡れていたとか変数はたくさんある。それをひとつひとつ試してみるつもり」

縣はそれきり口をつぐむと無言でキーを叩きはじめた。

木曜日

午後一時からの捜査会議が終わったあと矢島刑事と深山刑事は一昨日と同じ『ソーサラー』という喫茶店にいた。

日を追うにつれて捜査会議で刑事たちが報告する内容は貧弱なものになりつつあり、この日第一回目の捜査会議でも、被害者の大学の先輩である山下幸一とその同棲相手の白川久美子のアリバイが複数の人間によって確認されたことが収穫といえば収穫といえるくらいだった。

「三枝がいっていたこと、どう思います」

深山が矢島に聞いた。

「近藤仁のトランク・ルームのことか」

一昨日と同じアイスコーヒーをストローで一口すすってから矢島がいった。

「そこに長い時間こもっていたからといって、それだけの理由でなかを強制的に捜索するのは無理だろうな」

「そうでしょうね。でも三枝がどうしてもトランク・ルームのなかを調べたいんですって管理官に訴えでた気持ちは痛いほどわかりますよ。口にはだしませんが皆あせっているんです。事件から六日も経つのに容疑者らしい人間ひとりすらも浮かんでこない有様ですからね。最初はそれほど難しい事件には思えなかったんですがね」

深山は大きく息を吐いてグラスに刺さったストローを摘んだ。

「先輩、青木って知ってますか」

アイスコーヒーを一口すすってから深山がいった。

「青木って、一課から来た若い刑事だろう」

「ええ。その青木が管理官に呼びだされて大目玉を食らったらしいんです」

「いつの話だ」

「二日前か三日前らしいです」

「理由はなんだ」

「黒石浩也を町中(まちなか)で問い詰めて犯人扱いしたそうなんです」

「黒石浩也？」

矢島が目を細めた。

「ひょっとして黒石正三の孫か」

「ええ、その黒石浩也です」

「犯人扱いしたって、まさか今度の事件の犯人ということか」

「もちろんですよ」

「どうしてそういうことになるんだ。黒石浩也の名前なんて捜査会議でいっぺんもでていないぞ」

「そこなんです」

深山が意味ありげにいった。

「なんでも黒石浩也の両親が署にねじ込んできて、うちの息子が刑事に犯人扱いされたと猛抗議をしたらしいんです。黒石浩也の両親が誰かご存じでしょう？」

「父親は料理学校を経営していて、母親のほうはときどきテレビにもでたりしている有名な料理研究家だろう」

「ええ、そうです。その二人がそろって署に乗りこんできたんですよ。署長が平謝りに謝った末に、お宅の息子さんには二度と刑事を近づけませんと約束させられたんですがね、それを署長から聞いた管理官が両親が抗議に来たことはもちろん、黒石浩也の名前も金輪際口にするなと緘口令を敷いたそうなんです」

「そうなんですって、いったい誰がそんなことをいってるんだ」

「噂ですよ。あくまで噂話です。署内のあちこちでみんながひそひそとやってるんです」

「そんな話、信用できるか。だいいち青木が黒石浩也を犯人扱いした理由はなんなんだ」

「黒石浩也が佐伯百合につきまとっていたという噂があるらしいんです」

「また噂か」

矢島が呆れたようにいった。

「青木は本庁の刑事だぞ。仮にその噂が本当だったとしても、地元のことなどなにも知らない本庁の刑事がそんな噂を耳にすることができるはずがないじゃないか」

「それが、この噂を青木に伝えた人間がいるんです」

「誰だ」

「大島です。大島義春」

「地域課のか」

「ええ」

「おまえが直接大島から聞いたのか」

「いえ、これも噂です」

「好い加減にしろ」

「でも、黒石浩也の両親が署にねじ込んできたというのは事実です。自分が今朝警務の人間にたしかめましたから」

深山がいった。

矢島が眉間にしわを寄せた。

「大島は黒石浩也が佐伯百合につきまとっていたらしいなんて話をどこで聞きこんだんだ」

「交番によく立ち話に来る八百屋のおばちゃんかららしいです。その八百屋の常連客のひとりが佐伯百合の家の近所に住んでいて、黒石浩也が佐伯百合の家の前をうろうろしているのを何度か見かけたと八百屋のおかみさんに話したそうなんです」

「それを八百屋のおかみさんが大島に話したという訳か」

「ええ」

「そして大島が青木に話した」

「はい」

深山がうなずいた。

「大島はどうして所轄のおれたちではなく本庁の刑事に話したんだ」

「さあ、それはわかりません。たまたまそうなったんじゃないでしょうか。それとも、所轄の人間に黒石一族の跡継ぎが事件に関係しているらしいなんていってもまともにとり合ってくれないだろうと思ったか」

深山がいった。

矢島が顔をしかめた。

深山の説には一理あるかも知れないと内心納得するものがあったのだ。

「それにしても、被害者の家の近くを何度かうろついていたからといって犯人扱いなんてできる訳がないだろうが。青木ってやつは馬鹿なのか」

「所轄の交番勤務から最近捜査一課に引き上げられたばかりらしいんです」

「所轄の交番から本庁の捜査一課だと？　刑事の経験もなしにか。どうしてそんなことになる」

「あの人、東大出らしいんです」

深山がいった。

「東大だって、キャリア組なのか」

「いや、そうじゃないらしいんです。わたしたちと同じノンキャリア」

「東大をでてノンキャリア？　どうしてそんな人間が警察に入ったんだ」

「さあ、それはわかりませんがね。殺人事件を扱うのもこれが初めてということなので、なんとか手柄を立てようとのぼせ上がって見境をなくしてしまったんじゃありませんか」

「挙句に自爆か。馬鹿馬鹿しい。そんな愚にもつかない話よりおまえのほうはどうだったんだ」

矢島がいった。

「キーン女史のことですか」

「ああ。話は聞けたのか」

「聞けましたよ。それも二時間近くたっぷりと。文字通り膝と膝を突き合わせてね」

「で、おまえの心証はどうなんだ」

「心証ですか。クロかシロかといったら自分にはシロとしか思えませんね」

「それはどういう訳だ」

矢島がいった。

「どういう訳かといわれても困りますけど、要するにあの人が犯人とはどうしても思えないとしか答えようがありません」

「二時間も話してなにも摑めなかったのか。おまえ、なにかというとハーバードだの東大だのというが、学歴コンプレックスでもあるんじゃないのか。女史がハーバードの出で元医者だからって最初から呑まれてるんじゃないのか」

「先輩。先輩も一度女史に会ってみたらいいんですよ。心証もなにも百聞は一見に如かずというじゃないですか」

「いったろう。おれは外人が苦手なんだ」

「別に話をしなくてもいいんです。遠くから一目見るだけでもね」

深山がいった。

「どういうことだ」

「あのですね。この前もいったように女史はたいへん小柄な人で身長は百五十センチにも満たないんです。体重だっておそらく三十五キロ前後でしょう。そんな人間が自分より背の高い人間を後ろから押し倒すなんて芸当ができると思いますか。そんなこと到底無理ですよ」

深山がいった。

矢島はふたたび顔をしかめ、腕を組んで黙りこんだ。

「でもね、代わりにちょっと面白いものを見つけたんです。これを見てください」

深山が自分のスマートフォンを矢島に差しだした。

画面にはTシャツにジーンズ、それに薄手のウインドブレーカーを羽織った若い女が映っていた。

「金髪？　外人か」

「日本人ですよ。染めているんです。それかウィッグをつけているか」

深山がいった。

「誰なんだ、この女は」

「昨日、自分がキーン女史の家をでたあとなにか動きがありはしないかと思ってしばらく長屋を見張っていたんです。そうしたらこの女がどこからともなく現れて女史の部屋に入っていったんです。ずいぶん長い時間話しこんでいたようですから二人は相当親しい間柄なんでしょう。そうこうするうちに女史の隣りの部屋に住んでいるアメリカ人の画家の娘が二人、女史の部屋に『ただいまあ』って飛びこんで行ったかと思うと、今度はその若い女が二人を連れて外出したんです」

深山がいった。

「そこは長屋のことですから、隣り同士も家族ぐるみの交流があるってことなんでしょうね」

「隣りの部屋の子供がどうして女史の家に帰るんだ」

「それで外出したその若い女の後は尾けたのか」

「当然尾けましたよ」

「どこへ行った」

「中華レストランです」

「当然おまえもなかに入って三人の様子をうかがったんだろうな」

「いいえ」

深山がかぶりを振った。

「どうして」

「見るからに高級そうなレストランで、なかに入ってなにか一品でも注文したらいくらかかるかわからないと思ったものですから」

「そうか。それなら仕方がないな」

矢島が肩を落としてため息をついた。

「つまりその女はレイチェル・キーンとも隣りの部屋の一家とも親しいということだな。それでおまえはこの女のどこが怪しいと思ったんだ。怪しいと思ったから写真まで撮ったんだろう？」

「とくべつ怪しいと思ったわけではないんですが、いままでこんな女の話は女史からも隣りのアメリカ人画家の一家からも聞いたことがなかったので、とにかく念のために押さえておこうと……」

「もう一度写真を見せてくれないか」

矢島がいった。

深山がスマートフォンの画面をふたたび矢島のほうに向けた。

「この女、本当に日本人なのか？　ずいぶん背が高く見えるが、いくつくらいだ」

しばらく画面を見つめていた矢島がいった。

「正確なところはわかりませんが百七十センチ以上はありました。百七十二か三センチってところでしょうか」

「年齢(とし)はいくつくらいだ」

「自分には二十歳そこそこにしか見えませんでしたが、二十二、三歳かあるいはそれより上ってこともあるかも知れません。といっても二十五以上ってことはないと思いますが」

「なにをしている人間なのか見当がつかないな。学生には見えないし、かといって会社員にも見えん」

スマートフォンの画面を見つめながら矢島がつぶやいた。

「地元の人間か」

「地元の人間には見えませんでしたね。おそらく都心から来たんでしょう」

「どうしてそう思う」

矢島が顔を上げて深山に尋ねた。

「自分はこの辺りで金髪の女を見たことがありませんし、子供を連れて歩いているときも立ち振る舞いがスマートというかなんというか、垢抜けていましたから」

深山がいった。

矢島は無言で深山の顔をしばらく見つめていたが、やがて胸ポケットから自分の携帯電話をとりだし、

「おれの携帯にもその写真を入れておいてくれ」

と、いった。


矢島は喫茶店をでたところで深山と別れたが、午後七時から予定されているきょう二回目の捜査会議までなにをしたら良いのか迷っていた。

歩きながら考えようととりあえず歩きだしたが、いつの間にか大島義春が詰めている交番に足が向かっていた。

深山には愚にもつかない話だといいはしたものの、黒石浩也が佐伯百合につきまとっていたという噂話が頭の隅に引っかかっていたのだ。

にぎやかな商店街を抜け、道幅いっぱいに広がった階段を上がると交番の建物が見えた。

都合のいいことに大島は立ち番をしていて若い女に道を教えているところだったが、その女の派手というより異様な恰好を見て矢島は思わず足を止めた。

スカートの部分が大きく広がった純白のワンピースを着たその女は白縁のトンボ眼鏡のサングラスをかけ、おまけに真っ白な日傘を差していた。

大島が方角を教えるために片手を上げると同じ方向に顔を向けた女が、サングラスを人差し指の先で引っかけてずり下げた。

サングラスの下から現れた女の顔を見て矢島は目を見張った。

その女はついいましがた深山に見せられた写真の女に瓜二つだったのだ。

矢島は上着の内ポケットからスマートフォンをとりだし、深山に入れてもらった女の写真を画面に呼びだしてたしかめた。

服装も髪形も写真とは違っていたが、本人に間違いなかった。

女が大島に礼をいうと、矢島のほうに向かって歩きだした。

矢島はとっさに顔を伏せて、落とし物でも探しているようなふりをした。

女が矢島の前を通り過ぎた。

矢島は遠ざかっていく女の背中から目を離さぬまま大島に駆け寄った。

「これは矢島刑事。ご苦労様です」

大島が敬礼した。

「いまの女は誰だ」

「いまの女と申しますと……」

「おまえに道を聞いていた女だ。誰なんだ」

「誰だといわれましても、名前を聞いた訳ではないので」

「女はおまえになにを聞いたんだ」

「あの、いきなりどうされたんですか」

「いいから答えろ。あの女はおまえになにを聞いたんだ」

「黒石さんのお宅にはどう行ったらよろしいでしょうかと……」

「なんだと。黒石の家がどこかと聞いたって」

矢島の声が跳ね上がった。

「それは本当か。女は本当に黒石の家がどこか聞いたんだな」

「はい……」

「黒石とどんな関係なのかいったか。なぜ黒石の家に行くのか理由をいわなかったか」

矢島がいきなり大島の制服の襟をつかんだ。

「ちょ、ちょっと待ってください。わたしはただ、黒石さんのお宅にはどう行ったらよろしいでしょうかと聞かれただけで……」

「それでおまえは教えたのか」

「教えてはいけなかったのですか」

「もう、いい」

矢島は大島の体を突き放して、女の後を追いはじめた。

女の後ろ姿はすぐに見つかった。

女は金髪のショートヘアではなく、長いお下げ髪を背中に垂らしていた。

道行く人々が女のあまりにも奇抜な恰好に目を丸くしたり足を止めたりしていたが、女は一向に気にかけるそぶりもなく、日傘を揺らしながら優雅な足どりで歩いていく。

矢島は二十メートルほど距離を空けて女の後をついていった。

レイチェル・キーンの家にどこからともなくとつぜん現れたという女が、捜査一課の青木に佐伯百合につきまとっていたという噂を伝えたという大島のところにまたしても忽然と現れ、それればかりか噂の張本人である黒石浩也の家に向かおうとしている。

それもいわくありげな変装までして。

この女にはなにかあるに違いないと、写真を撮っておいた深山の勘は外れていなかったのだ。

女は間違いなくなんらかの形で事件と関係している。矢島は確信した。

商店街を抜けた女が大通りを渡った。

矢島もその後について通りを渡った。

女が緩やかな坂道をゆっくりと上っていった。

この辺りは佐伯百合の家とは反対の方向に当たるのだが、やはり坂が多いところだった。

坂を上り切るとまた広い通りにでて、女はその通りも渡った。

通りを渡るとそこは入り組んだ路地の両側に木造の小さな家がひしめき合っている一画で、少し油断すると地元の人間でも、曲がるのはこの路地だったかそれともつぎの路地だったかなどと迷うことがあるくらいなのだが、女は確信ありげな足どりで路地から路地へとするすると伝っていく。黒石浩也の家がどこにあるのか、前もって調べておいたに違いない、と矢島は直感した。

だとしたらわざわざ大島の前に現れて黒石家への道筋を尋ねたのもなんらかの意図があっての行動だったことになる。

女の存在がますます謎めいてきた。

矢島は慎重に足を運びながら女の姿を見失わないよう目を凝らした。

雑多な、といっても人通りはそう多くないひっそりと静まり返った住宅街を抜けると町の様子が一変した。

フランス料理のレストランと老舗の蕎麦屋が軒をならべているかと思えば緑の濃い公園が広がり、その隣りには三十階建ての近代的な区役所が建っているという町の中心地区だった。

区役所の建物の前の広い通りはまたしても緩やかな坂だったが、女は歩調を変えることもなく坂を上っていき、坂の中腹まできたところで脇道に折れた。

その脇道の先に黒石家の大きな屋敷があることを矢島は知っていた。

女が黒石の家に行くのはこれで確実になった。

しかし女が黒石の家に行ってなにをするつもりなのか、矢島にはまったく見当がつかなかった。

黒石浩也に会うつもりなのか。それともまったく別の目的があるのか。

矢島は歩調をゆるめて女との距離をさらに空けた。

女の目的地が黒石の屋敷だとわかれば、あとは物陰に身を潜めて女の様子をじっくり観察すれば良いだけだった。

矢島は曲り角で立ち止まり、物陰から首だけ伸ばして道の先を見た。

突き当りに三階建ての大きな洋館があり、それが黒石家の屋敷だった。

女がいた。

こちらに背中を向け、屋敷の鉄の門の前に立っていた。

広い庭の向こうに立っている屋敷のなかの様子をうかがっているように見えたが、門柱の呼び出しベルを押す気配はなかった。

考えてみれば時刻はまだ午後四時にもなっていなかった。

高校生の黒石浩也も学校から帰ってきてはいないだろうし、同じように両親の雅俊と君江も経営している料理学校で仕事をしているはずで家には戻っていないだろう。女が三人に会いたいと考えたのなら、少なくとも六時とか七時とかもう少し遅い時間に訪れたはずだった。

女は黒石家の誰かに会いに来た訳ではなく、どうやら黒石家の一家がどれだけ大きな屋敷に住んでいるのかをたしかめに来ただけらしい、と矢島は思った。

それにしても女の目的がなんなのか、いくら考えてもまったくわからなかった。

しばらく屋敷を眺めていた女が門から離れた。

こちらに戻ってくると思った矢島はとっさに身を隠そうとしたが、女は屋敷の北隣りの別の路地に向かって歩きだした。

矢島は物陰からでて女の後を追った。

とにかく女の正体を突き止めるのが先決だった。正体さえ突き止めることができれば、おのずと女の目的も明らかになるに違いなかった。

女は路地を区役所のほうへ向かって歩いていた。

七百メートルほどの長い路地を抜けると、区役所で働く人たちが昼食や勤め帰りに利用するのだろう、さほど広くない通りに中華料理店や居酒屋、それに立ち食い蕎麦の店などがならんでいた。

通りにでた女が手を上げた。

タクシーを拾うつもりに違いなかった。

すぐに女の前で一台のタクシーが停まり、女がそれに乗りこんだ。

女がタクシーを拾うとはまったく考えていなかった矢島は慌てて駆けだした。

通りにでると、後続のタクシーを捕まえるために手を上げた。

幸運なことにタクシーはすぐに来て矢島の前で停まった。

「前のタクシーを追いかけてくれ」

助手席に座るなり、矢島は運転手に向かっていった。

いきなり助手席に乗りこんできたことに驚いたのだろう、運転手が怪訝(けげん)そうな表情で矢島の顔を見た。

「なにをしている。早く車をだせ」

矢島は運転手を怒鳴りつけた。

運転手が首をすくめ、車を発進させた。

女が乗った車が区役所の建物を過ぎ、区役所の隣りの巨大遊園地の前も通り過ぎた。女は都心に向かっているようだった。

「お客さん、警察の方ですか」

しばらく身を縮めたまま無言で車を走らせていた運転手が矢島に聞いた。

「ああ、そうだ。あの車を見失ったら承知しないぞ」

矢島は前方をにらみつけながらいった。

車がＪＲ線の駅に近づくとますます交通量が増えてきて、信号に止められる回数も多くなってきた。

「距離を空けるなよ。距離が空くと見失うぞ」

「大丈夫です。任せておいてください。この辺りの道は熟知していますから」

運転手が胸を張った。

まさにそのときだった。先を行く女の車が走り抜けた信号が黄色から赤に変わり、運転手がブレーキを踏んだ。

「おい、どうして停まる」

矢島は思わず大声をだした。

「そういわれても、信号無視はできませんから」

運転手が矢島に顔を向け、申し訳なさそうにいった。

「こら、車から目を離すな」

「あ、そうでした」

運転手があわてて正面に向き直った。

女の乗ったタクシーは駅ビルを過ぎ、ビルが建ちならぶオフィス街に入っていき、やがて見えなくなってしまった。

信号はなかなか青に変わらなかった。

矢島は歯ぎしりする思いで前方を見据えた。

ようやく信号が青になり、車が発進した。

駅ビルを通り過ぎ、ビジネス街に入った。

左右を見まわしたが、女の乗ったタクシーは見えなかった。

交差点も多いので、女の車が右に行ったのか左にいったのかすらわからなかった。

「くそ、見失った。左に曲がれ」

運転手はいわれた通りに左にハンドルを切った。

そのまましばらく車を走らせたが、女の車を見つけることはできなかった。

「つぎの交差点を今度は右だ」

矢島は運転手にいった。

右に曲がり、同じようにしばらく走ったが、その通りにも女の車はいなかった。

そうして右に曲がり左に曲がりしながら十五分ほども当てずっぽうに車を走らせてみたが、
女の車はどこにも見当たらなかった。

「この辺の道は熟知しているといったな。あのタクシーがどこに行ったのか見当がつかないか」

矢島が運転手にいった。

「そんな、無茶ですよ」

「どうすれば見つかるか、なにか方法はないのか」

「ありますよ」

運転手がいった。

「なに、あるのか」

矢島は驚いて運転手の顔を見た。

「あのタクシーのナンバーを覚えていますか」

「当たり前だ」

「それなら簡単です。タクシー会社に電話して、会社の人にどこに向かっているのか聞いてもらえばいいんです。もう三十分近く経っていますからとっくにどこかで降ろしたのかも知れませんけど、それでも乗った女の人の風貌や服装を伝えれば、どこで降ろしたか教えてくれるはずです」

「なるほど。会社はわかるか」

「海老原(えびはら)国際交通の車でした」

運転手がいった。

矢島はスマートフォンをとりだして、『海老原国際交通』の電話番号を調べると、すぐにその番号にかけた。

相手はすぐにでた。

矢島は開口一番緊急だと告げ、女の乗ったタクシーの番号と女の服装を伝えた。

「了解しました。連絡してみます」

電話の相手がいった。

相手の声に代わってオルゴールの音が聞こえてきた。

矢島は答えが返ってくるのをじりじりしながら待った。

相手が電話口に戻ってきていった。

「わかりました。その女の人なら銀座の老舗デパートの前で降ろしたそうです」

「どれほど前のことでしょうか」

「十分ほど前だそうです」

相手が答えた。

矢島は礼をいって電話を切った。

「銀座だ。このまま銀座に向かってくれ」

矢島は運転手にいった。

一度は見失った女の向かった先がわかったのだ。矢島は溺れかかった水のなかから間一髪のところで救い上げられた気分だった。

十五分ほどで銀座に着き、車は老舗の有名デパートの前で停まった。

「すまなかったな。いろいろ助かった」

矢島は運転手に礼をいって車を降り、デパートの建物のなかに入った。

受付台に行き、制服を着た女性に身分証明証を見せた。

「三十分ほど前に白いワンピースを着てサングラスをかけ、手に日傘をもった女が来ませんでしたか。二十代で背の高い女性ですが」

矢島が尋ねると、受付のふたりの女性が顔を見合わせ、「あなた見た？」と目顔でたがいに確認する仕種をした。

「申し訳ありません。そのような方はお見かけしておりません」

女性がいった。

「そうですか」

矢島は受付台を離れると、ためらうことなく階段に向かい地下の食品売り場に走った。

地下の食品売り場は大勢の人間で混雑していた。

矢島は人混みを縫って歩きながら女の姿を探した。

広い食品売り場を二十分ほどもかけて隅から隅まで歩きまわったが、女の姿はどこにもなかった。

矢島は階段に戻り、今度は二階まで駆け上がった。

二階から三階、三階から四階へと、広いデパート中を地下から最上階まで一時間以上も捜しまわったが、女はどこにもいなかった。

女はデパートの建物の前でタクシーを降りはしたものの、目的地はデパートではなくどこか別の場所だったのかもしれなかった。

もしそうだとすると、女の行く先がどこか探す術（すべ）がなかった。

結局謎の女を見失ってしまったのだった。

矢島は階段の踊り場に休憩用に置いてあるソファに腰を下ろしてスマートフォンをとりだし、深山にかけた。

「はい、深山です」

「女が現れた」

矢島はいった。

「え？　女って誰です」

「おまえがさっきいっていた女だよ。キーン女史のところに現れたという女だ」

「また長屋に来たんですか」

深山がいった。

「違う。どこに現れたと思う」

「どこです」

「交番の大島のところだ」

「大島……、佐伯百合が黒石浩也につきまとわれていたという噂を本庁の青木さんに伝えたあの大島のところにですか」

「そうだ。それも金髪じゃなく、長いお下げ髪で白のワンピースにトンボ眼鏡をかけておまけに日傘まで差すという念入りな変装をしてだ」

「お下げ髪にトンボ眼鏡……。本当ですか」

「ああ、本当だ」

「どうして変装なんかしていたんです」

「まったくわからん。なぜ女が大島のところに行ったのか、おまえ見当がつくか」

「見当がつきません。その女、大島のところへ行ってなにをしたんですか」

「大島に道を教えてほしいと頼んだんだ」

「道を聞いた……。大島は立ち番をしていたんでしょう？　単なる偶然じゃありませんか」

「いや、偶然なんかじゃない」

矢島はいった。

「どうしてそう思われるんです」

「いいか、よく聞けよ。女が大島に聞いたのは黒石浩也の家だったんだ」

「なんですって」

深山が声を上げた。

「どうだ。これが偶然なんかの訳がないだろう。昨日長屋に現れて女史と話しこんでいた女が今度は大島のところに現れて黒石浩也の家はどこか聞いた。怪しいと思わんか」

「思います。女は事件になにか関係しているんでしょうか」

「ああ、おれの勘では間違いなく関係している」

「それでその女、大島に道を聞いた後どうしたんですか」

先ほどまでとは打って変わって熱を帯びた口調で深山が聞いた。

「黒石の家まで行った」

「それで、黒石浩也と会ったんですね」

「いや、黒石家の人間とは誰とも会わず、門の外から屋敷の様子をうかがっていただけだった」

「うかがっていた……。なんのためです」

「わからん。黒石の家までぴったり後ろについて尾行したが、女が途中で道を間違えたり迷ったりした様子は一度もなかった。あらかじめ調べて黒石の家がどこにあるのか知っていたに違いない。それなのにわざわざ大島がいる交番まで行って道を尋ねた。考えられることはひとつしかない。女はひそかに大島の顔をたしかめに行ったんだ。だがなぜそんなことをするのか理由がわからん。黒石の家まで行ったにもかかわらず誰にも会おうとしなかったこともな」

「変装をして大島の顔をたしかめ、黒石の家をたしかめた……。なんのためかまったくわかりませんね。そのあと女はどうしたんです」

「屋敷を離れてタクシーに乗った」

「どこに行ったんです？」

「それが、こっちもタクシーを捕まえて追跡している最中に見失ってしまった。女の素性も女が大島の前に現れたり黒石の屋敷の様子をうかがったりしていた理由もわからずじまいだ」

「そうですか。それは残念でしたね」

深山もまた落胆したようにいった。

「しかしあの女が事件に関係していることは間違いない。どうしてもあの女の正体を突き止める必要がある」

「どうするんです」

「キーン女史にあの女が誰なのか聞くんだよ」

「女史にですか」

「そうだ。なんとしてでもあの女の素性が知りたいんだ。女史なら知っているはずだ。そうじゃないか？」

「それは当然知っているでしょうが……。女史の隣りに住んでいる近藤仁は行確がかかっていますし、女史自身も犯行時刻と思われる時間に佐伯百合の自宅近くで目撃されているんです。二人とも捜査対象者なんですよ。そんな二人が住んでいる長屋に現れた謎の女の正体を当の長屋の住人であり捜査対象者でもある女史に聞いても正直に答えてくれるかどうかわからないじゃないですか」

「それはおれも考えた。しかしどうしても女の素性が知りたいんだ。あれこれしつこく詮索する必要はないんだ。名前と住んでいるところだけでもわかれば、あとはこっちでいくらでも調べようがある」

「なるほど、そうですね。名前と住所くらいなら聞きだすのに手間はかからないでしょう。わかりました。やってみます」

深山がいった。


青木一は署の近くにある蕎麦屋の奥のテーブルに班長の片桐と向かい合って座っていた。

夕方の捜査会議に出席するため署に戻ろうとしているとき片桐に電話で呼ばれたのだった。

「腹は減っているか」

片桐が一に聞いた。

「いえ、それほどは……」

一は小さな声で答えた。

「盛り蕎麦の一枚くらいは食えるだろう」

「はい」

一が答えると片桐が店員を呼んで、盛り蕎麦とたぬき蕎麦の大盛りを頼んだ。

「きょうはどこをまわってきたんだ」

「あちこち……まわってきました」

「具体的にはどことどこに行った」

「それは……」

一は言葉を詰まらせた。

「本当のところは喫茶店かどこかで時間をつぶしていただけでどこもまわってないんじゃないのか。一日分の仕事をこなしていないから腹も減っていない。そうじゃないのか」

片桐がいった。

一は顔を俯かせた。

「どうなんだ。正直に答えろ」

「どこにも……行っていません」

一が俯いたままいった。

「皆が汗水垂らして町中（まちじゅう）を駆けずりまわっているというのにひとりだけ仕事をサボって恥ず

かしいとは思わないのか」

「すいません」

「顔を上げろ」

片桐がいった。

一がおずおずと顔を上げた。

片桐の顔が正面にあった。

意外なことに怒っているようではなく、穏やかな表情だった。

「おまえ、管理官から黒石の息子には二度と近づくなとお灸を据えられたそうだな」

片桐がいった。

管理官に呼びつけられて叱責されたことはまだ片桐には報告していなかった。片桐がそれを知っていたことに一は内心驚いた。

「くれぐれも青木を黒石の家族に近づけるな。上司であるおまえがしっかり手綱を握っておくようにと管理官からきびしく申し渡された」

「すいません」

一は思わず頭を下げた。

「おまえ自身はどうなんだ」

片桐がいった。

一は答えられなかった。

質問の意味がわからなかったからだ。

「おまえは黒石浩也を調べてみたいのかと聞いているんだ」

「しかし管理官に近づかないようにいわれていますし……」

「おまえが黒石浩也を犯人扱いしたせいで両親が署長に抗議に来たらしい。おまえ、本当に黒石浩也を犯人扱いするようなことをしたのか」

「とんでもありません。二言三言話しただけです」

「どんな話をしたんだ」

「彼は公園のベンチに腰をかけて本を読んでいるところでした。なにをしているのかと尋ねると、塾の帰りに頭を休めているということでした。読んでいたのがコンピューターのプログラミングの本だったので、そんな難しい本を読んで頭が休まるのかといいました」

「黒石浩也はなんといった」

「プログラミングは子供のころからの趣味だからと……」

「それで終わりか」

片桐がいった。

「いいえ。佐伯百合さんの事件のことは知っているかと聞きました。彼はニュースで見たので知っていると」

「それで終わりか」

「いいえ。佐伯百合さんのことを知っていたか聞きました。彼は会ったことがないと」

「それで終わりだな」

片桐が重ねていった。

「いいえ……」

一はふたたびことばを詰まらせた。

「まだつづきがあるのか。一体なにを話したんだ」

「実は佐伯百合さんの事件があった以前に百合さんの家の近くできみを何度も見たという人がいるのだがと……」

「そんなことをいったのか」

片桐が呆れたようにいった。

「ぼく自身もいうべきかどうか迷ったのですが、話の接ぎ穂に困って……」

「話の接ぎ穂に困ってそんなことを直接本人にぶつけるやつがあるか。それで黒石浩也はなんと答えたんだ」

「あの辺りはよく行くので、誰かがぼくの姿を見かけたとしても当然のことだと」

「ほう、佐伯百合の家がどこにあるのかは知っていたんだな」

「近所とまではいえませんが、彼の家は佐伯さんの家からそう遠くないので知っていたとしてもおかしくはないかと……」

「あの辺りにはよく行くから誰かが見たとしても当たり前だといわれておまえは問い詰めた訳だな」

「いいえ。そろそろ夕食の時間なので帰らなければならないといわれてそのまま帰しました」

「なんだ、それで終わりか」

「はい」

一はいった。

店員が盛り蕎麦とたぬき蕎麦を運んできてテーブルに置いた。

「まあ、食え」

片桐はいって割り箸を割った。

盛り蕎麦には鶉(うずら)の卵が添えてあった。

一は専用のはさみで殻(から)の端を切りとり、中身をそばつゆに空けた。

二人はしばらく無言で蕎麦をすすった。

「そもそも黒石浩也を佐伯百合さんの家の近くで何度か見かけたというのは誰なんだ」

蕎麦を食べ終えた片桐が聞いた。

一も盛り蕎麦をなんとか食べ終えたところだった。

「高森時枝さんという近所の主婦です」

「佐伯百合と親しかったのか」

「道で会ったら挨拶を交わす程度には知っていたそうです」

「その人が見かけたとき黒石浩也はどんな様子だったんだ」

「頭からフードをすっぽり被り、両手をポケットに突っこんでうつむいて歩きながらも目だけは百合さんの家のほうをうかがっていて大変怪しげに見えたそうです」

「そういうことが何度かあったというのか」

「二、三回だそうですが……」

「二、三回か……」

「でもそれだけじゃないんです。高森さんは買い物の帰りに家の裏手にある窓からなかの様子をのぞいている黒石浩也を見たといっているんです」

「家のなかをのぞいていた？　そうなると話は変わってくるな」

「はい。ぼくもそう思います」

一はいった。

「それが本当なら黒石浩也は生前の佐伯百合を知っていただけではなく、関心以上の感情をもっていた可能性があるな。つまり黒石浩也はおまえに嘘をついたことになる。これは放っておけんな」

片桐がつぶやいた。

「ぼくだって黒石浩也を徹底的に調べてみたいのはやまやまですが、どこから手をつけていいのかわからなくて」

一は正直にいった。

「黒石浩也のことは誰にも報告していないんだな」

「はい。管理官に黒石浩也の名前をだすことはまかりならんと命じられているので誰にも報告していません。自分のパソコンには一連の経緯を記録してありますが……」

「それでいい。黒石浩也の家族のことは調べたか」

「はい。自分なりに調べました」

「父親も母親も有名人で、祖父はこの辺りでいちばん大きな総合病院の院長であるだけでなく、中央の政財界のお偉方ともつながりがあるらしい。よほど慎重にかからんと管理官の厳重注意くらいでは済まない虞がある。おまえのいう通り、どこから手をつけたらいいのか、難しいところだな……」

片桐が腕を組んだ。


「アガサ？　それだけか」

矢島がいった。

「ええ。本人が名乗っている通りに呼んでいるだけで、姓などは尋ねたこともないそうです」

答えたのは深山だ。

二人は捜査会議が終わり、誰もいなくなった会議室にいた。

「どこに住んでいるんだ」

「それもわからないと」

「やはりなにか隠しているな」

矢島がいった。

「ところが自分には隠し事をしたり、ごまかしたりしているようには見えませんでした」

「おまえの目など当てになるか。最初からやれハーバードだ、やれ元医者だと呑まれている始末だからな」

矢島が悪態をついた。

「まあ、聞いて下さい。あの女が長屋に来るようになったのはおよそ一年前からで、女史がまだアメリカで医者をやっていたころにあの女の知り合いが仕事場の同僚だったそうなんです。あの女はその知人から女史のことを聞き、どうしても顔が見たくなったといってとつぜんやってきたんだそうです。女史も一年中着物を着て暮らすような変人ですが、アガサという女もたいへん変わった女で二人はすっかり意気投合したそうなんです。先輩も見たんでしょう。あの女の妙ちきりんな恰好を。あれは変装でもなんでもなくてコスプレなんだそうです」

「コスプレ?」

「コスチューム・プレイ。ほらメイド喫茶で店員がメイドの服装をするようなものです」

「よく、わからん。それで」

矢島が先を促した。

「アガサという女は子供のころアメリカで育ったそうで、それでよけいに気が合うのかもしれないと女史はいっていました。それはともかく、それから二ヵ月に一度とか三ヵ月に一度のペースでいままで三、四回ほど長屋を訪れているそうですが、いつも二人で他愛のないおしゃべりをしてばかりで、女史はあの女がどんな仕事をしているのか、どこに住んでいるのか一度も尋ねたことがないそうなんです」

「信用できん」

「まあ、自分も女史の話を鵜呑みにする訳にはいかないと思ったので、隣りのアメリカ人画家夫婦の部屋を訪ねて話を聞いたんです」

「そうか。さすが深山だけのことはある」

矢島がいった。

「でもこちらも同じでアガサという名前しか知らないし、どこに住んでいてなにをしているのか聞いたこともないという話でした。こちらはたまたまあの女が来ることがあっても二人の子供と遊ぶことが目的なので、夫婦とはそれほど長い会話をしたことがないそうなんです」

「近藤仁とはどうなんだ。その女は近藤とも知り合いなのか」

「それも聞いてみましたが、女が近藤の部屋に行ったこともないし、おそらく近藤の顔も見たことがないはずだと画家の奥さんがいっていました」

「それだけか」

「はい」

「つまり収穫なしということだな。アガサという名前だけでは調べようがない」

「でも女史も画家夫婦の話もまったく同じでしたから、どちらも嘘はついていないということです」

深山がいった。

「それから、ちょうど子供たちがいたのでその子供たちから面白い話が聞けました。女が長屋に来るたびにいつも遊んでいるので、あの女に関してはいちばん情報をもっていました」

「たとえば？」

「アガサという女は子供のころアメリカで育ったといったでしょう。アメリカのどこかといえばアラスカなんだそうです」

「アラスカ？　アメリカ大陸の北の端にあるアラスカか」

「ええ。あの女はアラスカの森林地帯でオオカミに育てられたんだそうです」

深山がいった。

矢島が眉間にしわを寄せて深山を凝視した。

「お父さんオオカミはブラック、お母さんオオカミはホワイトといってオオカミ語で話していたそうです」

「真面目な顔でなにをいっているんだ」

矢島がいった。

「まあ、オオカミの話は置いておくとしてもアラスカで育ったというのは本当でしょう」

「女がどこで育とうと関係ない。おれが知りたいのは女の素性と現在住んでいる所だ」

矢島が難しい顔つきで考えこんだ。


縣は夜の遅い時間にレイチェルの長屋を訪ねた。

「あら、こんな夜更けにあなたの訪問を受けるなんてめずらしいわね」

引き戸を開け、縣の顔を見たレイチェルがいった。

まだ寝巻きには着替えておらず、着物姿のままだった。

「銀座でワインを買ってきた。一緒に飲もうと思って」

縣は片手に下げたワインのボトルをもちあげていった。

「銀座というと、このあいだアガサが自慢していたお店ね」

「うん、そう。この店、揃えているお酒はみんな飛びっきりなんだけど、大きなデパートの裏の路地の奥のちょっとわかりづらいところにあるのが玉に瑕でね」

縣はいった。

隣りの花と月も、その両親もとうに寝床に入ってしまったらしく、部屋の明かりも消えてしんと静まり返っていた。

部屋に入るとレイチェルはワイングラスをふたつとワインオープナーを手早くテーブルのうえに整えた。

「お摘みはチーズとパンくらいしかないけど」

「それで十分」

縣は椅子に座るとボトルのコルク栓を開け、レイチェルと自分のグラスにワインを注いだ。

「乾杯」

グラスを合わせ、ワインを一口口にふくんだ。

「おいしい。奮発したわね」

レイチェルがいった。

一分の隙もなく着物を着こなし、一日中端然とした姿勢を崩さないレイチェルだが、一方でワインのソムリエの資格の持ち主であり底なしの酒豪でもあるのだ。

縣もパンを千切って口に抛りこみ、ワインを飲んだ。

「なにか魂胆があるんでしょ。事件の話？」

レイチェルがいった。

「うん」

縣はうなずいた。

「わたし、所轄署の捜査会議の記録を盗み読みしてるの」

「そう聞いてもいまさら驚かないけどね」

レイチェルがいった。

「事件発生時刻と思われる時間にレイチェルが被害者の家のすぐ近くにいたというのは本当？」

縣はいった。

「ああ、その話ね。事件が起こった時間かどうかは知らないけど、百合さんの家の近くを歩いていたのはたしか」

「レイチェルが英語を教えている高校生に会って、こんな時間になにをしているのかって聞かれたら、散歩しているだけよって答えたって」

「ええ、そういったわ」

「覚えているでしょうけど、事件が起こった日は雨が降っていたのよ。その話を高校生から聞いた刑事は、雨の日に散歩なんておかしいってあなたを疑っているらしいの」

「まあ、わたしは容疑者のひとりという訳？」

レイチェルはグラスを空にして、二杯目を注いだ。

「茶化さないで。どうして被害者の家の近くを歩いていたか、わたしに説明してくれる？」

「どうしても聞きたい？」

「話したくないなら無理にとはいわないけど」

「そうじゃないけど、アガサと面と向かって殺人事件の話をするなんて、なんとなく気恥ずかしくて」

レイチェルはグラスを口にゆっくりと運んでしばらく口を閉じた。

縣はチーズを摘み、レイチェルが口を開くのを待った。

「真梨子さんと一緒に働いていた時代なんてずいぶん昔の話だとアガサにいったでしょう」

レイチェルがいった。

「でもね、やっぱり職業病はなかなか抜けなくて。いえ、それどころか年齢をとるとますます好奇心が旺盛になってね」

レイチェルが目尻にくっきりとした笑い皺を浮かばせて微笑んだ。

「それってイバリュエーション・センターって施設で働いていたときのことね」

チーズが思いのほかおいしかったので、二つ目を口に入れながら縣がいった。

「隣りに近藤仁という学生が住んでいるのは知っている？」

「佐伯百合さんと同じ大学の学生でしょ」

「そう。彼は毎月のバーベキュー・パーティーにはかならず顔をだすのだけど、ふだんはわたしともピーターの家族とも滅多に会話なんかしない。顔を合わせたら、こんにちはとかこんばんはとぶっきらぼうに挨拶するのがせいぜい。それがどうしてバーベキュー・パーティーに参加するのかというと、百合さんが来るから」

レイチェルがグラスを傾けながら話をつづけた。

「まわりの誰が見ても気がつくほど近藤君は明らかに百合さんに好意をもっていた。ところがおかしいのは百合さんに対する態度でね、食事の最中にチラチラと百合さんの横顔をうかがっているくせに、自分からは決して話しかけようとしないし、たまに百合さんのほうから声をかけたりすると顔を赤くして俯いてしまうの。でもしばらくすると視線は相変わらずしつこく百合さんを追っている、という具合なの……」

「レイチェルがいいたいことがなんとなくわかってきたような気がする。人間の性格の専門家として見て見ぬふりはできなかったってことね」

ワインをまた一口飲んで縣がいった。

「百合さんのほうは純真無垢を絵に描いたような女性で、人を疑うなんてことを知らないから、わたしはこれはちょっと気をつけたほうがいいと思った。それでさりげなく彼を見張っていたんだけど、あの晩彼が夜中に部屋を抜けだしたことに気づいて後を尾けた」

「近藤は百合さんの家へ行ったの？」

縣は聞いた。

「ええ、行ったわ」

「まさか、近藤が百合さんを殺すところを目撃したなんていいだすんじゃないでしょうね」

「まさか。それならすぐに警察に通報しているわ」

「でも近藤は百合さんの家まで行ったんでしょう。それからなにがあったの」

「だから、なにも起きなかったの」

「なにも？」

「ええ、わたしは彼に気がつかれないように二十メートルほど後をついていったんだけど、彼がちょうど百合さんの家の前まで行ったときにパトロール中の制服警察官がとつぜんどこから現れたの。彼は物陰に隠れて警官をやり過ごし、警官の姿が見えなくなると百合さんの家を離れて一目散にここに戻ってきた。当然わたしも彼の後をついて同じことをした。それだけのこと。コンビニに夜食を買いに行くところだという向井君に会ったのはその帰り道だったと思うわ」

「警官が現れた……」

縣は、なにかに気をとられたようにつぶやいた。

「ええ、警官が現れたせいで近藤は逃げ帰ってきたの」

レイチェルがいった。

「その警官の顔、覚えている？」

グラスを手にしたまましばらく黙りこんでいた縣が聞いた。

「夜の十時過ぎでおまけに雨が降っていて、わたしは二十メートル以上も離れたところに立っていたのよ。顔なんかわかるはずがないでしょ」

「じゃあ、どんな恰好をしていたか教えて」

「どんな恰好ってふつうの恰好だったわ」

「ふつうって」

「制服警官が雨の日に町をパトロールするときにする恰好ってこと」

「それを具体的に教えてほしいの」

「どうしたの。なにが気になるのかわからない。いいわ。雨合羽を着ていた」

レイチェルが戸惑ったようにいった。

「どんな雨合羽」

「どんなって、透明なビニールの合羽よ。それを頭からつま先まで着こんでいて、制帽にも同じ透明なビニールカバーがかけてあった。これでいい？　どうしてそんなことを聞くの」

「パトロール中の警官が現れてそれを見た近藤は慌てて逃げ帰った。それで結局なにも起きなかったのね」

縣は相変わらずなにか別のことを考えているようだった。

「ええ、なにも起きなかった。あら、お酒はもうこれで終わりだわ」

グラスにワインを注ごうとしたレイチェルがいった。

「もう一本、ここにあるよ」

縣はボトルをもう一本もち上げて見せて、テーブルのうえに置いた。

「あなた、さっき一本しかもっていなかったじゃないの」

レイチェルが目を丸くしていった。

「女が二人で飲むのにワイン一本だけで済む訳がないでしょ」

縣はコルク栓を開け、レイチェルのグラスになみなみとワインを注いだ。

「わたしの話はもういいの？」

「ええ、ありがとう。おかげでいい話が聞けたわ。さあ、今晩はとことん飲みましょう」

縣はグラスを高く掲げていった。

金曜日

黒石浩也は公園のベンチに座って読書をしていた。

縣が歩み寄ると、本のページを影がおおい、浩也が顔を上げた。

「こんにちは。あんたが塾の帰りには、たいていここにいるって塾の友達に聞いてきたの」

金髪の縣はTシャツにミニスカート、それにピンヒールといういでたちだった。

Tシャツはフランシス・ベーコン展が東京で開かれたときに購入したものだったが、Sサイズしか残っていなかったので背の高い縣には丈が足りず、臍（へそ）がのぞいていた。

浩也は縣の足元から顔までをゆっくりと見上げてから、もう一度Tシャツに視線を戻した。

「誰の絵かわかる？」

「ベーコンの『スフィンクス—ミュリエル・ベルチャーの肖像』ですね」

「よくわかったね。ベーコンが好きなの？」

「そのTシャツ、どこで手に入れたんですか」

浩也がいった。

「もちろんベーコン展でよ」

「日本でベーコン展が開かれたことがあるんですか」

「知らなかった？　あ、そうか、あんたはまだ子供だったから知らなかったんだ。残念だったわね」

縣はいった。

「画集をもっていますから」

浩也はそういうとふたたび本に視線を落とした。

「画集もいいけど、なんてったって生は迫力が違うのよ」

「ぼくに用があるなら、用件をおっしゃっていただけますか」

「ねえ、こういう話、知ってる？　昔役人がある村に住んでいるすべての家族の世帯主の名を調べることになって、役場に村中の世帯主を集めたの。最初の村人に名前を尋ねると、ウィリアム・ウィリアムズと答えたので、役人はいわれた通り帳面にウィリアム・ウィリアムズと記録した。二人目に同じ質問すると、彼もまたウィリアム・ウィリアムズだと答えた。役人は同じ名前の人間が二人つづいたことに少し驚いたけれどその通り記録した。ところが三人目の村人に名前を聞くと、その男もウィリアム・ウィリアムズと答えた。それを聞いて役人はこう思った。この村の世帯主は全員がウィリアム・ウィリアムズという名前に違いない。ひとりひとりに同じ質問をくり返すのは時間の無駄というものだ。この村の世帯主の名は全員ウィリアム・ウィリアムズと帳面に記録してきょうは休みということにしよう、って」

「用があるなら用件をいってくれませんか」

視線を本に向けたまま浩也がいったが、縣は浩也のことばを聞き流して話をつづけた。

「ところが役人は間違っていた。村にはひとりだけジョーン・ジョーンズという名前の世帯主がいたの」

「なにをおっしゃっているのかさっぱりわかりません」

浩也が平板な口調でいった。

「単純枚挙による帰納法を無闇に信用すると往々にして裏切られることがあるって教訓。これはベーコンのご先祖の哲学者フランシス・ベーコンが指摘したことなの」

「ぼくにどうしてそんな話をするのか理解できないのですが」

「フランシス・ベーコンは、自分は誰よりも正確で穴のない帰納法を運用することができると主張して三段論法も数学も軽んじたけど、彼の主張は誤っていた。なぜなら事実を集めるには前提となる仮説が必要になるから。前提となる仮説がなければ事実の集合はたがいに関連性のない単なる諸事実の寄せ集めに過ぎなくなってしまう。さらに仮説が正しいかどうか検証をするための演繹が必要になり、その演繹の作業は通常数学を使って行われる。これはね、数学を勉強するとき最初に教わることなの」

「用がないなら帰ってもらえませんか、読書の邪魔なので」

「あんたのコンピューターを押さえた」

縣がいった。

浩也が本から顔を上げて縣を見た。

「どういうことでしょう」

「あんたが変な写真を載せているサイトをたどってあんたのＩＰアドレスを突き止めたってこと」

縣がいうと浩也の目が細められた。

「やだ、おっかない顔しないで。わたしもあんたと同じネットジャンキーでハッカーなの。あっちこっちのシステムにアトランダムに侵入をくり返しているうちに偶然あんたのつくったサイトの切れ端が引っかかってきたというだけの話だから」

「変な写真ってどんな写真ですか」

「変な写真は変な写真よ」

「そんな話、信じられません」

浩也がいった。

「エスキモー嘘つかない」

「なんですか、それは」

「わたしね、アラスカでオオカミに育てられたの」

浩也は縣の顔を見つめたままなにもいわなかった。

「数学もオオカミに教わったのですか」

縣の顔をしばらく凝っと見つめていた浩也が無表情にいった。

「うわ。あんた、ユーモアのセンスもあるんだ。素敵」

「用がないなら帰ってください。読書の邪魔なので」

「仰せの通りに」

縣は背中を向けて歩きだした。しかし、二、三歩行ったところで後ろをふり返った。

「いっておくけど、あんたのPC経由であんたのおじいちゃんのPCも乗っ取ったから」

縣は浩也の反応をたしかめようともせずに正面に向き直り、ふたたび歩きはじめた。

「待ってください」

浩也がベンチから腰を浮かせた。

「わたしと話がしたくなったら『カーテン』というチャットルームがあるからそこへ来て」

「アガサ・クリスティーのポアロの最後の小説の題名ですね」

「あら、あんたも推理小説のファンなの。良かったわ。それじゃまたね。あ、いっておくけど、特別な人間たちだけが集まっているチャットルームだから、もし見つけだしたとしても参加資格を得るのはとても難しいわよ。せいぜい頑張ってね」

縣は足を止めずにそういって、公園をでた。


青木一は公園からでてきた女の後を追った。

公園に来てみると、黒石浩也が金髪の女と話していたので物陰に隠れて様子をうかがっていたのだ。

公園に来たのは浩也と話をするためではなかった。

黒石浩也には二度と近づくなと管理官からいわれている。

しかしそれでも、浩也の行動からできるだけ目を離したくなかった。

二人がことばを交わしていたのはそれほど長い時間ではなかったが、女が公園をでるとそのあとから浩也が飛びだしてきて、女とは反対の方向に走り去った。

一と話した時には一切感情を表にあらわさなかった浩也が、眉を吊り上げ必死の形相になっていた。

女はなにかよほど重大なことを浩也に告げたに違いなかった。

「待ってください。待って」

一は女を後ろから呼び止めた。

女が足を止めてふり返った。

「怪しい者ではありません。こういう者です」

一は上着の内ポケットから身分証をとりだして女に見せた。

女はミニスカートのうえにTシャツの裾から臍をのぞかせていて、一は目のやり場に困った。

「え、青木一？　あんた青木一っていうの」

「そうですが、それがなにか」

「ううん、なんでもない。友達に同じ名前の人がいるからちょっと驚いただけ」

「そうですか」

「それで、警察が一体なんの用」

「いま、公園で黒石浩也くんと話していましたよね」

「話してたけど、それがどうかした」

女がいった。

「どんな話をしたのか聞かせてもらえませんか」

「どうして警察にそんなこと話さなきゃいけないの。やだ、ひょっとして浩也くん、なにかの事件の容疑者かなにかで、そこら中いたるところからたくさんの刑事に監視されていたりするんじゃないでしょうね」

女が首をすくめ、胸のふくらみを隠すように両腕を交差させて辺りを不安そうに見まわした。

「いえ、いえ。決してそんなことはありません」

一は首を横にふった。

「じゃあ、わたしはいまたくさんの刑事にかこまれたりしていないのね」

「いません」

「よかった。で、なんだって」

「浩也くんはあなたと別れたとたん血相を変えて公園を飛びだしていきました。おそらく自宅に帰ったのだと思いますけど、彼はなぜあんなにあわてていたんです？」

「あら、そうなの。わたしは見ていなかったから知らないけど」

「すごくあわてていました。なにが彼をあんなにあわてさせたのでしょう？」

「そうね……」

女が指先を顎に当てて首をかしげた。

「わたしが宿題をだしたからかしら」

女がいった。

「宿題？　どういうことでしょうか」

「わたしが宿題をだしたから、急いで家に帰って問題を解かなきゃって思ったんじゃないのかな」

「どんな問題です？」

「それはいえない」

女がいった。

一は女の芝居がかった口調にはじめて気づいた。

女は真面目に質問に答えているようでもあり、徹頭徹尾はぐらかしてこちらをからかっているようにも思えた。

一は、どうあっても女を逃したくない一心で思いつきの別の質問をすることにした。

「あなたたちはいつからの知り合いなのか、教えてもらえませんか」

「あなたたちって、わたしと浩也くんのこと」

「ええ」

「二、三日前からかな」

女がいった。

「二、三日前？　どこでどう知り合ったのですか」

「もちろんネットで」

「なるほど、ネットですか。いわゆる出会い系サイトというやつででしょうか？」

女のいでたちからして、まず最初に浮かんだ可能性がそれだった。

「まあ、そんなところ」

「で、きょうこの公園で会う約束をしたという訳ですね」

「約束なんかしてない。彼は塾帰りにこの公園でひとりでいることが多いって彼の友達に聞いたから一方的に押しかけてきただけ」

「押しかけてきた？　つまり抗議のためということですか」

「抗議ってなんのこと」

「つまり浩也くんを非難しにきたのではないかと。たとえば浩也くんが請求した金額を支払わなかったので催促にきたというようなことです」

「なによ、それ」

「浩也くんがなんらかの行為の対価として発生した料金を支払わないので取り立てにきたということではないんですか」

「請求金額だの支払いだのって。一体なんの話をしてるの」

「違うのですか」

「いったでしょう。わたしはここにきて彼に宿題をだしただけ」

「宿題というのは言い換えれば課題ということですよね。浩也くんに課題を与えたということは、やはり彼に急を要する債務を負わせたということではないのですか」

一は食い下がった。

「馬鹿馬鹿しい。なにいってるのかわかんない」

女が一をふり切って歩きだした。

「ちょっと待ってください。お願いです。もう少しお話を聞かせてください」

一は女の後を追いかけ、すがるようにいった。

女が足を止めて一の顔を見た。

女は真面目なのかふざけているのか判然としない表情でたっぷり三十秒ほども一の顔を見つめていた。

「いいわ。あんたの名前に免じてあんたにもひとつだけ宿題をだしてあげる」

「宿題、ですか」

「捜査本部では犯行時刻、つまり午後十時半前後の事件現場付近の防犯カメラの映像はすでにひとつ残らずかき集めて皆で検証したはず。そうでしょう？」

「犯行時刻？　防犯カメラ映像？　……一体なにをいっているんです？　捜査本部って、どうしてそんなことを知っているんです。ひょっとしてあなたは警察関係の方なのですか」

女の口からとつぜん飛びだした予想外のことばに一は面食らってしまい、自分でも情けないほど支離滅裂なことしかいえなかった。

「いいから黙って聞いて。で、結局あなたたちはなにも見つけることができなかった。そうでしょう？」

女が決めつけるようにいった。

一は思わずうなずいていた。

一体この女は誰なのだ、頭のなかにはその疑問しかなかった。

「もう一度、なにかが見つかるまでくり返し映像を見直すの。それが宿題よ」

「なにかが見つかるまで、ですか……」

「そう、あなたたちは肝心なものを見落としている。見えないものよ。見えないものを見つけるまで映像を見直すの」

女が意味不明なことをいった。

「見えないものを見つけるって、そんなことは不可能では……」

「見えているのに見えないもの、それを捜すの。いいわね」

女は最後にまたもや意味不明な言葉を放って一に背を向けた。

ピンヒールの踵を響かせて歩み去る女の後ろ姿を見ながら一は長々とため息をつくしかなかった。

もはや追いすがる気力もなかった。


青木一と別れた縣は真っすぐ警視庁本部庁舎地下二階の部屋に戻った。

桜端道はいつものようにコンピューターで作業中だった。

「どう、来た？」

縣は道に聞いた。

浩也が道がつくったチャットルームを探し当ててやってきたかどうか尋ねたのだ。

「まだ。いまごろウェブのなかを必死になって探している最中だと思うよ」

コンピューターの画面に目を向けたままで道がいった。

「青木一さんに会った」

縣が自分の席に腰を下ろしていった。

「青木一……？　ああ、交番の巡査に佐伯百合さんをストーカーしていた高校生がいるみたいなんですって教えられて、黒石浩也に会いに行った本庁の刑事だね。翌日には『黒石浩也に二度と近づくな』と管理官からどやしつけられて、いまは謹慎同然」

「ほかに彼についてのデータは」

「彼って青木一のことかい」

「うん」

縣はうなずいた。

「なに？　なにか気になることでもあったの」

「そんなことはないけど、ちょっと面白そうな人だったから」

道はコンピューターのキーボードを軽く二、三回たたき、画面に表示されたデータを読み上げた。

「本庁の捜査一課には三月前に引き上げられたばかりで刑事としての捜査経験はゼロ。東大卒なのにキャリア試験を受けずに警察に入った」

「東大卒なのにキャリアじゃないの？」

「東大といったっていろいろあるさ。彼は文学部で専門は浮世絵と歌舞伎。法律とも国家公務員総合職試験とも一切関係なし」

「そんな人がどうして警察に入ったの。なにか特別な事情でもあったの」

「おお、大いなる職業差別。東大の文学部の卒業生は警察に入っちゃいけないのかい」

「だって、そういう人にはあんまりおもしろそうなことないみたいじゃない」

「まあ、それは賛成」

「それで彼はどうして警察に」

「それはわからない。ただのひねくれ者なのかも。会ってみてどんな印象だった」

「まあまあ紳士的な人だったけど、頭はあんまりよさそうに見えなかった。それとひねくれ者にも見えなかった」

「それはなにより。で、黒石浩也の反応はどうだった」

「すごい勢いで食いついてきた。本当に食いつかれるかと思ったくらい」

「正三のコンピューターのことも教えたのかい」

「うん、教えた」

「そうか。まあ、黙っていても彼ほどのスキルをもっていれば遅かれ早かれ自分で見つけたろうしね」

「黒石浩也のデータはどれくらい集まった」

「たくさん集まったよ」

道がいった。

「教えて」

「小学校から成績はずっと最優秀。素行も非の打ちどころがなくて、小学校でも中学校でも生徒会長だった。知能指数は百五十。小学校のときからプログラミングの技術を磨いていくつかの裏サイトを創設している。何ヵ月もしないうちに自分自身の手で閉鎖したサイトもあればいまも運用されているサイトもある」

「両親との仲は」

「父親の雅俊が理事長を務めている料理学校は急拡大をつづけていて、駅中や各地の商業施設のなかに会社帰りのＯＬやサラリーマンを狙ったクッキング・スクールをつぎつぎと開校して大好評だ。母親の君江の料理研究家としての人気も相当なもので、彼女が講師を務める日の教室には二百人以上の生徒が集まるそうだよ。いまや『黒石クッキング・スクール』の生徒数は二千人以上になっている」

「わたしが聞きたいのはそんな表向きのことじゃなくてもっとプライベートなこと」

縣がいった。

「きみはどろどろとした家族関係を期待しているんだろうけど、残念ながら期待外れ。『黒石クッキング・スクール』の公式サイトに挙げられているのはもちろん夫婦の仲睦まじい写真ばかり。で、もちろん二人のスマートフォンやパソコンも調べさせてもらったけど、なんと驚いたことに内容は大して変わらず」

「大して変わらずってどういうことよ」

「裏にまわっても二人はとても仲がいい夫婦だってこと」

道がいった。

「本当なの？」

信じられない、とでもいいたげに縣が片方の眉を吊り上げた。

「本当の話さ。ＬＩＮＥのふたりのやりとりなんかはまるで十代の若者のような甘くてロマンチックな単語があふれているし、ふたりのどちらのパソコンにも特別秘密にしなきゃならないような後ろめたいデータはひとつも見つからなかった。雅俊のほうはクッキング・スクールの経営が順風満帆で向かうところ敵なしの状態であるにもかかわらず健全経営に徹していて、降る雨のごとくもちかけられるいかなる投資話にも見向きもしなければ、女遊びも横領も脱税もしていないという聖人君子ぶり。君江のほうは料理研究家として日本中を忙しく飛びまわっている一方で、テレビにも時々出演し、雑誌にもレギュラーコーナーをもっているという人気者なのに、周囲に彼女の生真面目さや謙虚さを称賛する声はあっても悪い噂はひとつもない。この夫婦は表向きだけじゃなくてプライベートでも理想の夫婦という訳」

「なに、それ」

縣が不満げにいった。

「浩也との仲はどうなの」

「こちらもいうことなし。ホームドラマみたいに平和で愛にあふれた親子関係だよ。問題がひとつあるとすれば、浩也があまりに出来が良すぎることだろうね。両親はひとり息子を猫っ可愛がりしたいんだけど、息子は学業優秀、品行方正で欠点というべきものがないから世話が焼きたくても焼けないということになる。それでフラストレーションがたまって、今回の所轄署に乗りこんで行って署長に対して猛抗議を行うということになった」

「権力をかさに着て捜査妨害をしようとしたんでしょ？」

「きみはときどき、そういう紋切り型というか型にはまったというか通俗的な考え方をすることがあるよね」

　道がいった。

「大きなお世話」

　縣がいい返した。

「とにかく今回の場合は、息子を守りたいという純粋な親心から発した突発的な愛情表現だと解釈したほうが事実に近い」

「じゃあ、浩也の両親は今回の事件とまったく関係していないんだ」

「いったろう。彼らのパソコンにはまったく後ろめたいデータなんか隠されていなかったし、浩也のパソコンともつながっていない」

「じゃあ、つながりがあるのは浩也と祖父の正三のふたりだけということね。この二人、一体どういう関係なのかしら。前から仲がいいの」

「とても仲がいい。現在浩也たち親子三人が住んでいる大きな屋敷にはもともと正三が住んでいたんだけど、十年前『いまどき古い西洋館でもあるまい』といって正三は都心のタワー・マンションに引っ越した。そのマンションのペントハウスに妻の枝里子(えりこ)つまり浩也には祖母にあたる人だね。その枝里子とふたりで暮らしている。まあ、ときどきは家政婦さんみたいな人が通ってくるのだろうけど。とにかく、浩也はこの祖父の部屋で食事をするために祖父が引っ越したばかりのときから頻繁に訪れている」

「食事？」

「寿司屋の職人やレストランのシェフがタワー・マンションのペントハウスに呼ばれて浩也たち三人のためだけに料理をつくるのさ」

「正三のお酒や女性関係は？」

「それはもう毎晩のように銀座にでかけている。七十を過ぎていまなお盛んという訳だ。とにかくエネルギッシュな人だよ」

「黒石正三の病院内での評判はどうなの」

「それがいたっていい。『黒石総合病院』で働いている医者や看護師、職員たちのプライベートのSNSをチェックしたんだけど、職場や院長の正三に対する不平や不満を洩らしている人間はひとりもいなかった。皆給料にも満足、働く環境にも満足。そしてプライベートも充実」

「職員に訴えられたなんてこともないの」

「一切なし。裏でもみ消したなんていう事実もなし」

「ふうん」

縣がため息をついた。

「どうなってんだろ」

「二重人格じゃなければ、単に公私二つの顔の使い分けがうまいというだけだろうね。丹波の田舎からでてきて一代で巨大総合病院を築き上げたんだから苦労人だろうし、仕事の面では百戦錬磨で滅多なことでつけいられる隙を見せる人間ではないということさ。それはそうと浩也くん、仮にチャットルームを見つけて入ってきたとしても、本当のことをペラペラしゃべってくれると思う？」

「間違いなくしゃべるわ。ああいうネットフリークはね、現実世界では感情を押し殺していてもサイバー空間では思わず自分を解放しちゃうの。サイバー空間は自分が支配していて、なんでも思い通りになると勘違いしているから歯止めが利かなくなっちゃうのね」

縣がいった。

「そうなってくれればいうことないけどね。どっちにしても、長い夜になりそうだ」

道がいった。

女が公園の外にでるまで呆然とその後ろ姿を見送っていた黒石浩也だったが、女の姿が見えなくなると本をバッグにねじこむが早いか走って公園をでた。

家にたどり着くまでが何時間にも感じられた。

ようやく家に着いて自分の部屋に駆けこむと、着替えをするのももどかしくパソコンを起動し、それから四時間以上もキーを叩きつづけていた。

そしてようやく『カーテン』を見つけた。

誰も訪れないようなウェブの深海、それもほとんど海の底で。

ＩＤに『コール』を打ちこんだ。幼いころから使っているユーザー名だったが、『コール』がどういう意味だったか、どういう理由でこれをユーザー名として使おうと思ったのか、いまとなってはまったく覚えていなかった。

画面を覆っていた白いカーテンが左右に開くと、何百枚もの顔写真がならんでいた。

まず横に五枚、縦に十枚ほどだろうか。

画面をスクロールすると写真はさらにつづいていて、全部で四百枚ほどあった。

すべて同一人物の写真だった。

頭の髪が薄くなりかけ、目の下には隈ができ頬肉はたるみ口角が下がり切った中年のアルコール依存症患者のように見えた。

カーソルを移動させながら、写真を右から左、左から右へと丹念に見ていった。

いちばん下の段まで見て、ふたたび最上段に戻った。

同じことを三回くり返したが、写真はすべて同じものだった。

このなかからほかと違っている写真を一枚だけ見つけだせ……。

要求は歴然としているように思えたが、いくら丹念に見てもどれも同じものにしか見えなかった。

しかし浩也はあきらめなかった。

四百枚のなかからたった一枚を見つけだすまで画面を凝視しつづけた。

見つけた。

中年男で髪が薄くなりかけ、目の下には隈ができ、頬肉はたるみ口角は下がり切っている。

しかしその写真の男の顎にはうっすらと無精ひげが生えていた。

やった。見つけた。

写真にカーソルを合わせ、クリックしようとしたが、その寸前で浩也は手を止めた。

『単純枚挙による帰納法を無闇に信用すると往々にして裏切られることがある』という女のこ

とばが頭に浮かんだのだ。

これではない。

これでは簡単すぎる。

浩也はキーボードから手を離した。

そして深呼吸をひとつしてからもう一度同じ作業をくり返すことに決め、写真を端から見直しはじめた。

今度は一枚、一枚拡大しながら。

一時間経ったか、それとも二時間か、時間の経過があいまいになり、集中が何度も切れそうになった。

しかし浩也はあきらめなかった。

とつぜん公園に現れて、罪状宣告めいたことばをいきなり投げつけてきた女。

「あんたのコンピューターを押さえた」

あの殺人サイトをたどってこのパソコンのＩＰアドレスを突き止めたといった。

まさかそんなはずはなかった。

浩也は女のことばを信じていなかった。

だからこそもう一度女と話をする必要があった。

あの女ともう一度話をするまではなにがあってもあきらめる気はなかった。

半日でも一日中でも、コンピューターのスクリーンに視線を這わせつづけるつもりだった。

十六段目。

十七段目……。解答はとつぜん目の前に現れた。

髪の薄くなりかかった中年男。目の下の隈も頬肉のたるみもほかの写真とまったく同じだった。

しかし、ほかの写真とは微妙に違っていた。

その写真はフィルムカメラによって撮影されたものではなく、明らかにCG加工がほどこされていたのだ。

女はこういっていなかったか。

『事実を集めるには前提となる仮説が必要となる』と。

この場合の『前提』は「同じ写真のなかに一枚だけ別の顔の写真がある」ではなく、「フィルムカメラで撮影した写真のなかにCGがある」だったのだ。

だからサイトが要求しているのは、「フィルムカメラで撮影した写真のなかからCGを一枚だけ選びだせ」なのだ。

思わず口元がほころんだ。

『せいぜい頑張ってね』か……。ぼくがどれくらい経験を積んだ悪賢いハッカーか知らないくせに。

ぼくを見くびると痛い目を見るのはそっちだよ。

胸のなかでつぶやきながら写真にカーソルを合わせクリックすると画面が真っ暗になり、やがてひとつの数字が現れた。

数字の10。

アラビア数字の10が画面いっぱいに浮かび上がってきたのだ。

10?

10とはなんだ。
1、2、3、4、5、6、7、8、9、10の10か。
あ、い、う、え、お、か、き、く、け、こ、も十個だ。

十個一組で有名なものがなにかあるだろうか。

十個そろうと意味があるものがなにかあるか。

画面に浮かび上がった大きなアラビア数字の10……。

懸命に頭をひねったが、それらしい答えはまったく思い浮かばなかった。

画面上で10が浩也を嘲笑うかのようにゆっくりと回転しはじめた。
10、10……。
10で意味のあるものとはなんだ。

浩也は必死に考えた。

しかし、10で意味のあるものなどいくら考えても一つも思い浮かばなかった。

画面のなかで10はまだ回転しつづけていた。

考えあぐねて頭を掻きむしったとき、数字の10が唐突に消え、動画がはじまった。

長い帽子をかぶり、制服を着て銃剣を担いだ兵隊がトイレにしゃがんで、うん、うんといきんでいる動画だった。

浩也はぽかんと口を開けた。

予期しなかった展開にとまどったのと同時に、動画のあまりの完成度に驚いたのだ。素人の殴り描きなどではない、時間と手間のかかったプロの手になるアニメーションだった。

浩也は驚くと同時に一抹の不安を覚えた。

たかがチャットルームのゲートウィンドウにこれだけの労力と技術をつぎこめる人間とはどんな人間なのか、と思わず考えてしまったのだ。

ぼくは一体どんな人間を相手にしようとしているのか。

ひょっとしたら、とんでもない人間と接触してしまったのではないだろうか。

しかし、もう後戻りはできなかった。

画面が変わり、ベッドで熟睡している兵隊のアニメになった。

枕元では大きな目覚まし時計が鳴りつづけているが兵隊はいびきをかきつづけていて一向に目覚める気配がない。

なにが起きるのかと息を凝らして見つめていると、天井から吊るしてあった大石が兵隊の顔の上に落ちてきて、兵隊の顔をつぶした。血しぶきが飛び散りベッドもシーツも真っ赤になった。

浩也は目を見張った。

まったく意味がわからない。

画面がまた変わった。丸い丘のうえを兵隊が行列をつくって歩いている。皆長い帽子をかぶり制服を着て銃剣を担いでいる。数を数えると全部で八人だった。

丘のうえに一軒の小さな家があり、その前を通り過ぎると兵隊の数がひとり減って七人になっていた。

兵隊のひとりが家に住み着いたらしかった。

家に住み着いた兵隊が窓から顔をだして仲間たちを見送っている。

それだけだった。

相変わらずなんの意味があるのかさっぱりわからなかった。

つぎの画面に変わった。

ひとりの兵隊が切り株のうえに薪をのせて薪割りをしているアニメだった。

兵隊が鉈(なた)を大きく降りかぶると、鉈が手からすっぽり抜けてしまい、空中に舞い上がった。

鉈は空中でくるりと一回転して兵隊の頭のうえに落ちてきた。長い帽子もろとも兵隊の顔と体が真っ二つになった。

頭の隅で閃(ひらめ)くものがあった。

あれだ。これはきっと「あれ」に違いない……。

つぎは兵隊がハチに刺されて死んでしまう。

つぎは兵隊が大きな机に向かってなにやら分厚い本を読んでいる。

兵隊は長い帽子をかぶったままだが、立派な髭を生やし葉巻をくわえていて、机のうえの名札には『JUDGE』と書かれている。

それだけだった。

つぎのアニメは海水浴をしている兵隊だった。

兵隊が気持ちよさそうに泳いでいると（制服を着て長い帽子をかぶったままだ）、波のあいだから大きな魚が現れて兵隊をのみこんでしまう。

画面がまた変わって、今度は兵隊が森のなかを歩いていると、とつぜんクマが現れて兵隊を食べてしまう。

つぎは二人の兵隊が公園のベンチに座って日向ぼっこをしているアニメ。

ひとりが座っているベンチの片方の隅は日陰になっていて、もうひとりのほうは日差しを遮るものがなく、容赦なく日が照りつけている。

やがて日向に座っている兵隊から火がでて丸焦げになってしまう。

日陰に座っていた兵隊はそれを見ると立ち上がって大きな木のところまで歩き、枝から下がっているロープで首を吊って死んでしまう。

頭に浮かんだのは兵隊ではなく、インディアンだった。

「TEN LITTLE INDIANS……」

思わずつぶやいた。

浩也は椅子から飛び降りて本棚に駆け寄った。

本棚のいちばん下の段には小学校のころに読み漁っていた推理小説の文庫本が乱雑に詰めこまれていた。

重なっている本を乱暴にかきだし、奥にあった一冊をつかみ上げた。

『そして誰もいなくなった』アガサ・クリスティー。

浩也はページをめくり、目指す個所を探した。

あった。

翻訳ではアニメと同じようにインディアンではなく兵隊になっていたが、十人の兵隊がひとりまたひとりと消えていくストーリーは同じだった。

ただ、翻訳では最初のひとりは食事の最中にご飯をのどに詰まらせるのだが、アニメのほうはトイレでいきんでいた。あれはたぶん「詰まる」に「詰まる」をかけたダジャレのつもりなのだろう。

自分の考えが正しかったことをたしかめて浩也は椅子に戻った。

首を吊った兵隊の体を上下ふたつに断ち割るように画面中央に二十桁のパスワード欄が表示されていた。

女はなんといったか。

『事実を集めるには前提となる仮説が必要になる』

ここはアガサ・クリスティーのサイトなのだ。だからアガサ・クリスティーこそ前提となる仮説となるべきなのだ。

当然こうなる。

浩也は、

『AND THERE WERE NONE』

と二十文字のアルファベットを打ちこんだ。

画面が白く変わり、『ARE YOU IN?』の文字が現れた。

浩也はもちろんYESと打ちこんだ。

〈おいおい、訳のわかんない奴が転がりこんできたぞ。誰だ、こいつ〉

〈心配ないわ。わたしが招待したの。コールね。待っていたわ〉

〈あなたは……〉

〈アガサよ〉

〈おい、ちょっと待てよ。招待したってどういうことだよ。おれは聞いていないぜ〉

〈いま、いった〉

〈ちぇ、おれは仲間外れかよ〉

〈ひがまないで。コールと話があるの。話を聞きたくないならどっかに引っこんでいて〉

〈わかった。わかったよ〉

〈ここには何人いるの〉

コールがアガサに聞いた。

〈いつもは十五、六人。いまはわたしとタンゴだけ〉

〈あなたと話をして安全なの〉

〈もちろんよ。ここでの会話はどこにも洩れない。タンゴは口うるさいおじさんだけど、誰よりも口が堅いから信用してくれていい。そもそもこのチャットルームをつくったのはタンゴだから〉

〈夕方の話、本当なの〉

〈どの話だったかしら〉

〈ぼくのパソコンを押さえたっていったでしょ。本当なの〉

〈本当よ〉

〈証明できる？〉

〈融 %70 ぃアリら鷺 \6d3 練達子 &#〉

縣が十八桁のパスワードを即座に打ちこむと、交信が唐突に途絶えた。

縣には、コンピューター・スクリーンを通して浩也の啞然とした表情が見えるようだった。

〈どう？〉

〈信じられない。どうやったの〉

〈ある国の気象局のスーパーコンピューターを内緒で使わせてもらったの〉

〈まさか。そんなことをしたら、ハッキングの痕跡が残って追跡されちゃうでしょう〉

〈あら。経験豊富なハッカーだと思っていたけど意外にウブなことをいうのね。演算機能を拝借しただけでソフトには一切触れていないから、追跡されるどころかアクセスした痕跡さえ残っていないわ〉

〈そうなの？〉

〈ええ。そうなの〉

〈それで、どうするつもり〉

〈どうするつもりって？〉

〈あの写真を見たんでしょう〉

〈ああ、あの写真ね。あんな写真、どうってことない〉

〈驚いたんじゃないの〉

〈まさか。あの程度のものならネットの裏側に腐るほどあふれているもの〉

〈じゃあ、どうしてきょうぼくのところにきたの〉

〈単なる好奇心。写真がどうのというより、写真が埋めこまれていたプログラム自体がすごく複雑だったから、どんな人が書いたのか顔が見たかった〉

〈それだけ？〉

〈ええ、それだけ。あれつくるのどれくらいかかったの〉

〈忘れちゃった。半日とかからなかったんじゃないかな〉

〈へー、すごいね〉

〈あれくらい簡単だよ。でもまさかパスワードを解読されちゃうなんて思わなかったけど〉

〈気にしないで。ある国の気象局っていったでしょ。そこは今年最新式のスーパーコンピューターを導入したばかりで、どれくらいの能力なのか試してやろうと思っていた矢先にあなたのサイトの切れ端が偶然引っかかってきたの。これは絶好のチャンスだと思ってハッキングしたって訳。だからそもそもあなたのサイトに興味があった訳じゃなくて、スパコンの能力を試すのが目的だったの〉

〈そうだったの〉

〈がっかりした？〉

〈そんなことはないけど。そのスパコンはどれくらいでパスワードを解いたの〉

〈丸二日〉

〈丸二日か。速いのか遅いのかよくわからない〉

〈まあ、悪くない速さでしょうね。ところであの写真、あなたが撮った訳じゃないんでしょう〉

〈もちろん違うよ〉

〈どこから手に入れたの〉

〈おじいちゃんがときどき送ってくるんだ。これをサイトに上げといてくれって〉

〈おじいちゃんって、正三さんのこと？〉

〈ぼくのおじいちゃんのこと、知ってるの〉

〈あなたの塾の友達から聞いた。あのサイトに上がっている写真ってすべてこの十年間に都内で起こった殺人事件の現場写真だよね。正三さんはどこからあんな写真を手に入れたの〉

〈知らない。サイトに挙げといてくれといわれてその通りにしただけだから。いつもそうなんだ〉

〈正三さんは総合病院の院長さんで外科医でしょう。死体の写真なんか見慣れていると思うんだけど〉

〈そうだね。この写真を載せるサイトをつくってくれっていわれたとき、ぼくもちょっと不思議に思ったよ。どうしていまさら死体の写真なんだろうって〉

〈じゃあ、あのサイト自体、正三さんに頼まれてつくったものなの〉

〈もちろん。ぼくはあんなに悪趣味な人間じゃないよ〉

〈正三さんはなんだってあんなサイトをつくったの〉

〈知らない。とにかく、絶対にアクセスできないようなサイトをつくってくれっていわれてつくっただけだから。結局パスワードを破られてしまったけどね〉

〈気にしないで。でも、絶対にアクセスできないサイトってどういうこと？　それじゃあサイトをつくる意味がないんじゃないの〉

〈そうだね。ぼくもそう思ったけど〉

〈サイトをつくってくれっていわれたのは何年前？〉

〈忘れちゃった。ぼくはまだ中学生だったと思うけど〉

〈中学生のあんたにあんなサイトをつくってくれって頼んだの。どうして〉

〈ぼくがプログラムを書くのが得意だから。それだけのことだよ。どうしてそんなことばかり聞くの。やっぱりあのサイトに興味があるの〉

〈ううん、そんなことない。正三さんにわたしのことをいった？〉

〈いってないけど、いったほうがいい？〉

〈そうね、どっちでもいいけど、考えてみればわざわざいうほどのこともないかもね〉

〈それなら、そうする〉

〈コール。それにしてもあんたのプログラミングのスキルには驚かされたぜ。あれだけの腕があればいままでさぞやがっぽり稼いだんだろうな〉

〈稼ぐ？〉

〈だってさ、銀行から金を引きだすのも他人のカードを使って買い物するのも好き放題じゃな

いか〉

〈そんなことしたことないよ。銀行のメインフレームに入って顧客の預金残高を書き換えたことはあるけど、面白半分にやっただけでお金を引きだしたりなんかしたことは一度もない〉

〈そんなことは一度もしたことはないって、ネットを使って金儲けしたことはないっていうのか〉

〈うん、ないよ。お金には困ってないから〉

〈アガサ聞いたか。金には困っていないとさ。一度いってみたいセリフだよな〉

〈アガサ〉

〈ここにいるわ〉

〈あなたが嘘をいっていないことがわかったからすっきりした。もう寝るよ。また来てもいい？〉

〈ええ、歓迎するわ。じゃあね〉

浩也がチャット・ルームからでていき、それを見届けて縣もログアウトした。

「深入りしすぎて怪しまれるところだった。助け船をだしてくれてありがとう」

縣は向かい合わせに座っている道にいった。

「どういたしまして。でも絶対にアクセスできないようなサイトをつくる意味ってなんだろう」

「大勢の人たちに見せるのが目的じゃなくて、少人数のグループのためのものかも知れない」

「どういうこと」

「仲間内の遊びみたいなもの。ほかの人たちが知らないことを自分たちだけが知っているっていう優越感を味わうとか、危険な秘密を共有して仲間意識を高めるとか」

「秘密を共有して仲間意識を高める……？」

「それかまったく別の意味があるのか」

縣がつぶやいた。

土曜日

防犯カメラが設置されている店をまわって、録画済みの映像を見せてくれるよう店員に頼み、運よく佐伯百合の事件があった日の記録が消去されずに残っていれば、犯行時刻の二時間前後（便宜的に午後十時から十二時までとした）を抜きだし、持参したＵＳＢメモリーに保存するという作業を明け方からくり返しているうちに、いつの間にか見慣れない大きな建物がそびえる大通り沿いを歩いていて、時刻は午後五時半になっていた。

その日は土曜日だったが、平日と同じように午後六時から捜査会議が開かれる予定になっていたので、そろそろ署に戻らなければならなかった。

前日、つまり正体不明の謎の女と公園で鉢合わせした金曜日の夜にも捜査会議があったのだが、一は会議室の片隅に座って捜査官たちの報告を右から左へ聞き流しながら、それまでに捜査本部に提出された防犯カメラの映像を見ていた。

捜査員たちが回収した現場付近の防犯カメラの映像はいままでに何度も確認したものだったが、それをすべてはじめから見直していたのだ。

管理官が捜査会議の終了を告げ、ほかの刑事たちが退出しはじめると、一はパソコンからUSBメモリーを抜きとりすばやく上着のポケットに入れた。

捜査資料の外部への持ちだしは厳に戒められている違反行為だったが、そのことが頭の片隅を掠める間もないほど、ほとんど無意識の行動だった。

下宿に帰ってからも、薄暗い部屋のなかで同じ映像を何度もくり返して見た。

謎の女がいった「あなたたちは肝心なものを見落としている」ということばが頭から離れなかったのだ。

畳のうえにじかに置いたパソコンに胡坐をかいて向かい合い、青白い光を放つディスプレーを穴が開くほど見つめつづけた末、真夜中過ぎについにそれらしいものを見つけることができた。

それはまさしく女がいっていた『見えているのに見えないもの』という定義そのものだ、と一には思えた。

そうとしか考えられなかった。

大学で勉強したのは浮世絵と歌舞伎だったが、子供のころから推理小説が好きで古今東西の名作といわれる作品は洩らさず読んでいたし、大学三年生のときには初めて書いた自作のミステリーを雑誌の懸賞に応募したこともあるくらいだった（一次予選も通らなかった）。

だからミステリーの中核である『謎』とはどんなものかはだいたい理解しているつもりだった。

これがそれでなければ『見えているのに見えないもの』などという謎めいた解釈が成り立つ

対象がほかに存在するとは思えなかった。

これこそ、女のいっていた『見えているのに見えないもの』に間違いない……。

そう考えたのだが、しかし高揚感は長くはつづかなかった。

直感が正しいことを証明できるような証拠はどこにもなかったし、興奮が嘘のように急速にしぼんでしまうと、自分の直感にすら自信がもてなくなった。

一が見つけたのはたった一ヵ所の防犯カメラが捉えた映像だけで、しかも時間にしてわずか一、二秒にも満たないものだった。

それらしきものというのはひとりの男で、佐伯百合の自宅付近にあった防犯カメラにほんの一瞬映りこんでいた。

しかし顔は映っておらず、おまけに映像はその一本があるだけで、ほかの場所の防犯カメラにはまったく映っていなかった。

たった一ヵ所、それもわずか一、二秒の映像だけでは、その男が本当に謎の女がいった『見えているのに見えないもの』なのかどうか判断しようがなかった。

一は暗い部屋のなかで胡坐をかいたまま文字通り頭を抱えた。

どうすればいいのか。

どうすれば、この男が『見えているのに見えないもの』だという自分の直感が正しいかどうかたしかめることができるだろうか。

考えれば考えるほど、あらたな映像を見つける以外に方法はないように思えた。

捜査本部には回収されておらず、したがって捜査員たちによっていままで一度も検証されたことのない新しい映像を見つけるしかないのではないかと思ったのだ。

現場から離れた場所の防犯カメラから、現場付近で一瞬だけ捉えられたこの男が映っている別の映像を捜しだすのだ。

ひとりでどれだけのことができるのか心もとなかったが、とにかくそれ以外の方法を思いつかなかった。

もし僥倖に恵まれて、どこか一ヵ所からでも男を捉えた新たな映像を見つけだすことができれば、この男が『見えているのに見えないもの』だと自信をもって断言できるだろうし、さらに幸運が重なって複数の場所から映像が何本も発見されて、犯行時刻前後の男の足どりをたどることができれば、この男が佐伯百合を殺した犯人かどうかが一目瞭然でわかるに違いなかった。

窓の外がしだいに明るくなると、一は睡眠も食事もとらないまままそれまで捜査員たちが当ったことのない防犯カメラを捜すために下宿をでた。

自分の幸運など頭から信じてはいなかったが、一を突き動かしているのはひたすら数を撃つうちにひょっとしたら「まぐれ当たり」にでくわすかもしれないというかすかな期待だった。

捜査本部の刑事たちが訪れて映像を回収した店舗やマンションなどのビルとの重複を避けるために、範囲をひとまわり広げた地域をまわってみることにした。

捜査会議は一日に二回あって、そのために防犯カメラ捜しは二度の中断を余儀なくされたが、それでも一日中休みなく歩きまわった結果、事件当夜のあらたな映像を二十一軒のコンビニやガソリンスタンドから合計二十六本も回収することができた。

映像のなかに「まぐれ当たり」があるかどうかを確認する作業はまだ先だったが、二十六本というのは予想もしなかった数で、一日の収穫としてはどころか、できすぎといってもいいくらいだった。

一は丸二日なにも腹に入れていなかったが、それさえ忘れていた。

所轄署へ向かう道を歩きながら、一はふたたび正体不明の謎の女のことを考えた。

前日の夜もパソコンの画面をにらみながら、あの女は一体何者なのかと考えつづけたのだが、納得のいく答えは得られなかった。

女と公園で交わした短い会話を思い返してみても、それが現実に起こったこととはどうしても思えないほどなのだ。

公園に着いたとき女は黒石浩也と向かい合ってなにか話をしていて、一に対してはまったく感情を表にあらわさなかった浩也が血相を変えて公園を飛びだして行くほどの容易ならざる何事かを告げたらしいことがわかった。

離れた場所から二人を見ていた一はそのことにまず驚かされたのだが、さらに驚いたのは一が刑事だと名乗っただけで、女がどういう訳か一を佐伯百合事件の捜査本部に属する捜査員の一員だと決めつけ、それを前提に会話を一方的に進めはじめたことだった。

この二つの事実だけでも一体どう解釈すればいいのかまったく見当もつかないのに、それよりなによりも不可解だったのは、一に向かって現場付近の防犯カメラの映像をもう一度見直しなさい、と唐突にそれもまるで上司が部下に対してするような命令口調で告げたことだった。

一が佐伯百合事件の捜査員の一員であることを知っていたとしか思えないばかりでなく、謎の女は所轄署で毎日行われている捜査会議の内容を把握しているらしいとしか考えられなかった。

一般の人間が捜査会議の内容など知り得るはずがないので、だとすれば謎の女は警察関係者だと考えるしかなかったが、しかし腹がのぞいているTシャツにミニスカートを穿いた若い女の警察関係者など現実の世界に存在するとはとても思えなかった。

百歩譲って女が警察関係者であったとすると、一のまったくあずかり知らぬところで捜査本部とは別に未知の何者かによって佐伯百合の事件の捜査が進行していることになり、それはそれで女の奇抜ないでたちよりさらに非現実的なことだとしか思えないのだった。

しかし、あるいはそのような事例は警察という組織のなかでは決してめずらしいことではなく、それを非現実的だと考えるのは一の刑事としての経験がいちじるしく不足しているゆえなのかも知れなかったが……。

署に戻ると、捜査会議のあいだその日集めた防犯カメラの映像を一本ずつ見直した。

「あら、まだいらしたんですか」

とつぜん女の声がしたのでパソコンの画面から顔を上げた。

制服姿の女が部屋の前方のドア口から顔をのぞかせていた。

一瞬なにが起こったのかわからず、とまどいつつまわりを見まわすと、捜査員たちは全員退出しており、会議室に残っているのは自分ひとりであることにはじめて気づいた。

「節電のために署内の電気はできるだけ消したいので、そろそろ切り上げてもらってよろしいでしょうか」

女がいった。

声の調子は朗らかだったが、こちらを見るまなざしには明らかに非難の色が浮かんでいた。

「すいません。すぐにでます」

一はパソコンからUSBメモリーを抜きとって上着のポケットに入れ、何度も会釈をしながら女の横をすり抜けた。

女が舌打ちをする音が背後で聞こえた。

署をでて最寄りの駅から山手線に乗った。

電車の座席に腰を落ち着け、体の力を抜いたとたん腹が鳴った。

両隣りの乗客が顔をしかめて一を見たほどの大きな音だった。

前日からなにも食べていないことをそのときはじめて思いだした。

いったん空腹に気づくと、我慢ができなくなった。

一はつぎの駅で転げでるように電車を降り、何度か入ったことのあるガード下のラーメン屋に駆けこんだ。

「鬼盛りをお願いします」

入口に近い椅子に腰を下ろす前に、カウンターの向こう側で忙しく立ち働いている店の主人に声をかけた。

カウンター席しかないせまい店がだすのは麦味噌ラーメンのみで、昼時(ひるどき)にはサラリーマンであふれ、店の外にまで長い行列ができるほどなのだが、その時間は先客が三人いるだけだった。

「鬼盛り、お待ち」

注文のラーメンが目の前に差しだされると、重いどんぶりを両手で受けとり、慎重にカウンターのうえに置いた。

大盛りは麺が二玉になり、もやしも二倍増しになるのだが、鬼盛りはもやしではなく豚肉が入った野菜炒めが麺のうえに載せられてくるのだった。

一はわき目もふらず野菜炒めの山を突き崩しにかかった。

夢中で食べ進め、野菜炒めの山が半分ほどになると、その下からようやく麺が現れ、小麦粉の香りが立ち上った。

黄色い麺をすくいあげ、音を立ててすすりこんだ。

野菜炒めと二玉分の麺とをすべて腹におさめ、どんぶりの底に残ったスープを一滴残らず飲み干した。

どんぶりをカウンターに置き、ハンカチで額を拭った。

空になったどんぶりを満ち足りた気分で眺めながら静かに呼吸を整えた。

勘定を払って店をでると、目と鼻の先にある文化会館に行き、一階のフロアに入っている書店で東京都の詳細な地図を手に入れた。

歩いて帰るつもりだったが、腹がくちくなると両足を互い違いに動かすのもおっくうになり、タクシーを拾うことにした。

ちょうど通りかかったタクシーを止めて乗りこみ、道順を運転手に細かく教えながら抜け道を走った。

日頃は時間をかけて歩く路地を車で走り抜けるのは爽快だった。

タクシーで下宿に帰ったことなどなかったので少しばかり罪悪感があったが、きょう一日の働きに対する自分への褒美だと考えることにした。

一度も信号に捕まることもなくあっという間に下宿に帰り着き、シャワーを浴びてトレーナーに着替えた。それから昨日と同じように四畳半の部屋に胡坐をかいて座った。

USBメモリーを差しこんでパソコンを起動させると、書店で買ってきた地図帳をパソコンの横に広げた。

映像を回収した防犯カメラの場所がばらばらなので、USBメモリーにデータを保存する際にどこで撮影された映像なのかが一目でわかるように防犯カメラが設置されていた場所をメモ書きにして添付しておいた。

一はメモをひとつひとつたしかめながら赤のボールペンで地図のうえに小さな丸印をつけていった。

合計二十一個の丸印をつけ終えて地図を眺めてみると、きょう一日でこんなに歩いたのかとあらためて驚いた。

赤い丸印はそれほど広範囲にわたって地図上に散在していた。

しかし疲労感はまったくなかったし、しかも満腹であるにもかかわらず眠気も感じなかった。

パソコン画面の下隅の時刻表示を見ると、九時を五分ほどまわったところだった。

捜査会議のあいだになんとか四本の映像を見ることができたので、五本目の映像を呼びだして早速見はじめた。

一本が二時間なので、二十六本の映像を最初から最後まで見るには本来五十二時間かかる計算になるのだが、それではあまりにも効率が悪いので、署の会議室でも二倍速で再生していた。

映像に少しでも気になるものが映っていれば、等倍速に戻して最初からあらためて見直せばいいと考えたのだ。

五本目の映像が終わった。

先に見た四本のなかにも事件と関係のありそうなものはなにも映っていなかったが、五本目も同じだった。

一は六本目、七本目、八本目と連続して再生し、確認作業をつづけた。

六本目にも七本目にも、そして八本目にもなにも映っていなかった。

黙々と作業をつづけているうちにいつの間にか日付が変わって、午前一時十五分になっていた。

映像はまだ十八本残っていた。

一は凝り固まった首をぐるりとまわして関節を鳴らし、九本目の映像を再生しはじめた。

九本目を見終わると休むことなく十本目の映像へと移り、それが終わると十一本目、十二本目とつぎつぎと再生していった。

九本目から十二本目の三本の映像にも、気になるようなものや怪しげなものはなにひとつ映っていなかった。

十二本目を見終えたあとパソコン画面の下隅の時刻表示につい目がいってしまった。

確認できていない映像がまだ十四本も残っているのに、すでに午前五時半をまわっていた。

思わずため息がでた。

午前八時半には本部の捜査員がいったん署に集合し、その日の行動予定を管理官に申告してからそれぞれ目的地へ向かう決まりになっていた。

電車の時間を考えると、あと二時間半ほどで下宿をでる必要があった。

下宿をでる前にどうしても残り十四本の映像を見ておきたかった。

昨日回収した二十六本すべての映像を見ないと、きょう一日どの辺をまわって防犯カメラを捜せばいいのか見当がつけられないからだ。

二十六本のなかにたった一本だけでも、事件に関係のありそうななにかが映っていれば、それが撮られた場所を起点にして防犯カメラを捜すべき範囲を決めることができるし、二十六本すべてになにも映っていなかった場合には、きのう歩いた地域とは別の場所で防犯カメラを捜すことにすればいいというだけの話だった。

そのため残りの映像を悠長に二倍速で見ている訳にはいかなくなったが、再生速度をいまの二倍の四倍速にしても、二時間半足らずで残りの十四本をすべて見終えるのは不可能で、さらにその二倍の八倍速にしたとしても十四本を見るには三時間半の時間が必要なのだった。

残る選択肢はただひとつ、十倍速で再生するしかなく、一はそうすることにした。

十三本目、十四本目、十五本目と、本来二時間ある映像を十二分間に短縮して再生しながら、集中力を途切らせることなく見つづけ、なんとか二十五本の映像を見終えることができた。

計十三本の映像を見るのにかかった時間は二時間三十六分で、下宿をでなければならない時間をすでに六分も過ぎていた。

しかし映像はもう一本残っていた。

残った一本を見るか、それとも見ないででかけるかなどと迷っている時間こそ無駄だと思い、一はためらわず映像を再生した。

管理官に頭を下げて遅刻を詫びれば済むことだ。

そして管理官に遅刻を詫びたあとは、「きょうは終日町をまわって、防犯カメラになにか映っていないかどうか調べてみるつもりです」と正直に申告すればいい。

実は前日もまったく同じことを告げたのだが、管理官は注文をつけるどころか寛大な笑みさえ浮かべて一を見送ったのだった。

その笑みは、おまえのことなどはじめから捜査員として勘定に入れていないといっているようにしか一には見えなかった。

黒石浩也に二度と近づくなと叱責された直後には事実、町中（まちなか）の喫茶店で丸一日を無為に過ごしたこともある一だったが、偶然でくわした謎の女のひとことであらたな防犯カメラの映像を捜しはじめたことなど、管理官にはもちろん想像できるはずもないに違いなかった。

あ！

視線だけは油断なくパソコンの画面に向けていた一は思わず短い叫び声を洩らした。

飛ぶように流れる十倍速の映像になにかが映っていたような気がして、あわてて停止キーを押した。

見間違いだろうか。

いや、たしかになにかが映っていた。

動悸が速まり、にわかに息が苦しくなった。

一は大きく息を吸いこんで映像を巻き戻すと、顫える指先で再生キーを押した。

等倍速で映像が流れはじめた。

暗闇のなかに広い通りと横断歩道が映っていた。

一目見ただけで、通りに面したコンビニの防犯カメラから回収した映像だとわかった。

どうしてUSBメモリーの二十六番目に保存されていたのか見当もつかなかったが、そこは昨日の午前中に最初に立ち寄った店だった。

昨日は霊園横の路地から防犯カメラ捜しをはじめることにした。

ゆるやかな坂道になっている路地だったが、路地といっても広い霊園に沿って延びている道は七、八百メートルほどの長さがあった。

その路地からはじめようと思ったのはとくに理由があってのことではなく、近年その辺りにはチーズケーキの専門店やチョコレートの専門店などがつぎつぎと開店して若い女性たちの人気になり、マスコミにもさかんにとりあげられるようになっている一画だったので、防犯カメラもとうぜん何台かは設置されているだろうという単純な思いこみからに過ぎなかった。

しかし実際に歩いてみると、案に相違して防犯カメラの類はいっさい見当たらなかった。

当てが外れてゆるやかな坂を下り切ると、突き当りの交差点にコンビニがあった。

救われた思いで店に飛びこみ、防犯カメラの記録を確認してもらえないかと頼んでみると、なんとも幸運なことに事件当夜の映像が残っていたのだった。

それだけにそのコンビニと周辺の眺めはほかの場所より強く印象に残っていた。

一はパソコンを引き寄せて膝のうえに載せた。

コンビニの入口は通りに面しており、防犯カメラは交差点のこちら側から横断歩道をはさんで向い側の町並みのほうに向いていた。

映像には雨が降りしきり、人気（ひとけ）のない深夜の通りが映っていた。

タイム・カウンターはPM11:01:01と表示され、映像とともに秒刻みに進んでいた。

ひとりの男が霊園の方向から現れて横断歩道の前に立った。

佐伯百合の家の近くの防犯カメラにも映っていた男と同じく、その男も傘を差していなかった。

横断歩道の信号が赤だったので、男は足を止めた。

人通りもないが、車の通行もほとんどなかった。

信号が青に変わり、男が横断歩道を渡りはじめた。

ゆっくりと歩を進める男の後ろ姿に一は目を凝らした。

通りを渡り切った男が、明かりの消えた民家と民家のあいだの細い路地のなかに消えた。

終始カメラに背中を向けていたので男の顔をたしかめることはできなかったが、背格好といでたちから佐伯百合の自宅近くの防犯カメラに映っていた男と同一人物であることは間違いないと確信がもてた。

タイム・カウンターの数字が 11:02:59 から 11:03:00 に変わった。

一は一時停止キーを押して映像を止めた。

佐伯百合が殺されたと思われる時刻から約二十分が経過していた。

男が佐伯百合殺しに直接かかわっているのかどうかはまだ不明だったが、事件のあと男は佐伯百合の家の近くから約二十分をかけてこの交差点まで移動してきた。

映像を見てまず最初に頭に浮かんだのは、男はなぜこの交差点まで二十分もかけて歩いてきたのだろうかという疑問だった。

というのも、佐伯百合の家の前の坂道をそのまま下っても、同じ通りにでるからだった。

坂道の突き当りの交差点には彼女がアルバイト先に通うために利用していた地下鉄の駅があるが、地図でたしかめると、地下鉄の駅とこちらの交差点のコンビニとのあいだは直線にしてほぼ一キロメートルの距離があった。

男はなぜ佐伯百合の家の前の坂をそのまま下ることをせず、広い霊園を迂回するように進んでから、すでに店じまいをしてシャッターを下ろしていたはずのチーズケーキ専門店やチョコレート専門店がならぶ坂道を下ってこちらの交差点にでたのだろうか。

横断歩道を渡った男が姿を消した細い路地の奥の暗闇を凝っと見つめながら考えた。

男が佐伯百合の家の前の坂から表通りにでなかったのは単に人目を避けるためだったのかも知れなかったが、最初からこちらの交差点にでるために霊園脇の路地を選んだような気がしてならなかった。

男はどこかに帰る途中だったのではないだろうか。

わざわざ霊園脇の坂の下の交差点まで歩いてきて、通りの向い側にある細い路地に入っていったのは、そこが日頃通いなれた道だったからではないか。

そう思えて仕方がなかった。

いずれにしても、いまからどこで防犯カメラを捜したらいいのか迷うことはなくなったのはたしかだった。

男が入っていった路地のどこかに防犯カメラがあれば、男が映っている映像を見つけることができるかも知れず、幸運にも沿道にカメラが何台か設置されていて、それらのカメラにも男が映っているようなことがあれば、男がどこに向かったのかがわかるかも知れなかった。

さらに運に恵まれて男が帰り着いた先までたどることができたなら、男の正体を突き止めることも不可能ではないはずだった。

日曜日　午後十一時

胸のうえに置いていたスマホが振動した。

片桐は片方の目だけを開けて発信元の名をたしかめた。

青木一だった。

時刻を見ると、ちょうど午後十一時になったところだった。

青木が勤務時間外に電話をかけてきたことなど一度もなかった。

黒石浩也の件でなにかもめごとが起こったに違いない。

真っ先に頭を掠めた考えがそれだった。

片桐はソファのうえで半身を起こした。

カウンター席があるだけのせまいバーの片隅に置かれたソファだ。

薄暗い店内には客もいなければ、カウンターの奥にいるはずのバーテンダーもいなかった。

店にいるのはソファに横になってうたた寝をしていた片桐ひとりだけだった。

スマホを通話モードに切り替え、耳に当てた。

「片桐だ」

「もしもし、青木です。こんな時間に電話をかけて申し訳ありません」

「なにかあったのか」

「遅い時間にたいへん恐縮です。あの。いま、話を聞いていただくことはできるでしょうか……」

青木がいった。

東大卒だというこの男はいつもこんなまわりくどい物言いをする。

「よろしいもなにも、急ぎの用件があるからかけてきたんだろう」

片桐はいった。

青木とことばを交わすのは、町の有力者である黒石正三の孫を容疑者扱いしたことで管理官の大倉に叱責されたと聞き、所轄署の近くの蕎麦屋に呼びだして話を聞いて以来だった。

そのときの青木は、黒石浩也こそ佐伯百合殺しの犯人だと確信している様子で、片桐に対しても熱弁をふるって倦(う)むことがなかった。

さらにこの二、三日は、まるでとりつかれたように夢中でなにかにとりくんでいて、捜査会議の席でもほかの捜査員たちの報告などそっちのけで、パソコンの画面を一心不乱にのぞきこんでいる姿を片桐は見ていた。

なにをしているのか直接聞くことはまだしていなかったが、あれほど熱心に見ているのは、まさか管理官に二度と近づくなと釘を刺された黒石浩也のあとをひそかに尾けまわして隠し撮りをした映像なのではないだろうか、と一抹の不安を覚えたこともたしかだった。

青木のことを片桐は気に入ってはいたが、一人前の刑事として育てるためにはどこから手をつければいいのか、腹積もりがなかなか固まらないでいた。

それというのも、青木という男は頭がいいのは間違いないのだが、世間一般の常識についてはあれもこれもいろいろ知らなすぎるからだった。

「黒石浩也の件でなにかあったのか」

「黒石浩也？　いえ、違いますが……」

青木がいった。

片桐が黒石浩也の名前をだしたことが意外だとでもいうような口ぶりだった。

意外なのはこちらのほうだと思いながら、それなら一体どんな用があって電話をかけてきたのかと片桐は首をかしげた。

「黒石浩也の件でなにかもめごとが起きた訳ではないのだな」

片桐は念を押すつもりで聞いた。

「あ、はい。もめごとは起きていないと思います……」

「それなら、黒石浩也が佐伯百合殺しの犯人だという動かぬ証拠でもつかんだという報告か」

「黒石浩也が、ですか？　あの、それはどういうことでしょうか……」

「どういうこともなにも、この何日かおまえは黒石浩也の身辺を探っていたのではないのか」

「あ。はい、もちろん黒石浩也の件もありますが、電話をおかけしたのは別のことで……」

青木がいった。

「黒石浩也の件以外に、緊急でおれに報告しなければならないようなことがあるのか」

思わず語気が強くなった。

「す、すいません。報告といいますか、ぜひ聞いていただきたいことがありまして」

片桐が怒ったのだと思ったらしく、青木がうろたえたようにいった。

「おれに聞かせたいことだと……。よし、聞こう」

問いただしたいことは山ほどあったが、片桐は質問のことばを呑みこんで、青木がことばを継ぐのを待った。

「あの……。この二日間、事件当夜の映像が残っている防犯カメラを捜して町中をまわっていたのですが……。といっても現場付近にあったものではありませんで、もちろん捜査本部に集められた防犯カメラの映像には何度も目を通しているのですが……、捜していたのは別の、もう少し広い範囲にある防犯カメラで……」

青木の話はしどろもどろで聞きとるだけで一苦労だったが、伝えたいらしき内容はなんとか理解できた。

捜査本部に集められた防犯カメラの映像はすでに捜査員たちによって一本残らず検証されていたが、黒石浩也が映っている映像は一本もなかった。

青木は現場付近だけでなく、別の場所の防犯カメラに黒石浩也が映っている映像がないかを捜してまわったのだろう。

黒石浩也には近づくなと管理官にいわれたにもかかわらず、それでも黒石浩也のことがあきらめ切れない青木が考えた苦肉の策に違いなかったが、それはそれで立派に捜査の一手法だといえないことはなかった。

「事件当夜の映像が残っている防犯カメラが現場付近以外にもないか捜してまわったということだな。それで見つかったのか」

片桐は口を開いて質問した。

「はい。予想以上の台数を見つけることができました」

「そのなかに黒石浩也の姿をたまたま捉えたカメラがあったということだな」

「いえ、それはありませんでした」

青木がいった。

何日か前に黒石浩也がいかに怪しい人物か熱弁をふるった人間と同じ人間とは思えないほどなあっさりした否定ぶりだった。

「それほど残念そうには聞こえんな。つまりおまえがいいたいのはどういうことなんだ。黒石浩也ではないが、事件に関係していると思われる人間が、現場付近とは別の場所の防犯カメラに映っていたということなのか」

「はい、そうです。その人間を見つけたのです。いえ、あの……。見つけたと思います」

青木がいった。

「なるほど、わかった。それはどこに設置されていた防犯カメラで、そして誰が映っていたのか、おれにもわかるように説明してくれ。いいな、落ち着いて、だぞ」

「わかりました。ええと、事件当夜の記録が残っている防犯カメラを捜して町中(まちじゅう)歩きまわったということはお話ししました。事件があった夜の映像が残っているものでさえあれば、佐伯百合さんの家から少々離れた場所にある防犯カメラでもよしとすることにしたので、昨日などは捜しまわっているうちにいつの間にかいままで見たこともないくらい立派な区役所が建っている大通りにでてしまったくらいです。佐伯百合さんの自宅からはあまりにも離れすぎていると思われるかも知れませんが、何度も申し上げているように事件当夜の記録が残っていさえすれば多少離れた地域のものでも、犯行時刻と思われる時間の二時間前後、午後十時から十二時までの映像を抜きとって保存しました。その二時間の映像になにが映っているかたしかめるのは後まわしにして、とにかく映像を回収することを最優先にしたのです。……あの、ここまではよろしいでしょうか」

なるほど。捜査会議で青木が熱心にパソコンの画面をのぞきこんでいたのは、そうして回収した二時間の映像になにが映っているのかをたしかめていた訳か、と片桐ははじめて得心がいった。

「それできょうは霊園のほうから捜すことにしました。あの、霊園はご存じですか」

「知っている。だだっ広い墓地だろう」

「ええ、そうです。佐伯百合さんの家から彼女が通っていた大学のほうへ歩いていくと途中に霊園の敷地が広がっています。その敷地に沿って細い道を進んでいき、角を曲がるとチーズケーキの専門店やらチョコレートの専門店やらがならぶ長い路地があります。路地はゆるやかな坂道になっているのですが、坂を下った突き当りの通りの交差点にコンビニがあって、そのコンビニの防犯カメラに問題の人物が映っていました」

「問題の人物というのは事件に関係していると思われる人間ということか」

「はい」

「霊園脇の路地を下った通りというと、佐伯百合の家からはずいぶん離れているな」

「いまもいったように事件当夜の映像が残っている防犯カメラを捜すことにしたので、なかには佐伯百合さんの家から離れた場所にあるものも……」

「おれがいいたいのはそういうことではない。そんな離れた場所の防犯カメラに映っていた人間が、どうして事件に関係していたとわかるのかと聞いているんだ」

「それも説明できます。あの、もう少しつづけてもよろしいでしょうか」

青木がいった。

青木が片桐のことばを遮ったことにも内心驚いたが、その口調が自信ありげだったことにさらに驚いた。

片桐はふたたび口を閉じて、青木の話のつづきを待つことにした。

「実はそのコンビニの防犯カメラの映像を回収したのは昨日だったのですが、実際に映像を確認できたのがきょうになってしまいまして、それできょうは霊園のほうへまわることにした訳なのですが……。あの、説明がまわりくどくて申し訳ありません。とにかく、そのコンビニの防犯カメラに問題の人物が映っていたのです。先週金曜日の深夜、午後十一時一分から三分のことです。映像はその人物が通りを渡って向い側の路地に入っていくところで切れていたので、きょうは真っ先にその路地に行ってその人物の足どりを追うことにしました。路地を入っていくと木造の家が雑然と建ちならんでいる地域で、いくら捜しても沿道には防犯カメラの類はありませんし、八百屋や魚屋はあっても何十年も前からの古い店舗ばかりでこちらも防犯カメラの備えなどはなくて……」

「ちょっと待て」

片桐は口をはさんだ。

「その人物というのが映っていたのは十一時一分から三分といったな。佐伯百合の家からそのコンビニがある交差点までどれくらいかかるんだ」

「実際歩いてみると、約十五分くらいでした。あの晩は雨が降っていたのでそれより多少時間がかかったかも知れません」

「その人物は佐伯百合が殺されたとおぼしき時刻の約十五分後から二十分後にコンビニの前に現れた。そういうことだな」

「はい」

「もうひとつだけ教えてくれ。おまえのいう問題の人物というのはいったい誰なんだ」

「制服を着た警官です」

青木がいった。

「なんだと」

「コンビニの防犯カメラに映っていたのは所轄署に勤務している制服警官でした」

「所轄署というと現在捜査本部が立っていて、おれたちが毎日顔をだしているあの所轄署のことか。まさか、そこの警察官が佐伯百合殺しに関係しているなどというのではないだろうな」

「その疑いがあります」

「証拠でもあるのか」

「いまのところたしかな証拠がある訳ではありません」

「それならどうしてそんなことがいえる。そう考える根拠をちゃんと説明できるんだろうな」

「はい、できると思います」

「それなら説明してみろ」

「迷路のように入り組んだ路地を何時間歩いても防犯カメラが見つからないで途方にくれていると、ある施設を見つけました。その施設の正門に防犯カメラが設置されていました」

「施設？　なんの施設だ」

なぜか悪い予感がして、片桐は尋ねた。

「待機寮です」

「待機寮？」

「はい。所轄署で働く若い警察官たちが住む独身寮です」

「おまえがその寮を見つけたのはいつのことだ」

たどたどしい青木の話を聞いているうちに、いつの話なのかわからなくなってしまいそうで片桐は聞いた。

「きょうの午前中のことで、昼の捜査会議がはじまる直前でした」

青木が答えた。

「それでおまえは寮を訪ねていって、そこにいた誰かに防犯カメラの映像を確認させてくれと頼んだのか」

「いいえ。捜査会議があったので署に戻りました」

青木がいった。

「寮のなかには入らなかったんだな。午後はどうした。捜査会議が終わったあと、また寮にでかけて行ったのか」

「はい。もちろん行きました」

「今度は寮に入ったのか」

「いいえ」

青木がいった。

「門の前までは行ったのですが、寮の方に一体なんといって防犯カメラの映像を確認させてもらうか考えるとそう簡単ではないことに気がつきまして、これは片桐係長をはじめ上の方の承認を得てから出直したほうがよいと……」

「寮を直接訪ねることは思いとどまったんだな」

片桐はいった。

青木にも常識らしきものの持ち合わせが少しはあったらしいことに胸を撫で下ろした。

「賢明な判断だ。しかしおまえの捜査はそこで行き詰まりになって、コンビニの防犯カメラに映っていた人物が誰かもわからずじまいになったという訳か」

「いいえ。その人物が誰だったか、いまから四時間前に確認することができました」

青木がいった。

「確認がとれた、だと？　どうやって」

「寮の近所で一軒の酒屋を見つけたのです。そこも何代もつづいている古い酒屋なのですが、最近コンビニのフランチャイズ・チェーンに加わったそうで、店舗の改装を機に防犯カメラもあらたに設置したのです。この防犯カメラに先々週金曜日の深夜の映像が残っていたので、二時間分を保存して持ち帰り、夕方の捜査会議のときに確認しました。時刻は午後七時でしたから、いまから四時間前になります。酒屋のカメラはちょうど待機寮の正面の方角に向いており、件の人物が寮に入っていく姿を捉えていました」

「映像を見てそれが誰なのかわかったというのか」

「はい。映像には顔もはっきりと映っていましたから。タイムカウンターはPM11:15と表示されていました。交差点に現れてから約十二分後です。交差点から待機寮まではちょうどこれくらいの時間がかかります。きょうのぼくのようにあちこち迷わなければ、の話ですが」

「よけいなことはいわなくていい。捜査会議中に確認がとれたのなら、おれにひとことといってもよかっただろうが。なぜいわなかった」

「すいませんでした。その人物が誰かわかったときの衝撃があまりにも大きかったせいで、目の当たりにしているものがにわかに信じられなかったのです。映像を家に持ち帰って何度も見直しました。ようやく精神状態も落ち着き、考えをまとめることができたので、こうして係長に電話をしている次第です」

「防犯カメラに映った顔を見て誰なのかがわかったといったが、本庁の刑事であるおまえがどうして馴染みのない所轄署の警察官の顔を見て誰なのかがわかったんだ」

「すぐにわかりました。知っている顔でしたから」

青木がいった。

「誰なんだ」

「大島義春です」

「大島義春？　誰だ、それは」

「交番勤務の警官で、黒石浩也という少年が佐伯百合さんをつけまわしていたという噂があるとぼくに耳打ちしてくれた人間です」

青木がいった。

それを聞いて片桐もすぐに名前を思いだした。

「あの大島か。すると大島が事件に関係しているとおまえが考えたのはそのことがあったせいなのか」

「いいえ、違います」

「では、ほかに理由があるんだな」

「はい」

「大島が佐伯百合が殺されたとおぼしき時刻のおよそ二十分後に、佐伯百合の家から徒歩で二十分ほどかかる交差点に現れ、交差点を渡って路地を入った先にある署の待機寮へと帰っていった。いままでのおまえの話をまとめるとたったこれだけのことだぞ。大島が事件に関係していると考える根拠などどこにもないように思えるがな」

片桐はいった。

「係長は待機寮で暮らしたことがおありですか」

青木が唐突に話柄（わへい）を変えた。

「いや」

片桐はとまどいつつ短く返事をした。

「ぼくは数ヵ月前まで別の所轄署の待機寮に住んでいましたからよく知っています。寮といっても最近は昔と違って堅苦しい規律などほとんどなくなっています。昔は二人部屋で二段ベッドだったものが、いまはひとり一部屋がふつうですし、朝晩の食事も食堂でかならず食べるようにと決められている訳ではなく、好きなときに外に食事にでかけることができます。もちろん門限はありますが、非番の日などは夜遅くまで飲んで帰っても文句をいう者など誰もいません」

「なにがいいたい」

「待機寮といっても昔と違って町中（まちなか）のアパートで暮らすのとなんら変わりはありませんし、出入りなども比較的自由だということです。先々週の金曜日の深夜、大島は制服を着て外出しましたが、交番にも署にも立ち寄らず直接寮に帰りました」

「どういうことだ」

「勤務表を調べれば正式に確認がとれると思いますが、先々週の金曜日大島は非番だったはずです。非番であるにもかかわらず制服を着こんで外出をしていたということです。外食にでかけたりコンビニに買い物に行くだけなら私服で行くのがふつうです。大島はなぜ制服を着て外出したのでしょう」

「おまえの話はまわりくどすぎてよくわからん。大島が制服を着ていようがいまいがどうでもいい。なぜ大島が事件に関係していたとおまえが考えるのかはっきり説明しろ。いまのところわかっているのは、非番の日に大島が制服姿で外出したということだけではないか。しかもおまえの話によると寮の外にでたといっても、防犯カメラの映像で確認できるのは寮と路地を抜けた先にあるコンビニまでのごくせまい範囲だけだ。佐伯百合の家になど一歩も近づいていないではないか」

「いえ。犯行のあった時刻の前後に大島は佐伯百合さんの家の近くにいました」

青木がいった。

「どこにそんな証拠があるんだ」

「捜査本部に集められた防犯カメラの映像のなかに大島の姿が映りこんでいるものが一本だけありました」

「そんなはずはない。捜査員たちが回収した映像はすべて検証が済んでいる。おまえだって何度も見直してなにも映っていなかったことはわかっているはずじゃないか」

「いえ、防犯カメラにはたしかに映っていたのにぼくたちが見逃していたんです」

「なにを見逃したというんだ」

「透明なビニールの雨合羽を羽織った制服警官です」

「なんだと」

「佐伯百合の自宅付近にあった防犯カメラ一台だけに、雨合羽を着た制服警官の姿が映りこんでいました。ぼくたちはそれをこの目で見ていながら、事件に関係のある人間とは考えず見過ごしてしまったんです」

青木がいった。

片桐は青木のことばがとっさに理解できなかった。

「それは本当のことなのか。本当に防犯カメラにそんな男が映っていたのか」

「はい」

「捜査本部の人間、皆が見たんだぞ」

それにもかかわらず全員が見過ごしたなどということがあり得るのだろうか。

捜査本部に集められた防犯カメラの映像は片桐も一通り目を通していたはずだった。

おれが見たなかに雨合羽を着た警官が映りこんでいたものがあったのだろうか。

懸命に考えたが、記憶はあいまいだった。

ひとつだけはっきりいえるのは、おれはそんなものを絶対に見ていないと断言することができないということだけだった。

「もし本当にそんなものが映っていたとして、どうしておれたちはそれを事件と関係がない人間だと勝手に解釈して見逃すようなことをしてしまったんだ」

「簡単です。夜中に警官が制服姿で歩いているのを見かけたら、誰でも巡回中の警官だと考えてしまうからです。交番詰めの警官には交代で巡回勤務があるということを知っているぼくたちのような警察の人間ならなおさらです」

青木がいった。

片桐は青木のことばを咀嚼しようとして長いあいだ沈黙した。

「おまえのいう通りだったとしよう。しかしそれでもまだ大島が事件に関係しているという証拠にはならん。仮に大島が非番の日に制服で被害者の家の近くを歩いていたことが事実だったとしても、町で噂になっている黒石浩也が佐伯百合の家の近所をうろついていないか心配で見まわりにでかけただけかも知れないのだからな」

「防犯カメラに映っている大島は制服のうえに透明なビニールの雨合羽を羽織っていました」

青木がいった。

「あの晩は雨が降っていたんだ。雨が降っていれば雨合羽を羽織ってもおかしくはないだろう」

「一昔前はそうだったかも知れませんが、いまはコートを着るのがふつうです。合羽の上だけを羽織るのはまだしも、透明なビニールのズボンを制服のズボンのうえに重ねて穿く人間などまずいないと思います」

「おまえがいうならそうなのかも知れんが、それが重要なことなのか」

「実はそれだけでなく、大島はあの晩靴カバーまでつけていました。酒屋の防犯カメラに、寮に帰ったときの大島の足元まで映っていたので気がつくことができたのですが」

「靴カバーというと、鑑識の人間が現場で自分の足跡がつかないようにつけるビニールの覆いのことか」

「はい」

「大島は合羽を上下着こんでいただけではなく、靴にビニールカバーまでつけて屋外を歩きまわっていた……、そういうことか」

「はい。係長は、佐伯百合さんが差していた傘が玄関の外に投げだされていたにもかかわらず、現場となった玄関のなかが大量の雨水で水浸しになっていたのはなぜかを考えるのがおまえの仕事だろうとぼくにいわれたことを覚えておられますか」

「ああ。そんなことをいったな」

「大島の上下の雨合羽は、現場に大量の雨水がもちこまれたことのひとつの説明になるように思えます。雨に打たれながら歩いていた大島の合羽はずぶ濡れだったはずですから。さらに靴を覆ったビニールカバーは、百合さんの遺体の周囲が乱暴に踏み荒らされていたにもかかわらず下足痕が完全な形でひとつも残っていなかったのはなぜかという問いの答えになるのではないでしょうか。黒石浩也が佐伯さんの家の近所をうろついていないか心配で見まわりに行っただけであるなら、なぜ大島は靴にビニールカバーをつけたりしたのでしょう」

「なるほど……」

しばらくしてから片桐はようやくそれだけいった。

「おまえのいいたいことは一応はわかった。しかしいまのところおまえの推理だけで、証拠らしきものはなにひとつない……。確実な証拠がなければ管理官に報告することもできん。……おまえ、いまの話を誰かにしたか」

「とんでもありません。係長がはじめてです」

青木が答えた。

「よし、それでいい。とにかく大島が映っている映像を見せてくれ。いまからこっちへもってきてくれるか。それを見ながらこれからどうすればいいかおまえとふたりでじっくり相談することにしよう」

「喜んで。あの、どちらに伺えばよろしいですか」

「新橋だ。新橋のバーにいる」

片桐はいった。

月曜日

刑事部長、公安部長など警視庁の部長クラスの部屋は皇居の庭を見渡す本部庁舎の角に置かれている。

角といっても四角いビルの角とは違い、三角形の鋭角な頂点である。

関東大震災後に建てられた霞(かすみ)が関(せき)一帯の省庁のビルは上空から見るとアルファベットの形になるようにデザインされているというのは俗説だが、皇居桜田門(さくらだもん)の前に建つ警視庁本部庁舎はアルファベットのAのように見えて、その頭頂部を警視総監(けいしそうかん)をはじめ各部の部長室が占拠しているのだ。

大倉はドアをノックしてノブに手をかけた。

「お待ちください」

女の声がした。

ふり向くとカウンターに座っている女がこちらに目を向けていた。

外まわりの時間が長く、同じ六階のフロアにある捜査一課の大部屋にさえ滅多に顔をだすことがないせいで、刑事部長室には受付があり、入室するには秘書の許可が要ることを失念していたのだった。

大倉は決まりの悪い思いを押し隠すために、極力むずかしい顔をつくって受付のカウンターに歩み寄った。

「お名前は」

秘書が事務的な口調で尋ねた。

その瞬間、むずかしい顔をよそおう必要などなくなって顔面に朱が差した。

刑事部長の日程をあずかっている秘書であり、面会時刻も相手が誰であるのかも十分に承知しているはずであるにもかかわらず、あらたまって姓名を誰何するとは何事かと思ったのだ。

「大倉だ」

ふだんの大倉なら怒りにまかせて相手の顔に指を突き立てているのだが、寸前のところで刑事部長という役職が警視総監のすぐ下の階級であることを思いだし、聞きとれないほど低い声で姓をつぶやくだけにとどめた。

「捜査一課の大倉管理官ですね。こちらでお待ちください」

秘書が身ぶりでカウンター脇の部屋を指し示した。

指定された時刻通りにまかり越したのになぜ待たされなければならん。

またしても喉元まででかかった不平のことばをなんとか呑みこんで待合室のドアを開けた。

室内には数人の先客がいたが、できるだけ視線を合わせないようにしながら入口近くの椅子に腰をかけた。

腰を下ろすと、まず自分の身なりをたしかめた。

オーダーメイドのスーツには塵ひとつついておらず、糊がたっぷり利いたワイシャツにも皺ひとつなかった。

手首にはいつもの腕時計ではなく、国産の量産品を嵌めていた。

上司との面談に一千万円以上もする腕時計などしていると、いらぬ詮索を招かないともかぎらないと考えたからだ。

上着の内ポケットからスマホをとりだし、髪の具合を見た。

薄くなりかけてはいるが黒々とした髪には一筋の乱れもなく櫛目が通り、でがけに確認したときと同じようにまったく型崩れしていなかった。

実際は若白髪でほとんど真っ白な頭髪を白髪染めで染めているのだった。

三十歳になったばかりのある晩、風呂上がりに一本の白髪を発見して恐慌をきたし、裸同然の姿で白髪染めを買いに走ったことを思いだす。

少々白髪が交じっていたほうが年相応の貫禄がでていいのだという人間もいるが、そのような意見に耳を貸すつもりは露ほどもなかった。

老成を気どるなど愚の骨頂だとしか思えないからだ。

スマホを上着の内ポケットに戻し、両手で軽く腹をさすってみた。

五十三歳という年齢の割には引き締まった体つきをしていると思っているのだが、腹の周囲にうっすらとまとわりついている脂肪と下を向くと人目を引く二重顎だけはいかんともしがたかった。

なんとか改善しようと暇があればジムに通って運動に励んでいたが、このジム通いも長年白髪を染めつづけていることと同様、誰にも口外することなくひた隠しにしていた。

身なりの点検を一通り済ますと、腕時計に目をやった。

午後四時半になっており、指定された時刻をすでに三十分も過ぎていた。

大倉は苛立ちを覚えながら、それにしても刑事部長が自分になんの用だろうと、あらためて思いをめぐらせた。

刑事部長がお呼びですと知らされてから考えつづけているのだが、答えはまったく思い浮かばなかった。

管理官として捜査一課に配属になってすでに十一年が経過していたので、十年以上も塩漬けにされていまさら昇進の話でもあるまいと思う一方、十一年も現場で苦労させたのだからそろそろもう少し気楽なポストに異動させてやってもいいのではないかという声が上(うえ)つ方(がた)のどこからか聞こえてきてもよさそうな頃合いではないかと思わないでもなかった。

いまの仕事に不満がある訳ではなかったが、同じポストに何年も居座っていると周囲の目がしだいに冷ややかになってくるような気がするのはたしかで、新しい赴任先を用意してもらえるならば選り好みはしないつもりだった。

所轄署での捜査会議が終わった午後二時少し過ぎに、「刑事部長がお呼びです」と電話で知らせてきたのは直属の上司である一課長の萬屋(よろずや)だった。

萬屋は四十五歳という若さで捜査一課長に就任してから大きな事件をたてつづけに解決し、今年の初めには三年以上も日本中を震撼させていた連続殺人事件の捜査の陣頭指揮を執(と)って犯人を逮捕するという赫々たる実績を挙げてマスコミにも盛名を馳せている人物だったが、年齢が十歳近く上でキャリア組でもある大倉に対してはつねに敬意を欠かすことなく、ことば使いも丁寧だった。

しかし、大倉は萬屋の慇懃な敬語を耳にするたびに、「たたき上げのわたしのような人間と違って、組織の階段をペーパーテストで上られてきた方は毎日あくせくすることもなく悠々自適の身分でよろしいですね」と暗にほのめかされているような気がするのだった。

被害者意識が過ぎると自分でもわかってはいるつもりなのだが、毎年配属されてくるキャリア組の後輩のなかには、現場の仕事など出世の踏み台に過ぎないといわんばかりに、席が温まる暇もないほど短い期間で陽の当たる部署に栄転していく者が何人もおり、同じポストに十年以上もくすぶっているのはやはり能力がないせいだと周囲の人間に見られても仕方がないと諦観の思いに駆られるのも事実だった。

大倉は顔を上げて待合室の先客たちを見た。

決済待ちの書類らしきものを大切そうに抱えて身動きひとつせず椅子に座っている者もいれば、緊急に上げなければならない報告があるらしく、落ち着かぬ様子で立ったり座ったりをせわしなくくり返している者もいた。

彼らが自分より階級が上の人間たちばかりであることを知っている大倉は、ますます気持ちが沈むのを感じるのだった。

待合室のドアが開き、部屋のなかに入ってきた秘書が大倉の前に立った。

「こちらへどうぞ」

大倉は椅子から立ち上がり、秘書の後をついて待合室をでた。

「失礼します」

秘書が隣りの刑事部長室のドアを軽くノックしてから開けた。

大倉は秘書にうながされるまま部屋のなかに入った。

背後の壁に掲げられた国旗と警視庁旗を背負った大きなデスクに刑事部長の二階堂(にかいどう)がおさまり、デスクの前に置かれた応接セットにもうひとり見知らぬ人物が座っていた。

「おう、来たか。忙しいところを急に呼びつけてすまんかった。まあ、座ってくれや」

二階堂が腰を上げながらソファを差し示した。

大倉はいわれた通り、初めて会う男の向いに腰を下ろした。

たがいに目礼を交わした男は四十代前半に見え、運動選手のように体格もよかったが、どんな役職に就いていて、階級は自分より上なのか下なのか見当がつかなかった。

「こいつは北大路(きたおおじ)君といって、まだ若いが見どころがあるやつなんで、あんたもこれからあんじょう頼むわ」

ソファに腰を下ろした二階堂が男の肩を軽く二、三度たたいた。

「大倉と申します」

大倉は男に向かって形ばかりの挨拶をした。

「きょうあんたを呼んだんは、実はこの男と少々関係があることでな」

二階堂がいった。

その一言でどうやら自分の異動の件で呼ばれた訳ではないらしいとわかり、ほんの少し落胆したが、表情にはだすことなく話のつづきを待った。

「こいつも地方で二課長をやったり、ようやくこっちに戻ってきたと思ったら今度はＦＢＩの研修に二年も三年もでかけたり、ちいとも腰が落ち着かん男なんやが、去年ようやくカナダの大使館から解放されてな、いまは長官房で異動待ちの境遇なんや」

秋田生まれのはずの二階堂がいつものおかしな関西弁でいった。

おちゃらけた無駄話のようで要点は尽くしていて、北大路という男が在外公館勤務明けの警察庁警視正という身分であることがわかった。

それらしい態度で話をうけたまわるように、ということだ。

「話というのはな、うちだけではなくいろんな役所がもう三十年も四十年も前から記録文書のデジタル化を進めているんやが、あんたも知っての通りこれが一向に進んでおらん状態でな。最近では最高裁判所の裁判記録までが無断で破棄されていたことが週刊誌にすっぱ抜かれて大騒ぎになる始末や。そこでこの北大路君が異動待ちで暇をもてあましているのをいいことにちょっとしたテコ入れを頼んだという訳や。この男はわしが情報犯罪対策室の室長を押しつけられたときに、どこから手をつけていいのかもわからず天手古舞(てんてこま)いしとったのを見かねて、サーバーの設置から各部署のデータベースとの接続にはじまって、最新型の端末の一括購入の面倒まで見てくれてな。もちろん業者には大幅なディスカウントをさせたうえでやで。まあ、それほどのコンピューター通という訳や。それで相談をもちかけたら、いまだに紙に書かれて段ボール箱に詰めこまれたままの捜査記録をデジタル化するためには、通達書かなにかを配達して全国の警察署の署長の尻を叩くより、その業務に特化した部署をつくったほうが早いということになってな」

そこまでいったところで二階堂が急に咳きこんだ。

「あかん。一生懸命しゃべりすぎて喉がつかえたわ。茶ァはまだかいな」

二階堂がいったちょうどそのとき、湯呑みを盆に載せた秘書が部屋に入ってきて、三人それぞれの前に蓋つきの茶碗を置いた。

「あとはきみが説明してんか」

二階堂が茶を口に運びながら北大路にいった。

「ご挨拶が遅れました。北大路といいます」

男があらためて頭を下げたので、それにならって大倉も頭を下げた。

「所轄署の捜査本部からわざわざ抜けだしておいでだとうかがっていますので手短に説明します」

男がいった。

その一言を聞いただけで、大倉は目の前の男が心底嫌いになった。

自分の声に酔っていることがあからさまにわかったからだ。

「新設した部署は殺人や強盗、誘拐、人身売買などの重大犯罪をはじめとして放火、ストーキング、痴漢、詐欺、売買春、児童虐待からサイバーテロまであらゆる犯罪形態をふくめたデータを集約し、何層ものフィルターをかけて細密に分析して、包括的でありながら汎用的な検索システムを構築することを目的としています」

北大路がいった。

大倉には男がなにをいっているのかさっぱりわからなかった。

「ひとつうかがってもよろしいでしょうか」

大倉は二階堂に尋ねた。

「なんや」

「新設された部署というのは名称があるのですか」

「『与件記録統計分析係』や。知ってるやろ？」

二階堂がいった。

「警察庁に設置されたのでしょうか」

「いいや、警視庁にや」

「警視庁に、ですか？」

そんな名称の部署が警視庁に最近設置されたなどと聞いたことがなかった。

「そうや。人員は警察庁から出向という形でだしてるがな」

「それは何名くらいの規模なのでしょう」

全国の警察署から何十年も埋もれたままになっている何十万枚何百万枚という記録を引っ張りだし、一字ずつ文字を追いながらコンピューターに入力し直す作業だけでもたいへんな人手が必要なはずだった。

「ひとりや」

「ひとり、ですか？」

「そうや。そこがコンピューターのええところでな。これをもった人間がひとりいれば無駄飯食らいはいらんちゅうこっちゃ」

二階堂が前腕をたたきながらいった。

皮肉をいわれたのかと思い、大倉は口をつぐんだ。

「システムが完成すれば、たとえばある事件と似たような例が過去になかったかどうか調べたいと考えたとき、個人の勘や記憶に頼ったり膨大な記録文書に当たったりする時間と労力をかけることなく、キーワードをいくつか入力するだけで過去の類似事件の詳細がコンピューターのディスプレーに瞬時に表示されることになります」

北大路がいった。

内容はなんとなく理解できたが、同時に自分がなぜここに呼ばれたのかますますわからなくなった。

「鵜飼(うかい)君はまだかいな。肝心な人間がなにをしてるんや」

片手に湯呑みをもった二階堂がひとりごとのようにつぶやいた。

「申し訳ありません。もう来るころかと思います」

北大路がドアのほうへ首をめぐらせた。

「失礼します」

ドアが開き、ひとりの女が部屋のなかに入ってきた。

背が高い若い女で、ノートパソコンを脇に抱えていた。

大倉が呆気にとられていると、女は大股で応接セットに歩み寄り、北大路の隣りに腰を下ろした。

「おお、来たか。待っとったで」

真ん中の北大路越しに二階堂が上半身を乗りだすようにして女に声をかけた。

遅刻を咎めるようなことばは一言もなく、それどころか満面の笑みを浮かべていた。

「遅れて申し訳ありません」

女は誰にいうともなくいうと、正面に座っている大倉に視線を向けた。

「大倉君や。忙しいところをわざわざ来てもろうたんや。きみから説明をしてもらうのがいちばんええと思ってな」

二階堂が女にいった。

「初めまして。鵜飼縣(あがた)と申します」

女がいった。

大倉は見ず知らずの若い女にいきなり挨拶をされてとまどい、北大路の顔をうかがった。

「この人が『与件記録統計分析係』の責任者や」

二階堂がいった。

大倉は驚いて目の前の女を見た。

女は若いだけでなく、ファッションモデルと見紛うばかりの人目を引く服装をしていた。

警察に勤務している職員とはとうてい考えられず、デジタル関係の腕を買われて外部から雇い入れられたコンピューター・オタクと呼ばれている人間のひとりに違いなかった。

「よろしいですか」

机のうえに置いたノートパソコンの蓋を開けながら女が二階堂にいった。

「おお、はじめてんか」

二階堂がいった。

「一件目は鳥取県で起きた九年前の事件です。現場となったのは湧谷村という岡山県との県境にある山間の集落で、被害者は酒田郁子、米作農家の一人娘で当時十八歳でした。事件当日は朝からはげしい吹き降りで、郁子は夜遅い時間、父史郎と母紀子の証言によれば午後十一時過ぎに排水ポンプに不具合がでていないか心配だと家をでました。しかし二時間以上経っても郁子が帰らなかったので、父母が夜中雨をついて捜し歩き、用水路脇のポンプ小屋で絶命している娘を発見しました。ポンプ小屋は四方を板で囲いブリキの屋根を載せただけの簡便なつくりで、広さも人ひとりがやっと入れるほどでしたが、被害者の酒田郁子は作りつけの真鍮製のポンプに覆いかぶさる姿勢で倒れていました。身に着けていた雨合羽の背中の部分に刃物で何度も刺された痕がありました。板張りの床は泥まみれで、入り乱れた足跡は二人の人間がはげしく争ったことを示しており、鑑識によると一組は被害者が履いていた長靴のものと判明しましたが、もう一組の足跡は靴の種類はおろか正確な寸法すら割りだすことができませんでした。現場に残されていた指紋や血痕も被害者のものだけで、犯人のものと思われる遺留品などの物証もなにひとつ発見されませんでした」

鵜飼と呼ばれた女が前置きもなしに話しはじめたが、大倉は女のいでたちに目を奪われたままで話の内容などまったく耳に入ってこなかった。

ショートヘアと地味な茶色のパンツスーツはオフィスでよく見かけるビジネスライクで平凡なよそおいのように見えたが、シャツの襟は立ち、スーツの上着の袖口からもカフスボタンつきの袖がのぞいていた。

さらには細身のパンツが女らしさを強調していた。

「二件目は東京の府中市で四年前に起きた事件です。被害者の横山千恵子(よこやまちえこ)は体操をはじめとして柔道やレスリングなどの競技でオリンピック選手を数多く輩出している体育系の大学の三年生で当時十九歳でした。両親と兄と弟の五人家族で大学には実家から通っていましたが、事件当夜は彼女をのぞく四人は神奈川県の温泉旅館に一泊旅行にでかけていて不在でした。家族がのちに、旅行先から帰って家の玄関を開けたとたんただならない気配を感じたと証言しているように、玄関のなかには落下して割れた花瓶の破片が散乱し、居間につづく廊下には泥のついた足跡がはっきりと残っていました。母親と次男を玄関の外に残し、父親と長男の二人が足跡を踏まぬよう注意しながら廊下を進んで居間をのぞいたところ、居間のほぼ中央でうつ伏せに倒れている被害者を発見しました。被害者の背中には着衣の上から何度も刃物で刺された痕があり、被害者はもちろん辺り一面が血まみれの状態でした。被害者が靴下を穿いておらず裸足(はだし)だったことが当初捜査担当者の注意を引きましたが、これは家族から被害者が家では裸足で過ごす習慣があったという話があり、事件とは直接関係がないことがわかりました。現場となった居間は被害者の遺体の周囲をのぞけばほとんど荒らされた痕跡はなく、テレビは点けっ放しの状態でした。鑑識によって廊下には泥のついた足跡のほか被害者の裸足の足跡も当然検出されましたが、泥のついた足跡のほうは靴のメーカーも正確な寸法も特定することができませんでした。玄関の鍵には壊されたような跡がなかったことから、居間でテレビを見ていた被害者が呼び鈴が鳴るのを聞き玄関へ行って自ら鍵を開け、犯人を室内に招き入れたものと見られ、さらに解剖によって死亡時刻が夜の十一時から午前一時のあいだと推定されていたことから、犯人は顔見知りの可能性が高いのではないかと考えられました。当時の捜査担当者によると殺害時の状況はおおよそこういうことになります。被害者は玄関のドアを開ける前に訪問者が誰かたしかめたが、顔見知りだったのでドアを開けた。するといきなり襲いかかられ、恐慌をきたして居間まで逃げたものの、転倒したかあるいは背後から押し倒され、馬乗りになった犯人に背中を刺されて殺害された、と」

そこで女はいったんことばを切ったが、一休みするかと思いきや一拍おいただけですぐに話のつづきをはじめた。

「三件目が先々週起きた事件になります。被害者は佐伯百合、都内の美術大学に通う学生で十九歳でした。ひとり暮らしの一軒家の玄関のなかでうつ伏せに倒れているところを新聞配達の女性によって発見されました。発見時の状況から、前日の深夜外出先から帰って玄関のドアを開けたのとほぼ同時に、その機をうかがっていた犯人に背後から押し倒され、鋭利な刃物で背中を刺され殺害されたものと考えられています」

なんとか目は開けていたものの、話の途中から半分夢見心地で女のことばを聞き流していた大倉は、佐伯百合という名前がいきなり耳に飛びこんできたので文字通り飛び上がりそうになった。

「ちょっと待ってください」

大倉は女に向かっていった。

「いま、佐伯百合といいましたか」

「はい」

女が答えた。

「その佐伯百合の事件というのは現在わたしが指揮を執って捜査を行っている事件のことでしょうか」

「はい」

「これは一体どういうことです」

大倉は二階堂のほうを見た。

「どういうことって、これがきみにここへ来てもらった理由やがな。この鵜飼君は国中で起きた事件の捜査記録をまとめてデータベース化しとるんや。もちろんきみがいま捜査をしている事件もな」

「記録をデータベース化するというお話はわかりますが、わたしの事件は犯人の逮捕はおろか容疑者の特定にも至っていませんが……」

「われわれが作成しているデータベースには未解決事件のデータもふくまれていますから、捜査中の事件は論理的にいって未解決事件というカテゴリーに自動的に算入される訳です。それと部長は国中の事件とおっしゃいましたが、正しくは世界中の事件ですので。悪しからず」

北大路が気どった口調でいった。

「よくわかりませんが……。つまり、その。あらためてうかがいますが、わたしがここに呼ばれた理由はなんなのでしょうか」

「鵜飼君。説明したって」

二階堂が女にいった。

「はい」

女は二階堂に向かって短い返事をすると、大倉に向き直った。

「大島義春です」

「大島……義春？　誰ですか、それは」

「現在佐伯百合の事件の捜査本部が設けられている所轄署に勤務している地域課の巡査です」

女が抑揚をつけずにいった。

その顔にはなんの感情も浮かんでいなかった。

「所轄署の巡査？　それが一体どうしたというんです。いや、ちょっと待ってください」

大倉は女が返事をする前に、もう一度二階堂を見た。

「一般人の部外者を交えた席で捜査中の事件について話すのははばかられます。話をされるつもりならこの女を、いやこの方を退席させてもらえませんか」

「え？　一般人って誰のことや」

「もちろんこの女、いえこの方のことです」

「なにをいうとるんや。鵜飼君はいまは警視庁に出向してもろうてるが、もともとは警察庁の人間で階級もきみと同じ警視や」

二階堂がいった。

「警視？」

大倉は思わず、襟の立ったシャツを着たパンツスーツの女を見た。

「つまり、……われわれと同じ警察の人間だということですか？」

「そやがな」

二階堂がいった。

女はまったく表情を変えていなかった。

無表情な女の顔を見ていると、なにをいいたかったのかわからなくなりそうだった。

「すいません。大島義春とおっしゃったようですが、何者なのかもう一度説明していただけませんか」

「現在佐伯百合の事件の捜査本部が設けられている所轄署に勤務している地域課の巡査です」

女は、先ほどと同じ文句をロボットのようにくり返した。

あまりに機械的な口調だったので、からかわれているかと思ったほどだった。

「その人物が現在捜査中の事件となにか関係があるのですか。そもそもその三件の事件というのは一体なんなのです？」

「被害者が十代の女性であること。背中を刃物で複数回刺されていること。直接の死因になった傷以外に打撲などの暴行の痕跡がないこと。性的暴行が行われていないこと。指紋、足跡、遺留品などの物的証拠がないこと。犯行が雨天の日の夜半に行われていること。大島義春という人物の存在が被害者の生活圏内にあったことなどの事実が三件の事件に共通しています」

女が一息にいった。

「被害者が十代だったなどということはわかります。しかし、最後の大島義春という人間が被害者の生活圏内に存在していたというのはどういうことなのでしょう。意味がわかりかねるのですが」

「当該人物は一件目の事件が起きた湧谷村の生まれで、事件当時十五歳でした。二件目の事件では被害者と同じ大学に通っており、一般教養学科では被害者と同じクラスに在籍していました。当時の年齢は二十歳でした。三件目では、現場となった地区を管轄する所轄署に現役の警察官として現在も勤務しています」

女がいった。

「つまり、佐伯百合の事件が起きた町で警察官をしている大島義春という人間がいるということでしょうか」

「はい」

「それがあなた方によると、大島義春という人物が被害者の生活圏内に存在していた事実があるという表現になる、そういうことですか?」

「はい」

大倉はまじまじと女の顔を見つめた。

にわかに信じがたかったが、冗談をいっている訳ではなさそうだった。

「あなたは、いやあなた方の与件記録なんとやらは、被害者と同じ村の生まれだの同じ大学に通っていただの、おまけに事件のあった町で警察官をしていたなどという理由でその大島某を容疑者扱いするつもりなのですか」

「容疑者扱い? ……なんのことでしょう」

女の表情がはじめて変わった。

驚いたように目を丸くしたのだ。

大倉のいっていることがまるで理解できないといった顔つきだった。

「ほら、見てみい」

二階堂がつぶやいたのが聞こえた。

「こうなると思うてたんや。わしがいった通りや。大倉君を呼んで話を聞いてもらってよかったやろ」

二階堂が横に座っている北大路にいった。

「どういうことでしょう」

なんのことかわからず、大倉は二階堂にいった。

「鵜飼君は大島義春を容疑者扱いしている訳ではありません。大島義春という人名は『被害者が十代の女性』『背中を複数回刺されている』などと同列のデータ、つまり集合を構成する要素のひとつに過ぎず、そこにはなんの価値評価もふくまれていないからです」

答えたのは北大路だった。

大倉は堪忍袋（かんにんぶくろ）の緒（お）が切れそうになり、もう一度二階堂にいった。

「わたしは大島義春という人間を知りませんから、大島義春が容疑者扱いされようとされまいとどうでもいいことで関心もありません。関心があるのは、与件記録なんたらが捜査中の事件記録を捜査責任者に無断で手に入れ、さらには勝手に捜査を進めているらしいという事実のほうです。与件記録なんたらというのは捜査中の事件に無断で介入する目的で設けられた部署なのですか」

「それはあんたの誤解や。捜査中の事件に介入するなんてとんでもない。『与件記録統計分析係』を設置した目的は全国の警察署の捜査記録を残らずデジタル化してデータベースをつくることやというたはずや」

「何度も同じ質問をして申し訳ありませんが、わたしがここに呼ばれた理由はなんなのでしょう。わざわざ呼びつけたのは、わたしが聞いたことのない大島某とやらの名前を聞かせるためなのですか」

「それや」

二階堂がいった。

「どれ、ですか？」

「あんたの誤解のことや。わしがあんたを呼んだんは大島某の名前を聞かせるためなんかではありゃせんが、あんたはその名前になにか特別な意味でもあるように考えた。それがあんたの誤解で、わしがあんたを呼んだ理由でもあるんや」

大倉には、二階堂がなにをいっているのか理解できなかった。

「新しくつくった部署は全国の捜査記録をデータベース化するのが仕事やから、膨大な量のデータを扱うことになる。そして、これが肝心なところやが、膨大なデータのなかには事件を捜査中の当事者でさえ見たことも聞いたこともないようなものがようけふくまれる。なぜかといえば、データを集める仕事をしているのが人間でなくコンピューターやからや」

「どういうことでしょう」

「人間ならこんなものは関係がないと思うようなことでもコンピューターはお構いなしに引っ

張りだしてくるちゅうこっちゃ」

「コンピューターのデータ集積の基本は関連づけで、関連づけは論理的にいって無限に連鎖する訳です。かつ……」

北大路がいった。

「大島某というのはなんなのです？」

北大路のことばを途中でさえぎって大倉は二階堂にいった。

「コンピューターがデータを集めている最中にたまたま引っかかってきた名前というだけのこっちゃ」

二階堂がいった。

そこまで聞いても、大倉には二階堂の話の要点がどこにあるのかいまひとつ判然としなかった。

「わしもくわしく知らんが、ここにいる北大路君や鵜飼君によると記録をデータベース化してひとつのシステムを構築する作業の途中には、こういうデータが無数にでてくるもんらしい」

「こういうデータとおっしゃるのは……」

「人間には意味があるのかないのか、価値があるのかないのかはっきりしない情報をふくむ要素のことです」

北大路がふたたび口をはさんだ。

大倉は目の前の男にとびかかって殴りつけたいという衝動を懸命にこらえなければならなかった。

「大島某の名前もそのひとつや。鵜飼君がその名前を見つけて、調べてみたらあんたが指揮している捜査本部が立っている所轄署に勤務している巡査だということがわかった。さらに調べてみると、九年前の事件にも四年前の事件にも関係していることがわかったという訳や。調べたといっても鵜飼君が頭を使って自発的に調べた訳やなくて、コンピューターが勝手に引きずりだしてきたんやがな。さて……、話が長くなってすまんが本題はこっからなんや。大島某がいまいったような背景をもった人間であることを知った鵜飼君は、この事実を捜査本部に知らせるべきか否か、わしと北大路君のところに相談にきた。北大路君は無用の混乱を起こす虞があるという理由で反対した。部外者が捜査によけいな口をだしたように思われるのがおちやとな。それはわしも同感やった。『与件記録統計分析室』ちゅうのは簡単にいえば書類を整理分類するだけの部署で、事件を捜査する部署でもなんでもないんやからな。しかし同時に、わしらが知っとったちゅうことを事件が解決したあとで捜査関係者たちが知ったら、なんで教えてくれへんかったのやと恨まれるんちゃうやろかと、わしはこうも思た。生まれつき隠し事ができん性分（しょうぶん）ということもあるんやがな。いずれわかることなら隠さずに話してしまったほうが気が楽や。そうすればあとで恨まれる心配もない。まあ、それであんたを呼んで話をしたちゅう訳や。わかってくれたかいな」

二階堂がいった。

「正直にいってわかりかねます。つまり、わたしに大島義春を逮捕せよということなのでしょうか？」

大倉はいった。

「ちゃうちゃう。滅相もない。ええか、よく聞いてや。『与件記録統計分析室』という部署は、死蔵されたままになっている記録文書をデジタル化してデータベースをつくるために設置された部署で、継続中の捜査とは一切関係がない。あんたたちの捜査を邪魔するつもりはないのはもちろんやが、それと同じように捜査に協力するつもりもないんや。ましてや誰かを逮捕しろだのなんだの捜査の方針をあれこれ示唆するような意図などこれっぽっちもなければ権限も持ち合わせていない。このことをくれぐれも忘れんようにしてもらいたいんや。ええな」

二階堂がいった。

「しかしそうおっしゃられても、いままでのここでのお話をわたしはどう解釈したらよろしいのでしょうか」

大倉は聞いた。

われ知らず真剣な口調になっていた。

二階堂のことばが本心からでたものなのかどうかまったくわからなかったからだ。

「実は捜査記録のデータベースをつくっている部署が警視庁にあるんやが、そこがたまたまこんなデータを見つけたそうやで、と内緒でわしがあんたに耳打ちした。それだけのことや」

二階堂がいった。

第二回目の捜査会議はまだつづいていた。

捜査本部が立ってから一週間以上経つのに、まだ顔も名前もはっきりと覚えられない所轄署の刑事のひとりが、立ち上がってなにやら低い声で報告をしていた。

たしか三枝といったろうか。

佐伯百合と同じ大学に通っている近藤仁という男が借りているトランク・ルームを捜索したいから令状をとってほしいといってきた男だ。

なぜ捜索したいのか理由を尋ねると、近藤を尾行していたところ、トランク・ルームに閉じこもって何時間もでてこなかった。なかに佐伯百合殺しの証拠になるようなものを隠しているに違いないと大真面目な顔で答えた。

そんな理由では捜索令状をとることはできないと嚙んでふくめるように説明してなんとか納得させたが、ようやく申し出をとりさげたときですら不満気な表情を隠そうとしなかった。

思い返しただけでも、呆れて嘆息が洩れそうになる。

呆れるのは三枝という若い刑事の無知や未熟さではなく、彼が所轄の捜査員たちの典型であるからだった。

この署にかぎったことではなく、どこの所轄署の刑事も捜査がはじまって一週間も経つと、決まって誰それの身柄を重要参考人として引っ張りたいだの、どこそこの事務所の捜索令状をとってもらいたいだのと血相を変えて談じこんでくるのが常で、それも確固とした理由があってのことではなく、理由があるとすれば殺人などの重大犯罪の捜査に不慣れな捜査員たちそのものにあるとしかいえなかった。

所轄署の刑事が殺人や強盗などの重大犯罪の捜査に当たる機会は稀で、とくに殺人事件ともなると一世一代の晴れ舞台とばかりに過剰に意気込むことになる。

彼らが筋の通らぬ要求を大真面目な顔でもちこんでくる最大の理由がそれなのだ。

管理官になって都下の所轄署をあちこちまわるたびに、彼らの熱意ゆえの暴走や挙句の果ての空回りを何度見てきたか数え切れないほどだった。

強引すぎる要求を拒絶して捜査員たちと口論になったこともあれば、管理官は現場を知らないと面と向かって罵倒(ばとう)されたことさえあった。

現場を知らないなどと一体どの口がいうのだと思わず笑いそうになったが、もちろん笑いはしなかった。

笑ったりすればせっかく張り切っている彼らの面子(メンツ)をつぶすことになるからだ。

所轄の刑事たちに的確な捜査方法を指示するのも管理官の仕事だが、機嫌を損ねないように捜査に専念させるのも管理官の仕事のうちなのだ。

管理官というとただ威張っているだけの役職だと大半の人間が思っているが、これでなかなか気苦労の多いポストなのだ。

三枝が腰を下ろした。

どうやら報告が終わったらしかった。

「管理官のほうからなにかございますか」

横に座っている副署長の平井(ひらい)がこちらに顔を向けて尋ねた。

大倉は腕時計に目をやった。

予定の終了時刻までまだ三十分あったが、早めに切り上げようと思った。

何時間か前に聞かされた刑事部長の話でまだ頭がいっぱいになっていて、捜査員たちの報告などほとんど耳に入ってこない状態だったからだ。

「きょうはここまでにしましょう」

大倉はいった。

一斉に立ち上がった捜査員たちが一礼して会議室から退室をはじめた。

前列の席に片桐が座っているのが目に入った。

雑談を交わしながら会議室をあとにする捜査員たちのなかで、片桐はなかなか腰を上げようとせず席に座ったままだった。

捜査一課の係長である片桐は大倉にとっては直属の部下ということになるのだが、捜査の現場以外の場所で私的な会話を交わしたことはほとんどなかった。

あまりつき合いたいと思うような種類の人間ではないからで、だらしがないとはいわないまでも、こまめに気を使っているようには見えない身なりも気に入らなかったし、目上の人間に対しては一応敬語を使うものの、ときどき乱暴な口調になることを本人がまったく意識していないらしいところも大いに気になった。

しかしなんといっても大倉が距離を置いている決定的な要因は、片桐に離婚を二度も三度もくり返しているという噂があることだった。

警察という階級社会で生きる以上、経歴の最大の汚点になり得るのが家庭の破綻(はたん)つまり離婚だと大倉は考えており、三十年以上の結婚生活で修羅場を何度か経験したことはあってもそのたびにあらゆる手を尽くして離婚だけは避けてきた。

実をいえばもう三年前から妻とは別居していて、妻のほうから離婚届は提出しないという条件で長年住んでいた家を明け渡し、生活費や遊興費を毎月支払いつづけているのだった。

そういう大倉には、離婚を平気でくり返している片桐という男が、ならず者か性格破綻者にしか思えないのだった。

しかしよくよく考えてみれば、片桐が問題を起こしたことはこれまで一度もなかったし、たまたま組むことになった過去の捜査本部でも協力をしてくれたことが何度かあったような記憶が頭の隅に残っていた。

片桐がノートパソコンをたたんで帰り支度をはじめた。

「片桐君、ちょっといいかな」

椅子から立ち上がった片桐にいって、自分の横に座るよう身ぶりで示した。

片桐はとまどった表情を見せたが、なにもいわず上席の机に歩み寄り、大倉の隣りに腰を下ろした。

「なんでしょうか」

隣りに座った片桐が小声で問いかけた。

なにか相談事があるらしいと察したらしかった。

片桐にどこまで話したらいいのか大倉は迷ったが、結局刑事部長から聞いたことを正直にすべて話すことにした。

「きみは大島義春という男を知っているかね」

大倉は単刀直入に尋ねた。

「え？　大島義春ですか」

片桐が驚いたようにいった。

大倉が予想もしていなかった反応だった。

「大島義春を知っているのか」

大倉は思わず聞き返した。

「実はきょう管理官に大島の話をするべきかどうかずっと悩んでいたのです」

片桐がいった。

意外なことばにそれはどういうことか尋ねようとすると、片桐が立ち上がって先ほどまで座っていた席へ行き、机のうえのパソコンをとりあげて大倉の隣りに戻ってきた。

「これを見てください」

片桐がパソコンを立ち上げ、画面を大倉のほうに向けた。

画面には暗い夜道が映っていた。

「これはなんだね」

「事件当夜、佐伯百合の自宅近くに設置されていた防犯カメラに映っていた映像です。午後十時四十分、佐伯百合が殺害されたと推定される時刻の直後だと考えられますが、見ていてください……」

しばらくすると画面の隅を一瞬人影がよぎった。

なにやら光る衣装を身に着けていたような気がした。

「透明なビニールの雨合羽を羽織った警察官です」

片桐がいった。

「警察官?」

「この画面は何台かの防犯カメラの映像を時系列でつないで編集したものです。どれも事件当夜の映像です。つづきを見てください」

どこかの交差点の映像だった。

深夜でそのうえ雨も降っているせいか、通行人はおらず通りを走る車もまばらだったが、横断歩道の手前にひとりの男がカメラに背中を向けて立っていた。

信号が変わってゆっくりと歩きだした男が、横断歩道を渡り切って通りの向い側の路地に入っていくのが見えた。

カメラが人物の後方にあるので顔は見えなかったが、ビニールの雨合羽を着こんだ警察官であることはわかった。

自分がいま見せられているものがなんなのかはっきりとしなかったが、なにやら不吉なものに違いないということだけは予感できた。

暗い夜道の映像がつづいた。

街灯などはほとんどないらしく、ほぼ真っ暗闇といってよかった。

暗闇が数分もつづいたあと路地の先にとつぜんなにかの施設らしき建物が現れ、雨合羽の警察官が正門をくぐって敷地のなかに入っていく様子が映しだされた。

少し離れた場所から建物のほうを撮っていたと思われるカメラは門のなかに入っていく警官の横顔を捉えていた。

警官が建物のなかに消え、映像はそこで終わっていた。

「この建物は独身の警官たちが住んでいる待機寮で、ここから徒歩で十五分ほどのところにあります」

大倉の質問を予期していたように、片桐が先まわりして答えた。

「いま映っていた警官が大島義春なのか」

「はい」

片桐がうなずいた。

「どういうことか説明してくれないか」

大倉は片桐に聞いた。

「大島義春はこの署の地域課の巡査ですが、彼が佐伯百合が殺害されたと思われる時刻の直後に現場近くにいたことにまずご留意ください。彼はそこから約三十分をかけて住まいである待機寮に帰りましたが、途中署にも日頃彼が詰めている交番にも立ち寄っていません。この日彼は非番でした」

片桐が説明した。

「非番だった？　しかし、制服を着ていたじゃないか」

大倉はいった。

「はい。大島は非番であったにもかかわらず制服を着て佐伯百合の自宅近くまででかけたことになります」

片桐が答えた。

「それにしてもこの映像はなんなのだね。こんなものをわたしは捜査会議でもいままで一度も

見たことがない。これは一体どこから現れた映像なのかね
「この映像は青木がこの二、三日ひとりで町を歩きまわって集めてきたものです」

片桐がいった。

「青木？　……」

どこかで聞いた覚えがあるような気がした。

「無断で黒石浩也に対して町中で聴取を行い、管理官からお叱りを受けた青木です」

「ああ、あの青木君か」

片桐にいわれて、青木の顔が頭のなかにぼんやりと浮かんできた。

「佐伯百合が生前黒石浩也につきまとわれていたという噂をどこからか聞きつけ、独断で聴取を行おうとして町中の公園で強引に黒石浩也と面談した。たしかそういう経緯だったと聞いたような気がするが……」

「はい、おっしゃる通りです。そして黒石浩也が佐伯百合につきまとっていたらしいというその噂を青木の耳に入れたのが大島義春なのです」

片桐がいった。

「大島が噂を青木の耳に入れた？　……しかしきみは大島はこの所轄署の地域課の巡査だといわなかったかね」

「はい」

「刑事ではなく、交番詰めの制服警官なのだろう？」

「はい」

「では、当然捜査本部の人間でもない。そうだな？」

「はい」

「そんな人間が、どうして本庁の刑事に噂話を聞かせたりできる。ふたりは知り合いだったのかね」

　警察組織のなかには役職が違っても、高校や大学もしくは警察学校で同期だったという人間が大勢いる。青木と大島もそういう関係なのかと思ったのだった。

「いいえ、違います」

「二人は警察学校の同期でも知り合いでもないのかね」

「はい」

「では、いつどういう理由で大島は知り合いでもない本庁の刑事に噂話を聞かせたりしたんだね」

「青木が商店街で聞きこみをしているとき、商店街の坂の上にある交番で立ち番をしていた大島をたまたま見つけて、佐伯百合についてなにか噂でも聞いていないかと尋ねたのだそうです」

　片桐がいった。

「佐伯百合についてなにか噂があったら聞かせてくれと青木君のほうが尋ねた。そういうことか」

「はい」

　片桐が答えた。

聞いてみれば気抜けがするような答えだった。

黒石浩也が佐伯百合につきまとっていたという噂を青木の耳に入れたのが大島なのですなどと片桐が意味ありげにいったので、大島がなにかよからぬことを企んでいたのかとも思ったのだがそんなことはなく、大島に近づいていったのは青木のほうだったのだ。

「話を聞かせてくれないかと近づいたのは青木のほうだったかも知れませんが、これ幸いとわざわざ黒石浩也の名前をだしたのには大島になにか意図があったからかも知れません」

またしても大倉の考えを先どりするように、片桐がいった。

「意図とは、どんな意図かね」

「町の有力者の親族である黒石浩也の名前をだすことによって、捜査の攪乱(かくらん)を狙ったのかも知れません。管理官」

片桐がのぞきこむようにして大倉の顔を見た。

「管理官がわたしに大島義春のことを尋ねられたのはなぜです？　大島についてどんな話をされようとしたのですか」

片桐がいった。

質問に答えるまでに、しばらく間(ま)を置かなければならなかった。

片桐にそれまで一度も見たことのない映像を見せられ説明を受けたいまとなっては、刑事部長の話を片桐にうながされるまま話すことがなぜかためらわれた。

あまりにも受け身一辺倒で、自分の考えを差しはさむ余地がどこにもないように思えたのだ。

現在進行中の捜査を指揮しているのはあくまでも管理官である自分なのだということをあらためて知らしめるためには捜査責任者としての意思をここで断固として示しておく必要がある、と思った。

「片桐君」

大倉はいった。

「とても有意義な映像を見せてもらったことに感謝するよ」

「は？」

片桐が怪訝な表情をした。

「きみたちが苦労して集めたという映像には、佐伯百合が殺害されたと思われる時刻に現場近くにいた大島義春というこの所轄署の巡査が映っていた。きみたちはこの日大島という巡査が非番であったことを突き止め、非番であったはずの大島がなぜ警官の制服を着て現場近くに現れたのかと考えた。そうだね？」

「はい」

「で、考えた末にきみたちがだした結論とはどんなものなのだね」

「それは」

片桐がことばを詰まらせた。

「どうした」

「実は、それがきょう管理官にこのことを報告しようかどうしようか迷っていたところでして」

片桐がいった。

「ほう？　なにを迷っていたのだね」

「寮で暮らしている警察官でも外食をするためであるとか近くのコンビニに買い物に行くとかであるなら私服で外出するのがふつうです。事件当夜、非番であったにもかかわらず大島がわざわざ制服を着て被害者である佐伯百合の自宅近くまででかけたのは、外食とか買い物のためとは違う明らかになにか特別な意図があってのことだったと思われます」

片桐がいった。

「特別な意図というのは具体的にはどういうことかね」

「現場付近で偶然大島を目撃した者がいたとしても、警察官が夜間の巡回をしているのだろうと思わせるためです」

「なるほど」

「大島が制服の上に雨具のビニール合羽を着こんでいるのをご覧になったと思いますが、大島は合羽だけではなく、靴にビニール製のカバーまでつけていました」

「靴カバーを？　それは気がつかなかったが」

「もう一度これをご覧になってください」

片桐がパソコンを操作して、待機寮の建物に入っていく大島の姿を捉えた映像を画面にだした。

「カメラが少し離れた場所に設置されているのでわかりづらいかも知れませんが、足元に注意してご覧になってください」

大倉はいわれた通り、門のなかに入ろうとしている人物の足元を見つめた。

靴を覆った透明なビニールカバーが水滴で光るのがほんの一瞬見えた。

先ほど見たときは顔にばかり注意を向けていたので気がつかなかったのだった。

「きみのいう通り靴にビニールカバーをつけているようだが、これにもなにか特別な意味があると、きみは考えているのかね」

「佐伯百合の殺害現場が踏み荒らされていたにもかかわらず、鮮明な足跡痕が一個も採取されなかったことの説明になります」

「ほう？」

大倉は耳をそばだてた。

「殺害犯は靴をビニールカバーで覆っていたと考えたらどうでしょう。それなら足跡はつきません」

片桐がいった。

「なるほど」

大倉はつぶやいた。

はじめて聞く情報だったが、この情報は利用できるのではないかと胸の内で考えた。

「きみの推論はとても説得力がある」

大倉はおもむろにいった。

「しかし推論はあくまで推論でしかない。そうではないかね？」

「はい」

「実はきょう刑事部長に呼ばれてね、同じような話を聞かされたところなんだ」

大倉はいった。

「同じような話とはどのような話でしょう？」

「推定や推論、当て推量ばかりの話ということだよ。まあ、聞き給え。最近部長の肝いりで『与件記録統計分析係』という部署が新しく設けられたそうでね、デジタル化されていない文書をコンピューターに入力し直してデータベースをつくるための部署だということなんだが、ここが過去の事件記録を整理しているときに佐伯百合の事件と類似した事件があったことを示すデータを見つけたというんだ」

「捜査中のこの事件に似た事件が過去にあった？」

片桐がいった。

「そういうことだ。いや。まあ、部長がいうにはそういうことらしい。一件目は九年前鳥取県で農家の一人娘が殺された事件で、被害者は雨降りの晩に用水路脇のポンプ小屋で殺されているのが見つかったそうなんだが、背中を刃物で何度も刺されていた点や現場のポンプ小屋で犯人の足跡が確認できなかったところなどが佐伯百合の事件とよく似ているのだそうだ。二件目は四年前東京で起きた事件で、家族が旅行中に大学生の女性が家のなかで殺された事件なんだが、この被害者も背中を刃物で複数回刺されていて、殺害現場に足跡はあったものの一切特定できなかったそうだ」

大倉はそこでことばを切った。

片桐は眉間にしわを寄せて、大倉の話の内容を懸命に理解しようとしているように見えた。

「ところが話はこれで終わりではない。なんと九年前鳥取県で殺された女性が住んでいた集落に大島義春という名前の人間が住んでいて、四年前東京で殺された女性が通っていた大学にも同じ大島義春という人間が通っていたことがわかったそうなんだ。九年前に大島は高校一年生で年齢は十五歳。四年前には大学三年生で二十歳だったそうだがね」

「つまり、この署の大島と同一人物だということですか」

片桐が聞いた。

信じられないという表情をしていた。

「そういうことだ。さてそこで、わたしが本日刑事部長に呼びつけられる仕儀と相成った訳だ。九年前の事件と四年前の事件のデータに名前が挙がっている人物がきみがいま指揮を執っている所轄署で警察官として勤務をしているようだが、この人物がいま説明したような背景をもっていることを知っているのか、とね」

「管理官はなんとお答えになったのですか」

片桐が聞いた。

「答えるもなにも、わたしは一体なにを答えたらよかったというんだね」

大倉は肩をすくめていった。

「刑事部長は大島を逮捕するようにと。いや、少なくとも容疑者として取り調べるようにとはおっしゃらなかったのですか」

「いわなかった。しかし部長が仮にそういったとしてもわたしははねつけたろうがね」

「はねつけた？　なぜです」

片桐が驚いたようにいった。

「大島という男を容疑者として取り調べる根拠がどこにもないからだよ」

「根拠が、……ですか」

「そう、根拠だ。わたしは捜査を指揮している責任者だ。責任者として行動するためには確固とした根拠がなければならない。そうだろう？」

「はい」

「それがなにか、きみにはわかるはずだ」

「証拠ですね」

片桐がいった。

「そう、証拠だよ」

「管理官」

片桐がいった。

口調がそれまでとは変わっていた。

「大島は待機寮の近くにトランク・ルームを借りています」

「トランク・ルーム？」

どこかで聞いた単語だと思った。

「近藤という学生が借りているというトランク・ルームのことかね」

「違います、それとは別です。実はきょうは一日青木と大島の周辺を探っていたのですが。いえ、もちろん内密にです。半年前に大島が区内のトランク・ルームの会社と貸借契約を交わしたことがわかったのです。そこをぜひ捜索させてもらえませんか」

「大島がなにかを隠しているときみは考えているのか」

「待機寮の部屋はひとり部屋で、昔と違っていろいろ自由も利くそうですが、それでもワンルームでなにかを隠すにはせますぎますし、かといって備え付けの家具に勝手に細工を施す訳にもいきませんから。なにかを隠したいと思ったら、寮の部屋とは別の場所にするはずです」

片桐がいった。

大倉は考えるためにしばらく口を閉じた。

「わかった。今夜中に捜索を行おう」

「寮の部屋のほうはどうしますか」

わが意を得たりとばかりに勢いこんだ片桐がいった。

「なんといっても所轄の寮だ。本庁の捜査員が令状などをもって踏みこんだら騒ぎになる虞がある。ここは所轄の刑事さんたちに任せたほうがいいだろう」

「なるほど。そこまでは考えませんでした」

片桐がいった。

「詰まらんことに感心していないで、きみは早速令状をとりに行き給え」

「はい」

席を立って会議室をでた片桐が、廊下で誰かに電話をかける声が聞こえた。

「青木か。すぐにでて来い。違う、本庁の庁舎のほうだ。裁判所に捜索令状をとりに行くんだ。ああ、そうだ。今夜は忙しくなるぞ」

片桐の上気した声を聴きながら大倉も上着の内ポケットからスマホをとりだし、副署長の平井に電話をかけた。

捜査会議は少し前に終わったばかりで、署内にはまだ所轄の刑事たちが何人か残っているはずだった。

平井はすぐに電話口にでた。

「ああ、平井さんですか。申し訳ないが急にお願いしなければならないことができたので会議室に戻ってきてもらえませんか。ええ、そうです。まだ帰っていない捜査員がいれば彼らも一緒に……」

五分もしないうちに平井が会議室に現れた。

所轄の刑事が三人、その後にしたがって会議室に入ってきた。

たしか矢島と深山という名の刑事、それに三枝の三人だった。

「なんでしょうか」

平井が大倉の前に立って聞いた。

「急にお呼び立てして申し訳ありません。まあ、お座りください。これから少々長い説明をしなければならないので」

大倉はいった。

平井の背後に立っている三人の刑事たちが怪訝そうにたがいの顔を見合わせた。

火曜日　午後

桜端道は椅子の背に体重をあずけて、コンピューターのディスプレーいっぱいに張りめぐらされた蜘蛛の巣を眺めていた。

海北平和物産商事という海産物を扱う商事会社で使われている複数の電話番号を中心にした何百台もの携帯電話の通話履歴の相関図だった。

複雑に交差する線に結ばれた個々の人名からさらに放射状に伸びている線の先には、学歴、家族構成、交友関係、インターネットの利用履歴などが示され、その人物に関する出生から現在にいたるまでデータが一望できるようになっていた。

いつもながら、眺望すること、見渡すことにはなんともいえない充実感があった。

道にとっては、見るということはそのまま知るということであり、見ることさえできればすべてを知ることが可能だと思われるのだった。

誰もが世界を同時に隅々に至るまで見渡すことができれば、世界に「秘密」と呼べるものなどなにひとつないことを苦もなく悟るに違いなかった。

そんなものを隠す余地などどこにもないことが、一目でわかってしまうのだから。

三日かけてつくった相関図はまあまあの出来だった。

それにしても、この程度の相関図なら半日もかからず簡単につくれるのだが、三日もかかったのは、途中で思いがけない邪魔が入ったからだった。

黒石浩也の祖父である黒石正三がひと月に一度電話連絡をとっている相手が、横浜に本店を置く海産物輸入会社、つまり海北平和物産商事の稚内支店の社員であることを突き止めたのは二日前だったが、その人物の携帯電話の番号がコンピューターにヒットして一時間も経たないうちに、滅多に顔を見せたことのない係長が部屋に飛びこんできて、いますぐ検索を中止するようにと道に命じたのだ。

たまたま道の向いの席で別の作業をしていた縣が理由を尋ねると、警視庁内のどこかの課がひそかに内偵を進めていた「重大事案」を自分たちと同じように探っている者がいると知ってパニックを起こしたらしかった。

係長の説明を聞いた縣は、このような事態になることはあらかじめ予期していたとでもいうように、驚いた様子もなくいつもの通りノートパソコンを小脇にはさむと、「ちょっと刑事部長のところへ行ってくる」と気軽な口調で告げて部屋をでていった。

警視庁の刑事部長などという殿上人に道は一度も会ったことはなかったが、縣は警視庁の幹部にかぎらず警察庁のいろいろなお偉方たちともどういう訳か昵懇の間柄らしく、道のあずかり知らない理由で頻繁に往き来していたからとくに驚きはしなかったが。

縣が係長を後ろに従えてでかけていくと刑事部長自身の仲立で縣と警視庁のどこかの課との

話し合いがもたれ、その結果両者は共通の目的のために緊密に協力し合うという取り決めが交わされた。

共通の目的とは、海北平和物産商事の摘発と同時に、彼らが十年以上もつづけてきた犯罪行為に、最初期からもっとも深くかかわっていると思われる最重要容疑者の身柄を迅速かつ隠密裡に、とくにマスコミなどに事前に気づかれることがないよう確保することだった。

数時間後に刑事部長室から戻ってきた縣が話してくれたところによると、警視庁のどこかの課の捜査員たちは縣と顔を合わせるなり、自分たちが内偵を進めていた事案を探っていたのはどういう訳か。名前を聞いたこともない部署が、長年苦労を重ねてきた捜査の手柄を横取りするつもりかと食ってかかってきたそうだが、ほかならぬ刑事部長が割って入り、『与件記録統計分析係』はいまだにデジタル化されていない文書を整理分類するために新設された部署であって、犯罪の捜査をする権限などもっていないと断ったうえで、文書の整理中にコンピューターがたまたま拾い上げたデータはそちらで自由に利用してもらってかまわないと、それこそ道たちの手柄を譲る形でなんとか納得させたということだった。

「ＤＮＡ鑑定の結果はまだでないのかな」

向いに座っている縣がつぶやいた。

時刻はそろそろ午後五時になろうとしていた。

ふだんの彼女なら考えられないことだが、縣はパソコンのキーを打つことも、昼食をとるために外出することもなく、鑑定の結果がでるのをすでに二時間以上も、じりじりしながら、それでも席を立つことなくじっと待ちつづけているのだった。

「ぼくに聞いても知らないよ」

道はいった。

「あんたなんかに聞いてない。いまのはひとりごと」

顔も見ずに縣が道に言い返した。

「そんなことより、あんたのほうはちゃんと準備はできているんでしょうね」

「所轄署の捜査本部で使われているPCはとっくに押さえてある。いつでも好きなようにできるよ」

道は答えた。

「ぼくのほうは大丈夫だけど、先方の皆さんは打ち合わせ通りに動いてくれるのかな」

「先方の皆さんって誰のことよ」

「内偵グループの皆さんさ。捜査四課の捜査員だけじゃなく、警務部や公安の人間まで入った混成チームなんだろう？　打ち合わせ通りに寸分の狂いもなく意思統一が図れるとはとても思えないんだけどね。抜け駆けを謀(はか)ったり、足を引っ張り合ったりして、収拾がつかないことになるのが落ちなんじゃないの」

道がいうと、縣が意外そうに片方の眉を吊り上げて道の顔をのぞきこんだ。

「なんだよ」

縣の顔を見返して道はいった。

「感心しちゃって……」

「なにが」

「雇われハッカーが、たかが一年くらいでまるで根っから警察組織の人間みたいな口を利くようになったものだと思って。でも心配するにはおよばないわ。そこのところは刑事部長も不安だったらしくて、警視総監に話をして、各部署の責任者に直接念を押してもらったから」

縣がいった。

道が初めて聞く話だった。

「ずいぶん大ごとになったね」

道はつぶやいた。

それは嘘いつわりのない正直な感想だった。

すべては、詐欺事件に絡んで国外に居住している日本人のリストのなかから日本にも当事国にも相容(あいい)れないような特異な生活習慣をもっていそうな人物を嗅ぎ当てるようにつくった『スニッファー・プログラム』(道自身、どうしてこんなプログラムを組んだのかうまく説明することができなかった。異国の地を舞台にして同胞から金を巻き上げるような悪事を企む人間は一見まともな生活を送っているようによそおっていても、破綻している部分がどこかにかならずあるはずだという勝手な思いこみがあった)を走らせているときに、ネットから死体写真を載せたサイトの切れ端を偶然釣り上げたことにはじまったのだが、そのときにはまさか警視総監からお墨付きをもらうほどの大掛かりな逮捕劇にまで発展することになろうとは思いもしなかった。

「蜂の巣をつついたような騒ぎになるだろうね」

「そんなもので済めば良いけどね」

面白がっているようなことばとは裏腹に、退屈そうな表情で縣がいった。

なにが起ころうと自分たちには関係がないと考えているのは道も同じだった。

マスコミをはじめとする狂騒劇がどれほど大きくなろうと、それに道や縣が巻きこまれる虞は微塵もなかった。

なにしろ『与件記録統計分析係』は、警視庁本庁舎の地下の一室で、未整理の文書をデジタル化する作業を細々と行っている部署に過ぎないのだから。

「肝心の大島義春は今頃なにをしているんだい」

道は別の話題を口にした。

道と縣の会話に脈絡というものがないことはいつものことだった。

「昨日のうちに所轄署に連行されて取り調べを受けてるっていったでしょ」

「罪を認めるような供述はしたのかな」

「知らない」

縣がいった。

大島義春の寮の部屋と彼が借りているトランク・ルームの捜索は昨夜のうちに行われていた。

寮には所轄の矢島と深山という刑事が赴き、トランク・ルームの捜索は捜査一課の片桐と青木、それに所轄の三枝という刑事の三人で行われたらしいが、トランク・ルームのほうからは積み上げられた段ボールの底に押しこまれていたビニールの雨合羽とビニールの靴カバーが発見され、夜中であるにもかかわらず科捜研に送られたという話だった。

科捜研が徹夜での鑑定作業を強いられることになったのは、捜査本部の指揮を執っている大倉という管理官の強い意向が働いていたらしく、昨夜のうちに捜索令状をとって捜索を実行させたのも大倉であり、このまま一件落着ということにでもなれば、事件解決の最大の功労者は大倉になることは間違いなかった。

「きみは大倉という管理官に会ったことはあるのかい」

「ない」

縣がいったとき机のうえのスマホの着信音が鳴った。

「はい。……はい。わかりました。ありがとうございました」

スマホを耳に当ててしばらく相手の話に耳を傾けていた縣が、通話口に向かって礼をいった。

道は思わず縣の顔を見た。

丁寧語などを縣が口にするのをはじめて聞いたからだ。

「被害者の血液が検出されたんだね」

道は壁の時計に目をやった。

午後六時ちょうどだった。

「うん」

縣が椅子の背にかけた革ジャンをとりあげ、腕を通しながら答えた。

「靴カバーに血痕が付着していた。そうなんだろう?」

道は聞いた。

大島が身に着けていたものから被害者の血痕が発見されるとしたら、現場に足跡を残さないようにするために靴にかぶせていたビニールカバーからに違いないと考えていたのだ。

「残念。不正解」

縣がいった。

「雨合羽からも靴カバーからも血液反応はでなかったって。トランク・ルームに隠す前に漂白剤かなんかで念入りに洗ったらしいわ」

「それじゃあ、その下に着ていた制服の上着かズボンに付いていた？」

「それも不正解。さて、被害者の血液は大島が身に着けていたもののうち、どれから検出されたでしょう」

「なんだよ、一体。急いでいるんじゃないの？　クイズ番組の真似なんかしている暇があるのかい」

「いいから、答えなさいよ」

縣が愉快そうに、意地わるげな笑みを口元に浮かべていった。

道は数秒間真剣に考えた。

しかし、わからなかった。

「降参？」

「降参」

「靴」

縣がいった。

「靴って制服や制帽と一緒に押収した靴のこと？」

「違う。大島が勤務のときに履いていた靴ももちろん調べたけど、そっちはきれいなもので、なにもでなかったって」

「その靴でなければどの靴さ」

「大島が勤務のときに履いていた靴ではなくて、彼がコンビニに買い物に行ったり、仲間と居酒屋に飲みに行くときに履いていた靴」

「そんなもの、押収品のリストに入っていたっけ」

「押収品のリストには入っていない。所轄の矢島という刑事が、大島を署に連行して取り調べをしている最中に、履いている靴を脱ぐよう大島にいって、それを科捜研に送ったらしい」

「取り調べの最中に靴を脱ぐようにいったって？　どうして」

「わたしに聞いたって知らないよ。尋問をしている途中でふと思いついたらしい。その靴底に血液がわずかに付着していて、それが被害者のＤＮＡと一致したの」

「へえ。勤務中に履いている靴じゃなくて、ふだん履いている靴を脱がせてそれを調べようと思いつくなんて、それこそ刑事の勘というしかないね。こうなると刑事の勘というやつもまんざら馬鹿にしたものじゃないな……」

道はいった。

「なにを感心してるのよ」

縣がドアの前で足を止めていった。

「だって、連行してきたときに大島が履いていた靴をその刑事が脱がせて科捜研に送らなかったら、大島が犯人だと証明することができなかった訳じゃないか。それを考えると、事件解決の最大の功労者は管理官の大倉じゃなくて矢島というその刑事ということになるね」

「あんた、馬鹿なの。事件の日大島は休日で、署からでも交番からでもなく、寮から佐伯百合さんの家へ向かったということを忘れた？　制服と制帽は前もって用意してきたものを着たけど、いざでかけるというときに、靴だけは寮の玄関にならべて置いてあった履き慣れた靴にうっかり足を入れてしまったというだけのことじゃない。少し考えたら誰でもわかりそうなことだわ」

　身も蓋もないことをいって、縣はいったん部屋をでようとしたが、もう一度ふり返って道にいった。

「内偵グループのほうにも科捜研から電話がいったはず。行動開始は科捜研の連絡を受けとってから二時間後ということになってる。良いわね、きっかり二時間後よ」


　ホテル旧館の薄暗いホールを抜けると大きな木製のドアがあった。

　大倉はネクタイがゆがんでいないか指先でたしかめ、深呼吸をひとつしてから観音開きの重い扉を押し開いた。

『大河内倶楽部（おおこうちくらぶ）』の、天井が高く広々とした室内には、思い思いの場所に置かれた贅沢なソファや椅子に座って、あるいは葉巻をくわえ、あるいはワイングラスを片手に、くつろいだ様子で新聞や雑誌に目を通すネクタイにジャケット姿の会員たちの姿があった。

毛足の長い絨毯を踏みしめながら部屋を横切ってバーカウンターまで歩いた。

磨き抜かれ、漆黒の宝石のような底深い輝きを放っている全長二十メートルはありそうな一枚板のカウンターに手をかけ、スツールにゆっくりと腰を下ろした。

「大倉様、お久しぶりです」

バーテンダーが軽く頭を下げた。

バーには、大倉のほかに静かにグラスを傾けながら談笑している二人の白髪の紳士がいるだけだった。

「シャンパンを」

大倉はいった。

「お祝いごとがおありですか」

「ああ、仕事がようやく一段落してね」

「それはおめでとうございます」

バーテンダーはもう一度軽く頭を下げ、カウンターの奥に入って行った。

バーテンダーは大倉がなにをしているか、どんな職業の人間か知らない。

知っているのは大倉という姓だけだ。

クラブのほかのメンバーたちも同じことで、ここで会えばたがいに挨拶をし、ときに酒を酌み交わすことさえあるが、仕事の話をしたりプライベートな話題に触れたりすることは一切ない。

それがクラブの不文律なのだ。

いつもながら座り心地の良い止り木に腰をかけていると、部屋のなかに漂っている「活気ある静寂」とでもいうべきものにやわらかく包まれるようだった。成功した者だけが放つ独特の空気が室内に満ちていて、それを呼吸しているだけで自身もその一員になったような気がするのだった。

この国には法外といいたくなるくらい馬鹿高い宿泊費をとるホテルは数え切れないほどあるが、上流の選ばれた人間だけに開かれているホテルがひとつもないことを大倉は常々不満に思っていたのだが、その代わりに見つけたのがこのクラブだった。

とはいえ、一介の公務員にすぎない大倉が一朝一夕に天下の『大河内倶楽部』に自由に出入りできるようになれた訳ではもちろんなかった。

地位相応のコネなら掃いて捨てるほどあったが、いざというときに切り札として使えるコネは、当然司法職員の立場を利用して秘密裡に結んだものにかぎられており、クラブの会員の座を手に入れるためには、表向きには存在しないことになっているその種の人脈を時間と金をかけてたどる必要があった。

奥の酒庫からボトルをとりだして戻ってきたバーテンダーがグラスにシャンパンを満たした。

「ごゆっくりどうぞ」

「ありがとう」

バーテンダーはうなずき、ふたたび視界から姿を消した。

大倉は目の前に置かれたグラスのなかでゆらゆらと立ちのぼっては消える小さな気泡にしば

らく見入った。

いまごろ所轄署では、刑事たちが一升瓶をならべた机を囲んで祝杯を挙げているはずだった。

刑事たちが会議室に集まり、鑑定の結果をいまかいまかと息をひそめて待っていたのはわずか一時間半ほど前のことだ。

科捜研から「大島の靴の靴底に付着していた血痕が被害者のＤＮＡと一致した」と連絡が入った瞬間、刑事たちは一斉に歓声を上げて肩を叩き合い、なかには感激のあまり抱き合う者さえいた。

当初は簡単に解決するだろうと思われた事件が予想外に長引いて膠着状態がつづき、ことによると迷宮入りになるやもしれないと捜査本部全体を重苦しい空気がおおいはじめた矢先の朗報だった。

そして捜査本部に逆転勝利をもたらした最大の功労者が、最小限必要な捜査員たちだけを使って大島義春の寮と、彼が同僚たちにも秘密にしていたトランク・ルームの二ヵ所の捜索を実行し多数の証拠品を押収したうえに、科捜研まで動員して大島の有罪を早々と確固たるものにした大倉管理官であることは衆目の一致するところだった。

なにしろ、こともあろうに捜査本部が置かれた所轄署に勤める現役の警察官が殺害犯だったとわかったのだから、大島の逮捕劇を事前に知らされなかった大半の捜査員たちの驚愕ぶりは尋常一様のものではなかった。

大倉という管理官はそれまで尊大な態度をとったことも居丈高な物言いをしたこともなく、

現場の刑事たちの捜査活動に口出しすることさえ稀だったので、まさに電光石火と称すべき果断さに刑事たちは文字通り度肝を抜かれ、さすがにこれまで何十件もの重大事件の捜査の指揮を執ってきただけのことはあると、あらためて舌を巻く思いだった。

大倉という人間を見る目が百八十度変わったといっても良い。

しかし、見事に事件を解決に導いたにもかかわらず、本人はいたって淡々としたものだった。

科捜研からの一報を受けとった後、管理官は捜査本部の解散をおごそかに宣言し、現場の刑事たちに対してねぎらいのことばをかけると、自らの功績を微塵も誇ることなく、あとは諸君たちだけで心行くまで捜査の疲れを癒してくれ給えとばかりに、はやばやと会議室を後にしたのだ。

あの退席の潔さは我ながら水際立っていた……。

大倉は自然に笑いがこみあげてきそうになるのをこらえてグラスを掲げ、無言で祝杯を挙げた。

冷えたシャンパンが喉を滑り落ちていき、たとえようのない満足感が体中に広がった。

隣りのスツールに人が座る気配がしたのはそのときだった。

大倉はグラスをもったまま、気づかれぬように隣りをうかがい見た。

女が座っていた。

見たこともない女だった。

大倉は思わず首をめぐらせて周囲を見まわした。

なにかのいたずらかと思ったのだ。

しかし室内を端から端まで見まわしても先ほどと変わりなく静まり返ったままで、陰からこちらの様子をうかがっているような者もひとりも見当たらなかった。

大倉は視線を戻し、あらためて女を見た。

やはりはじめて見る女だったが、この部屋に女がいること自体が驚くべきことだった。

伝統と格式を売り物にしているどこかの国のクラブのように『女性お断り』などと高らかに謳っている訳ではなかったが、創設当初から『大河内倶楽部』の会員に女性がいたためしなど一度もなかったからだ。

おまけに女は、クラブ内ではかならずネクタイを締めジャケットを羽織るという服装の規定があるにもかかわらず、ジーンズに黒い革ジャケット、足元はジョギングシューズという身なりだった。

こんな破廉恥(はれんち)な恰好をした女を部屋に入れたのは誰なのか問い質そうとして、大倉はバーテンダーを捜した。

しかし客が注文した酒を捜すためにまたぞろカウンターの奥に入ってしまったのか、バーテンダーの姿はどこにもなかった。

「失礼ですが、部屋をお間違えではないですか」

口を利くのも汚らわしいと思いながら、仕方なく大倉は女に顔を向けて尋ねた。

大倉のことばが聞きとれなかったのか、女は返事をしなかった。

「ここは会員制のクラブで、あなたがここの会員のはずはないと思うのですが……」

大倉は辛抱強くいった。

質問に応えぬばかりか、女がなにやらおかしそうに顔を見返してきたので、大倉は眉をひそめた。

「どうして黙っている。日本語がわからないという訳ではないだろう？」

それでも女は口を開こうとせず、おかしそうな表情を浮かべて大倉の顔を見つめているばかりだった。

「好い加減にしろ。追いだされる前にでて行き給え」

怒りを覚え、思わず語気が強くなった。

「冷たいんだね。昨日会ったばかりなのに、もうわたしの顔を忘れちゃうなんて」

女がいった。

女がいきなり口を開いたことと、まるで顔見知りかのような馴れ馴れしい口調に驚いた。

しかし同時に、なぜかその声に聞き覚えがあるような気がして、大倉は啞然としながらも女の顔をまじまじと見つめた。

「きみは、ひょっとして……」

喉元から思わずつぶやき声が洩れた。

刑事部長の部屋で前日会った女ではないだろうか。

そうだ。間違いない。昨日はスーツ姿だったのでとっさにわからなかったのだ。

いったいなんという名だったか。

刑事部長はなにやら訳のわからない説明をしていたが……。

たしか『与件記録統計分析係』の鵜飼縣とかいっていなかったか。

「なぜきみがここに……」

「あんたに会いに来たの」

女は相変わらず口元に薄く笑みらしきものを浮かべていた。

どうして、おれがここにいることがわかった。

いや、それよりも一般には知られていないこのクラブの存在をどこで知ったのだ?

つぎからつぎに疑問が湧いてきたが、ことばにならなかった。

「事件、解決したね。いまごろ所轄署で皆とお祝いしているに違いないと思って行ってみたんだけど、管理官はとっくに帰りましたっていわれて面食らっちゃった。事件が解決したのは大倉管理官のおかげだって皆あんたのこと褒めてたよ。それなのにひとりでさっさと帰っちゃうなんて、ずいぶん愛想がないじゃない」

口を開いたかと思えば、女はぺらぺらとよくしゃべった。

さえぎらないと際限なくしゃべりつづけそうだった。

それに、昨日はこんな乱暴な口調ではなかったはずだが。

昨日の女とは別人だろうか。

一瞬とまどいを覚え、女をあらためて見直したが、やはり間違いなく昨日会った女に違いなかった。

「わたしに会いに来た?　それはまたなぜです。わたしになにか用でもあるのですか」

階級は警視だと刑事部長がいっていたことを思いだし、大倉は言葉遣いを崩さぬことにした。

「事件が解決したお祝いをいいに来たの」

女がいった。

「ほう、それは意外ですな。あなたの仕事は未整理の文書をデジタル化することで、事件の捜査には直接かかわりをもたない、と刑事部長はおっしゃっていましたよ。捜査責任者であるわたしに祝意を述べるのは筋違いなだけでなく、あなたの第三者としての立場に反するのではありませんか」

大倉はいった。

「まあ」

女がなぜか目を丸くした。

「人の話なんかまったく聞いていないようで、肝心なところはちゃんと記憶しているんだ。さすが東大出のエリートは違うね」

女がいったが、あまりにあけすけな口調は皮肉にしか聞こえなかった。

「ご存じかどうか知らないが、ここは会員しか立ち入れないクラブです。用がないならお引きとりになってください」

「ほんとに愛想がないんだね。仕方ない」

女がいい、カウンターの上にノートパソコンを載せた。

そうだ。この女は昨日もこれを小脇にかかえて刑事部長の部屋に入ってきたのだ。

カウンターに置かれたパソコンを見て、大倉は女の顔をさらにはっきりと思いだした。

「これを見て」

女がパソコンの蓋を開け、画面を大倉のほうに向けた。

大倉はパソコンのディスプレーに目を向けた。

はじめはなにが映っているのかわからなかったが、目が慣れるにしたがって画像が明確になった。

板の間にうつ伏せになって女性が倒れており、目を凝らすと服の上から背中に刃物が突き刺さっていた。

「これは一体……」

それが死体だとわかったとたん大倉は画面から目を離し、女の顔を見た。

「ちゃんと見て」

大倉の顔を正面から見つめながら女がいった。

女の口元から笑みが消えていた。

訳がわからないまま画面に視線を戻すと、女がパソコンのキーを叩いた。

画面の写真が変わった。

女はつづけざまにキーを叩いた。

女がキーを叩くたびに画像が変わったが、映しだされるのはいずれも凄惨な死体の写真ばかりだった。

「どうしてこんなものをわたしに見せるのです」

大倉は画面から顔を上げて女にいった。

いきなり現れて、説明もなしに悪趣味きわまりない写真を強引に見せようとする女の目的はまったく見当がつかなかったが、返答次第では応対の仕方を変えるつもりだった。

「これはね、ネットの裏に誰かが仕込んでおいたいわゆる闇サイトなんだけど、なんの写真かわかった？」

大倉の問いには答えず、女が尋ねた。

「死体の写真のようだが。質問に答えてくれませんか、なぜこんなものをわたしに見せるんです？」

「もう一度これを見て」

女がキーを叩くと、画面が最初の写真に戻った。

「いまからちょうど十年前に調布市つつじケ丘の団地で殺された木ノ内たか子さん。どう？覚えがあるでしょう」

「なぜわたしに覚えがなければならないのです」

パソコンの画面にはろくに顔も向けずに大倉はいった。

「十年前、あんたが管理官としてはじめて捜査の指揮を執った事件だから」

女がいった。

大倉は思わずコンピューターの画面に視線を向け直した。

背中にナイフを突き立てられて死んでいる若い女だった。

女は地味なスーツを身に着けていて、死体の傍らにはバッグが転がり、口紅や財布などの中身が辺りに散乱していた。

グレーのスーツの背中一面が流れだした血で真っ赤に染まっていた。

女は勤め先から団地の一室に戻った直後に何者かに襲われ、殺されたのだ。

木ノ内たか子。新宿にある商事会社に勤める、短大をでたばかりのまだ二十歳の女だった。

記憶の奥底で眠っていた被害者の残像がむくむくと半身を起こし、陰になっていた顔がゆっくりとこちらに向かって曲げられたような気がした。

大倉は思わず小さく身顫いをした。

「どう、思いだした？　このサイトにはほかにも十件の殺人事件の現場写真が載せられているけど、二人目は江東区亀戸(かめいど)のマンションの自室で殺された平井雅子(ひらいまさこ)さん。三人目は港区乃木坂(のぎざか)の自宅で殺された篠原唯(しのはらゆい)さん。四人目も五人目も六人目も七人目も八人目も九人目も、すべてこの十年のあいだに都内で起きた殺人事件の被害者で、どの事件もあんたが管理官として捜査の指揮を執っていた」

「好い加減にしないか」

大倉は思わず声を荒らげていた。

女の鉄面皮な態度が苛立たしかったし、なによりも女の「あんた」呼ばわりが我慢ならなかった。

「どう？　覚えがあるでしょ」

大倉の怒声にまったく動じる様子などなく、女がいった。

「わたしが担当した事件の現場写真なら、見覚えがあるのは当たり前だろう」

「違う、違う」

女が言下にさえぎった。

「わたしが聞いたのは写真に見覚えがあるかどうかじゃなくて、このウェブサイトそのものに見覚えがあるかどうかってこと。このサイト、前にも見たことがあるでしょう」

女の顔を見返して、女が冗談をいっているのでも、思いつきを口にしているのでもないとわかると、大倉は真一文字に唇を引き結んだ。

女の目的がわかったような気がしたからだ。

女の質問は急所を突いていた。

うまくはぐらかしたつもりだったが、女は聞き逃さなかった。

問題は女がどこまで知っているか、だった。

ここは迂闊に口を利くべきではない。

女にしゃべらせておいて、どこまで知っているのか探りだしたほうが利口だ、と判断したのだ。

「どう？　このサイトのことは前から知っていたわよね」

大倉は口を閉じたまま答えなかった。

「あれ。急に黙りこんじゃってどうしたの」

女が大倉の顔をのぞきこんだ。

「なんだったら、最近更新されたサイトに載っている写真も見てみる？」

女がそういってパソコンのキーを叩いた。

画面に新しい写真が現れた。

やはりうつ伏せに倒れている女の死体だった。

ほかの被害者と同じように着衣のままだったが、鋭い刃物で何度も執拗に刺されたらしく、背中に複数の刺創が見られた。

死体の周囲がバケツの水をまき散らしたように一面水浸しだった。

死んでいるのは誰か、顔を見ないでもわかった。

「被害者の名前は佐伯百合さん。事件はきょう解決したばかりで、所轄署ではお祝いの酒盛りの最中だし、あんたはここでこうしてひとりで祝杯を挙げている」

女がいった。

「驚きだと思わない？　さっき解決したばかりの事件の現場写真が、もうネットに上がっているんだもん」


「おい。テレビの音量を上げろ」

一升瓶に手を伸ばそうとして、つけっ放しになっているテレビ画面に偶然目を留めた矢島が大声をだした。

「矢島さんの機転がなかったら事件は解決しなかった」「さすがベテランは目のつけどころが違う」「やりましたね。おめでとうございます」と、同僚や後輩の刑事たちからつぎつぎと紙コップに注がれる酒を息つく暇もなく喉に流しこんでいるうちに顔はすでに赤く染まっていたが、まだまだ飲み足りなかった。

大島義春を寮から連行して署で取り調べをしている最中に、もしやと思いついたものの、どうせなにもでてくるまいとまったく期待もせずに科捜研に送った靴から被害者の血痕が発見されたのだから、あまりの運の良さに自分でも驚いたくらいだった。

テレビの近くにいた深山が、肴のスルメを口にくわえたまま矢島に顔を向けた。

「テレビだ。テレビの音量を上げてくれ」

矢島はすでに呂律が怪しくなっていたが、いわれるがまま深山がテレビの音量を上げると、ほかの刑事たちも矢島の声につられて紙コップを手にしたままテレビのほうに顔を向けた。

女性のアナウンサーがマイクを手になにやらまくし立てていた。

「海北平和物産商事の横浜本社前です。社員たち数人が捜査員に先導されて建物のなかからでてくるところです」

「なんだ、これは」

深山は思わずつぶやいて、テレビ画面に顔を近づけた。

「海北平和物産商事は指定暴力団のフロント企業として知られており、逮捕された社員たちには東南アジアなどから拉致した女性たちに売春を強要していた疑いがかかっており……」

「おい、ボリュームをもっと上げろ」

テレビの周りに集まってきた刑事のひとりがいったとき、画面が切り替わった。

屋外はすっかり日が暮れて闇に閉ざされていたが、煌々たるライトがどこかの住宅街の一角に建つ豪邸の正門を照らしだしていた。

どうやら複数の場所にテレビ局の中継車が送りこまれて同時中継が行われているらしく、ここでもアナウンサーらしき男がマイクに向かって声を張り上げていた。

「わたしはいま元国会議員で大臣経験者でもある岡林金次郎氏の都内の自宅前におります。たったいま警視庁の合同捜査班の捜査員たちが逮捕状を携えて邸内に入っていったところです。捜査関係者によると岡林氏には買春の容疑がかかっていて、議員の現役時代にも常習的に買春を行っていた疑いがあるとのことで……。あ、ちょっとお待ちください」

どこからか連絡が入ったらしく、アナウンサーは耳元のイヤホンに手をやってしばらく相手のことばに耳を傾けていたが、ふたたび顔を上げるとテレビカメラに向かっていった。

「たったいま、テレビキャスターの両国国康氏がニュース番組の生放送を終えた直後に、捜査員たちに逮捕され連行されたそうです。画面をそちらに切り替えたいと思います」

「一体なにが起こっている……」

覚束ない足どりでテレビの前までやってきた矢島が、赤い顔をしてつぶやいた。

「大変だ」

会議室の反対側の隅から調子はずれな声が上がり、刑事たちがなにごとかと声のほうをふり向いた。

「皆さん、大変です。これを見てください」

本庁から来た新米刑事の青木一が、支給品のノートパソコンの画面を指さしながら大声を上げていた。

「テレビなら、もう見てますよ」

所轄署の刑事たちに交じってテレビの前に寄ってきていた片桐の隣りに立っていた所轄の刑

事が言い返し、それから片桐のほうに顔を向け、

「やっぱり東大出は少し変わっていますね」

と、同情するようにいった。

青木が町中の防犯カメラからかき集めた事件当夜の映像を何日もかけて見返した末に、犯行時間と考えられる時刻前後に大島が被害者の家の近くにいた事実を探りだして、それが強力な後押しになって大倉管理官に大島に対する令状をとる決意をさせたことを捜査本部の大半の人間が知らなかった。

大倉がそのことに一言も触れなかったからだ。

しかし片桐は、なまじ頭が良いだけに足を使った地道な捜査は苦手なのに違いないと思いこんでいた青木が、根気のいる捜査をたったひとりで粘り強くつづけたことにいたく感心し、青木という人間をあらためて見直していたので、その切迫した声を聴くと躊躇なく近くの机に置かれていたパソコンに飛びついた。

蓋を開けるとＯＦＦになっていたはずのパソコンにいつの間にか電源が入っていた。

「おい、みんな。自分のパソコンをいますぐ見るんだ」

パソコンの画面を真剣そのものの表情でのぞきこみながら、片桐が声を上げた。

弛緩しきった空気をとつぜん切り裂くような尖った声に刑事たちは一瞬正気に返ったようになり、会議室の壁際の机に駆け寄り、回収を待つために積み上げられた官給品のパソコンをそれぞれ手にとった。

「うわ。なんだ、これは」

刑事たちがつぎつぎと驚愕の声を上げた。

パソコンの蓋を開けたとたん、電源を入れてもいないのに、画面に人間の顔が映しだされたのだ。

それも大倉管理官の顔だった。


「青木って刑事に、黒石浩也が町中の公園で事情聴取を受けたって聞いたときはさぞや驚いたでしょうね」

女がいった。

大倉は固く口を閉じたままなにも答えなかった。

「黒石浩也は知っているでしょう。黒石正三の孫」

大倉の沈黙などまったく意に介さぬように女はつづけた。

大倉はうんざりしたあまり、思わず息を吐きだした。

「もう、たくさんだ。いつまでもきみのくだらない質問攻めにつき合っているつもりはないぞ。わたしに会いに来た目的があるならさっさといえ。いわなければ、わたしがここからでていく」

「わかった」

女が意外にあっさりといった。

「質問はこれが最後にする。だから答えて。黒石浩也が黒石正三の孫だってことは知ってるよね」

女が聞いた。

大倉は口を開く前にしばらく考えた。

青木を呼びつけて、「二度と黒石浩也に近づくな」と叱責したことも、息子が犯人扱いされたと浩也の両親が抗議のために所轄署に乗りこんできたことも、いまや捜査関係者はおろか所轄署の職員全員が知る、いわゆる周知の事実となっているに違いなかった。

ここは下手に隠し立てをせず、正直に話していると相手に思わせたほうが賢明だろう。

「黒石正三氏はあの地域で唯一の総合病院の院長であると同時に、地区の有力者のひとりでもある」

大倉はいった。

「質問の答えになっていない。あんたは黒石正三を知っていた、それとも知らなかった？」

大倉は思わず奥歯を噛みしめ、両手のこぶしを握り締めた。

女の「あんた」呼ばわりはどうにも腹に据えかねた。

それでもこぶしの顫えを抑えつけながら、声だけは顫えぬよう気をつけながらことばをつづけた。

「所轄署に捜査本部が立つとわたしが真っ先にすることは、署の周辺の地域について調べることだ。地理だけでなく、町の成り立ち、歴史までくわしく調べる。古くから住んでいる住人と新しく入ってきた住人の割合はどれくらいで、どんな関係になっているか。険悪なものか、水と油で交流もろくにないのか、それとも調和がとれた良好な人間関係が築かれているか。そしてなによりも大切なのが、そこにもっとも古くから住んでいる住人、町の生き字引といわれるようなご意見番の役割をしている人間を探しだすことだ。彼らは町工場の工場主であることもあるし、老舗の蕎麦屋の店主であることもあるし、私立学校の経営者である場合もある。実に様々だ。なぜこういう人物をあらかじめ知っておくことが重要か、事件の捜査とどんな関係があるのか、現場の捜査官ですら理解できない者が多いのは実に嘆かわしいことでね。ひとことでいえば、事件はどんな事件であれ、人間関係の行き着く果てに起こるものだからだ。怨恨や情痴関係だけではなく、通り魔のような事件でさえそうだ。事件の背後には必ずある種の人間関係がある。あるいは人間関係の空白がね。つまり事件の背後にある人間関係を調べれば容疑者は簡単に割りだすことができるといっても過言ではないのだ」

大倉はいったんことばを切って女の顔を見た。

女は黙って話を聞いていた。

「したがって、事件の早期解決のために地域の人間関係にくわしい住人をあらかじめ把握しておくことくらい大切なことはないのだ。しかしこうした人脈がさらに重要になってくるのはまた別の局面でね。いま、背後にある人間関係を調べれば容疑者を割りだすのは簡単だなどといったが、もちろん言葉の綾でね。その過程には当然捜査員諸君の地道な聞き込みや証拠固めの作業がある訳だが、われわれ管理官がもっとも苦労するのがこの部分なのだ。大きな所轄署ならいざ知らず、郊外の小さな所轄署に捜査本部が立つことが決まったなどと聞くと、それだけで身が細る思いがするほどだ。なぜならそういう署の捜査員たちの多くは、殺人事件など一度も扱ったことがない者が大多数だからだ。彼らは殺人事件というだけで必要以上に張り切り、捜査にまい進する。猪突猛進といったほうが良いくらいの勢いでね。つまるところさまざまなところで住人たちと軋轢や衝突を起こす訳だ。まるで中国の爆竹のようだよ。いったん火が点いたらとどめようがないのだからね。そして当然のごとく、われわれのところに市民たちの苦情や抗議が嵐のように殺到することになる。激昂した住人たちを警察の関係者が宥(なだ)めようとしても逆効果でね。火に油を注ぐ結果になるのが落ちだ。こういうときに、町の古参やご意見番、つまり地域の有力者の助けを借りることになるのだ。無論手を貸してもらいたいときだけもみ手をして頭を下げても、相手がこちらの要望を二つ返事でかなえてくれるはずがないのでね。たとえ短い捜査期間のあいだでも、そういう人たちとは密接な友好関係を結んでおく必要がある訳だ。まあ、こういう苦労をわかってくれる人間は少ないのが残念だがね」

大倉はことばを切った。

「話は終わった？」

女がいった。

「これだけ説明すれば十分だろう」

「それで、黒石正三とは知り合いだったの？」

「知り合いといえるかどうかは別だが。ああ。もちろん知っていた」

大倉はいった。

「いつから知っているの」

「今回の事件が起こった直後に、いつものように町のことを調べたときだ。そのときに知った」

女が眉間にしわを寄せた。

「変ね」

「変？　なにが変だというんだ」

「これ、見て」

女がパソコンのキーを叩くと画面が変わった。

何十本、何百本もの線が複雑に交差している、一目見ただけではなにを表しているのかわからないような図式だった。

「黒石正三氏の携帯電話を中心にしたこの十年間の交信記録の相関図」

「交信記録？」

交信記録ということばになにやら不吉な響きを感じとって、大倉は口のなかでつぶやいた。

「大きな病院の経営者だけあって、毎日夥しい数の人たちと電話のやりとりをしているけど、そこになかなかの頻度であんたの携帯電話の番号がでてくる。ずいぶん頻繁に連絡をとり合っているのがわかるわ。それも十年前からね」

女がいった。

大倉は思わずパソコンの画面に顔を近づけて、黒石正三の電話番号を中心にして何百とならんでいる携帯電話の番号を目を凝らしてたしかめた。

たしかに、図式には年月順に相当程度の頻度で自分の番号が表記されているのがわかった。

「内容はわかっているのか」

顔を上げ、女の顔をにらみつけながら大倉はいった。

「内容って？」

「電話でなにを話していたのか、その通話の内容だ。通話内容を復元したのか。どうなんだ」

「まさか。十年前の携帯電話のやりとりを復元するなんて、そんなことできっこないじゃない」

女がいった。

大倉は小さく息を吐きだした。

思った通りだった。

ここにならんでいるのはただの電話番号だ。

パソコンの画面に電話番号がならんでいるだけではなんの証拠にもならない。

「これで一体なにが証明できるというんだ。こんな図式なら誰にでも好き勝手に描けるじゃないか」

「そうね」

女がいった。

「そう、ね？」

「じゃあ、こんなのはどうかしら？」

女がふたたびキーを叩くとパソコンのスピーカーから音声が流れはじめた。

〈あんたの孫が公園で刑事の取り調べを受けたことは知っているか〉

〈なんだと。取り調べを受けたとはどういうことだ。浩也がなにかやらかしたのか〉

〈違う。別になにかをやらかした訳ではない。女子大生が殺された事件だよ。どうやら生前の

女子大生にあんたの孫がつきまとっていたという噂があるらしくてな〉

〈まさか〉

〈なにがまさかだ〉

〈浩也が生まれてこの方ただひとつ興味をもっているのはコンピューターだけで、女など眼中にもなければ歯牙にもかけたことがない。ましてや女につきまとうなど有り得ん話だ〉

〈はは。あんたとは正反対という訳か〉

〈笑い事ではないぞ。浩也になにかあったらただでは済まんからな〉

〈まあ、まあ。そう、いきり立つな。刑事に取り調べを受けたといってもたまたま公園で会った刑事に声をかけられたという程度のことらしいし、噂といってもひとりか二人の近所の人間が、被害者の家の近くであんたの孫の姿を見かけたことがあるといった程度のことだ。こんなものは簡単にもみ消せる〉

〈では心配することはないんだな〉

〈いや、ある〉

〈なんだと〉

〈あんたの家族だよ。孫じゃなくて息子夫婦のほうだ。浩也が町中で刑事の取り調べを受けたと知ると、翌日夫婦そろって署に怒鳴りこんできた。可愛い息子が殺人事件の犯人扱いされた、となる。署長は青くなるし、これを知った署内中の人間があることないこと憶測をしゃべり散らしはじめるし、こっちの騒ぎはそう簡単には収まりそうもない〉

〈…………〉

〈孫可愛さ、息子可愛さのあまり後先も考えずに騒ぎ立てるようなことをすると、思わぬところに飛び火をしてとり返しのつかないことになることもあるぞ。息子夫婦にはよくよく注意しておくことだ。それからあんたもだ。派手な女出入りの記事が週刊誌にでかでかと載るなんてことになったら目も当てられんからな。ファイルは届いたか〉

〈ファイル？　わしになにか送ったのか〉

〈鑑識から上がってきたばかりの現場写真だ。あんたの孫は気の毒だが、いままで通りサイトに上げるようにいっておけ〉

〈また殺人現場の写真か。孫にサイトに上げるようにいうのはかまわんが、本当にこのサイトは誰も見ることができないのだろうな〉

〈最初に孫にこのサイトをつくらせたとき、あんたには、誰にも解けないパスワードを設定するように孫にいいつけろといっておいたはずだ。忘れてはいまい。心配ならもう一度、このサイトは本当にメンバー以外の人間が見ることはできないのかとたしかめてみろ。パスワードが破られることは決してないと保証してくれるよ。ただし、あんたがマスコミにとりあげられるようなしくじりをしたときは別だ。あんたの名前がマスコミにとりあげられたりすれば、仲間にも危険が及ぶ事態にならないとは言い切れないからな。そのときは、マスコミがいらぬ詮索をしてあちこちつつきはじめる前にこちらのほうからサイトを開放してあんたがその会員のひとりだと開示することだってないとはいえん。騒ぎが必要以上に広がらないようにするための防波堤としてな。わかっているだろうが、こんな写真を集めているなんてことが世間に知れたら、それだけであんたの社会的生命はおしまいだ。そこのところをよくわきまえて日々の行い

を慎むことだな〉

　電話はそこで切れた。

「どう？」

　女がいった。

「これは一体……」

「あんたと正三氏のごく最近の会話。通話内容を復元したものじゃなくて、あんたたちの電話でのやりとりを盗聴したもの」

「盗聴、……だと？」

　女の意外なことばに思わず喉が詰まった。

「馬鹿な。こんなものがあるはずがない。どうせこれもおまえのでっち上げだろう」

「声紋分析で、あんたと黒石正三の声だということが百パーセント立証されている。証拠能力も十分。人身売買組織の内偵を進めていたグループも何十人もの人たちの電話の盗聴を実行していたんだけど、まさか警視庁捜査一課の現役の管理官が人身売買組織の一員だったとは夢にも思わなかったらしくてね。あんたは捜査の対象外だった。でもわたしたちはあんたを放っておく訳にもいかなくてね」

　人身売買組織、内偵グループ……。女の口からつぎつぎと飛びだしてくる単語に大倉はめまいさえ覚えた。

「どういうことだ」

「刑事部長がいってたでしょう。コンピューターってときどきわたしたちが予想もしなかったようなゴミ屑を拾い上げてくるの。たとえば暗号化されたファイルの送信記録なんかね。何年も前の携帯電話の通話内容を復元するのはむずかしいけど、ネット上で暗号化されたファイルの交信記録を見つけだすのはごく簡単だし、それを復元するのはさらに簡単なの。この十年間にあんたが正三氏に送った殺人現場の写真のファイルは日付にしたがってすべて復元した。つまり、あんたが捜査情報を外部に流出させたという歴（れっき）とした証拠な訳。これだけでも内部監査が入る理由としては十分でしょう？」

「捜査情報を部外へ流出させただと。そんな疑いがおれにかかっているというのか」

「あ。もう、こんな時間」

大倉の質問などまったく耳に入らなかったように、パソコンの時刻表示にちらりと目をやった女がスツールから降りようとした。

「長い時間わたしの無駄話につき合ってくれてありがとね。そろそろ帰らないと」

「待て。おまえは一体なんのためにここにきた。おまえの目的はなんだったんだ」

「あんたと無駄話をして時間をつぶすため」

「時間をつぶす。なんのために」

「あんたがテレビを見られないようにするため。ほら、ごらんなさい。皆いなくなっちゃったわよ」

女が広い室内を見渡すそぶりをしたので、大倉は女の視線を追って、後ろをふり向いた。

驚いたことに部屋には誰もいなかった。

バーで談笑していた二人の紳士も、ソファで新聞を読んでいた紳士もいつの間にか姿が見えなくなっていた。

「皆、テレビを見に行ったの。ここにはテレビなんて下々が見るような下世話な家電は置いていないからね」

大倉は、なにが起こっているのか呑みこめぬまま向き直って女の顔を見た。

「あんたにテレビを見せないようにするためにここで長々と無駄話をしていたの。それがわたしがここに来た目的」

女がいった。

大倉には女がなにをいっているのかまったく理解できなかった。

「捜査四課と警務部、それに公安からなる合同捜査本部の一斉検挙が三十分前にはじまって、いまちょうど終わったころ。その一斉検挙の様子をね、テレビが生で中継していたの。逮捕された人のなかには政財界の大物もいるからね、それで皆テレビの前に殺到した訳。でもあんたにだけはこの中継を見せたくなかった。あんたに見せたくなかった理由はね、あんたは頭の回転が速いだけじゃなく、手先が器用で短時間でいろいろな小細工ができる人間だから。組織の人間の一斉検挙がはじまったなんて知ったとたん、コンピューターや携帯の記録を自分に都合のいいように改竄するなんてお手のものでしょ。それに女性たちを監禁している人間に証拠を消すよう命じる電話を入れる虞だって十分にあった。自分ではどう思っているか知らないけどね、あんたはそれくらいのこと平気でする人間なの。でも、海北平和物産商事の皆さんも元議員の岡林金次郎も、テレビキャスターの両国国康も、もちろんあんたのお友達の黒石正三さんも捕まったからもう大丈夫」

「でたらめだ。みんなでたらめだ。岡林金次郎に両国国康だと。そんな人間、おれは知らんぞ。おれにかかっているのは捜査情報の流出容疑ではないのか」

「そんなに怒鳴ることはないわ。そろそろ内偵グループのおじさんたちがやってくる頃だから、いいたいことがあったらそのおじさんたちにいったら良い」

スツールから降りた女が大倉に目を向けた。

「たったひとつ、許せないのはね。あんたたちが人身売買の獲物にしていた女性たちは大半が十五歳以下で、なかには十一歳の少女もいたっていうこと。それを聞いたとき、ふだんはやらない盗聴なんて下品な作業を買ってでることにしたの」

女はそういうと、カウンターの上のコンピューターをくるりと回転させて画面を自分のほうへ向けると、画面に向かってにこやかに話しかけた。

「ハーイ、皆さん。きょうはこれでお開きよ。あとはネットでもテレビのニュースでも見てちょうだい」

「なにをしている。誰に話しているんだ」

「捜査本部と結んで、こっちはこっちで生中継をしているの。お祝いの酒盛りをしている最中にお見せするには、少し興醒めだったかも知れないけどね」

「生中継だと。捜査本部の人間がおれたちの会話を聞いていたというのか」

「ええ」

「貴様……」

唸り声を上げてつかみかかろうとしたとき、女がパソコンの画面をふたたび回転させて大倉に向けた。

「管理官のことは皆尊敬しているのよ。がっかりさせるようなことはしないでね」

女がいった。

十一日後の土曜日

三軒長屋を訪れるのは久しぶりだった。

最寄りの駅を降りてから、周囲の景色を楽しみながらゆったりとした足取りで時間をかけて広い霊園を抜け、長屋に着いた。

引き戸を開けると、いつものように着物姿のレイチェルが座敷の部屋に毛氈(もうせん)を敷き、そのうえでひとりでお茶を点てていた。

「あら、アガサ。いいところにいらしたわ。座ってちょうだい。お菓子もあるわよ」

「わあ、うれしい」

縣は靴を脱いで座敷に上がり、レイチェルの向い側に正座をして座った。

「胡坐をかいても良いのよ」

ぎこちなげに上半身を揺らしている縣を見てレイチェルがいった。

「大丈夫。なにごとも修行よ。これでも日本人のはしくれだからね。正座くらいはできるようにしておかなくちゃ。でも、きょうはなにか変ね」

「変って、なにが？」

「入口のところで聞こえたんだけど、いつもは騒がしい右隣りが静まり返っていて、反対にいつもはひっそりしている左隣りがドタンバタンとなにやら騒々しいから」

「ああ、そのことね。ピーターたちは子供たちを連れてニューヨークに里帰りしているの。帰ってくるのは来月になるわ。花ちゃんと月ちゃんに会いたかった？」

「そうだね。いないとなると寂しいね。で、左隣りは？」

「近藤君は実家に帰った。結局佐伯百合さんの事件とはなんの関係もなかったんだけど、ここにはなんとなく居づらくなってしまったようね。なんだか悪いことをしちゃったみたい」

レイチェルがいった。

「じゃあ、いまドタンバタンと騒々しい音を立てているのは誰なの」

「新しい住人。空き家がでたと聞いてさっそく申しこんできてくれたの」

「へえ、そうなんだ。どんな人？」

「それがね、昔の顔見知りだったの」

「顔見知り」

「五年前にね、あそこの大学で」

レイチェルは近くの国立大学の方角を指さした。

「『市民のための歌舞伎講座』というのがあって、そのとき教授のお手伝いをしていた学生さんなの。お手伝いをするだけじゃなくて、自分も『歌舞伎における世話物と時代物』という講座をもって講演していてね、わたしは彼の講座のファンで、毎週通っていたのよ」

「それでその人、大学を卒業してなにをしてるの」

「それがね、警視庁の刑事さんなの」

「なんですって」

悪い予感が一瞬頭の隅をよぎった。

「その人が引っ越してきたの」

「ええ。最近人に勧められてしばらく月島に住んでいたんだけど、人が多くてどうにも落ち着かなかったって。それに引き換え、ここなら大学時代に住んでいた懐かしい土地だし、それに長屋のようなところに一度は住んでみたかったんだって。それに彼はアガサのことも知っているみたいよ」

「わたしのことを、どうして」

「だから警視庁の刑事さんだっていったじゃない。でもわたしがアガサと友達だってことはまったく知らなかったらしくて、アガサのことは知っているっていったらすごく驚いて、どんな人か、どこに住んでいるのか、ご家族はいらっしゃるのか……って根掘り葉掘り、それはもううるさいくらい」

「なんて答えたの」

「適当にごまかしておいたわ。はい、どうぞ」

レイチェルが毛氈のうえで茶碗を滑らせた。

茶碗を両手で持って一口、二口、三口と茶を口にふくみ、飲み終えたあとは懐紙(かいし)の代わりにハンカチで茶碗の飲み口を拭って毛氈のうえに戻した。

「結構なお点前でした」

縣が頭を下げていうと、レイチェルもまた頭をさげた。

その日の縣は小さな花柄のワンピースといういでたちだったが、着物姿のレイチェルは、軽く頭を下げる仕種ひとつとっても水が流れるように体の動きのどこにも停滞やよどみがなかった。

いつの間にか隣りの部屋の騒ぎが静まっていた。

「こんにちは」

引き戸を開けて戸口に顔をだしたのは、手拭で鉢巻をした若い男だった。

男の顔を見た縣は目を丸くしたが、先に驚きの声を上げたのは男のほうだった。

「縣さん。鵜飼縣さんじゃありませんか」

男は玄関先で乱暴に靴を脱ぐと座敷に上がり、縣と鼻と鼻とがくっつくほどの距離に腰を下ろした。

青木一だった。

「このあいだのネット配信には度肝を抜かれましたよ。まさかあの大倉管理官が人身売買組織の一員だったなんて。まったく予告もなしですからね。あなたのやることはすべて謎めいている。それにしても最初に公園でお会いしたときから、同業者の方に違いないと思っていたのですが、誰に尋ねてもあなたについてたしかな答えが得られなくて。今度の事件が解決したのを機に思い切って一課長に聞いてみたんです。そうしたら、その人は警察庁から警視庁の『与件記録統計分析係』という部署に出向されてきた鵜飼縣さんに違いないって。はじめてあなたの正体がわかってすっきりしました」

青木一はそこでことばを切ったが、またすぐに口を開いてしゃべりはじめた。

「管理官のほうはいざ知らず、大島義春を逮捕することができたのは鵜飼さん、あなたのおかげです。公園でのあなたの助言がなければ、町中の防犯カメラの記録を集めてまわるなんてことは思いつきもしなかったでしょうから。あのときは助言するにしてもどうしてこんなに謎めいた言い方をするんだろうと首をひねったんですが、いま思えばあれがまた良かったんです。あなたの問いかけてくれた謎を解こうと、ぼくは地道な捜査活動をあきらめずつづけることができた」

「お互い様よ。わたしたちもあんたのパソコンのなかをのぞき見させてもらって、だいぶ収穫が得られた」

「え、ぼくのパソコンのなかをのぞいた？　それはいつの話です」

一段と声が高くなった青木を無視して、縣はレイチェルのほうに顔を向けた。

「この人、いつもこんなにおしゃべりなの」

「そんなことはないわ。どちらかというと寡黙なタイプだと思っていた。わたしもいま驚いているところ。でも、この人のことはアガサのほうがよく知っているんでしょう？」

「ううん、会うのはこれで二回目」

「まあ。いままで一度しか会っていないの」

「レイチェル、大丈夫なの。こんな人とやっていけそう？」

「ああ、それは心配ないわ。わたし歌舞伎をふくめた日本のお芝居や芸能のことをもっと知りたいもの。彼からたくさんいろいろなことを教わるつもり」

「花と月とは顔を合わせたの」

「ええ。ちょうどニューヨークにでかける直前でね。いっぺんで仲良しになったわよ。ピーターも浮世絵のことを教えてもらえたらありがたいって大歓迎だし」

「へえ」

縣があらためて青木の顔を見ると、なにか問題がありますかとばかりに見返してきた。

「今度ね、京都顔見世興行をふたりで見に行く約束をしたの。わたし、南座でお芝居を見るのははじめてだからいまからワクワクしちゃって」

レイチェルがいった。

日頃とは似つかわしくない甲高い声だった。

滅多に見られないレイチェルの満面の笑みを見ながら、さすがに東大出のエリートは違うわね、と縣は思った。

参考文献

『そして誰もいなくなった』アガサ・クリスティー　青木久恵訳　ハヤカワ文庫
『西洋哲学史』バートランド・ラッセル　市井三郎訳　みすず書房

装幀　坂野公一（welle design）

本書は書き下ろしです。

首藤瓜於（しゅどう・うりお）
1956年栃木県生まれ。上智大学法学部卒業。会社勤務等を経て、2000年『脳男』で第46回江戸川乱歩賞を受賞。主な著書に『指し手の顔 脳男Ⅱ』『ブックキーパー 脳男』『事故係 生稲昇太の多感』『刑事の墓場』『刑事のはらわた』『大幽霊烏賊 名探偵 面鏡真澄』がある。

アガタ

二〇二三年七月三十一日　第一刷発行

著者　首藤瓜於（しゅどううりお）
発行者　鈴木章一
発行所　株式会社 講談社
〒112-8001 東京都文京区音羽二-十二-二十一
電話　出版　〇三-五三九五-三五〇五
　　　販売　〇三-五三九五-五八一七
　　　業務　〇三-五三九五-三六一五

本文データ制作　講談社デジタル製作
印刷所　株式会社ＫＰＳプロダクツ
製本所　株式会社 国宝社

定価はカバーに表示してあります。

Printed in Japan
ISBN 978-4-06-532201-7
N.D.C. 913 350p 19cm